F

HÉBERGER LES ANGES

Marita van der Vyver

HÉBERGER LES ANGES

Traduit de l'anglais par
Bella Norac

Éditions Anne Carrière

ISBN : 2-84337-026-4

Pour I. B.

Les personnages de ce roman sont tous entièrement fictifs, comme il se doit dans un conte de fées.

« L'union d'une forme frivole et d'un sujet grave dévoile nos drames (ceux qui se passent dans nos lits ainsi que ceux que nous jouons sur la grande scène de l'Histoire) dans leur terrible insignifiance. »

Milan KUNDERA, *L'Art du roman*

Contes à faire peur

« Quels que soient les changements qui se sont produits sur le continent africain, la croyance dans la magie – blanche et noire – reste profondément enracinée. Les Africains justifient leur peur des sorcières par l'idée qu'il faut bien que quelqu'un – une personne ou un esprit – soit responsable de l'inexplicable. »

Encyclopaedia of Magic and Superstition

1

Blanche-Neige croque la pomme

Sylvia Plath l'a fait dans un four. Virginia Woolf dans une rivière. Ernest Hemingway avec un pistolet. À moins que ce ne soit un fusil de chasse. Quelque chose de phallique en tout cas.

Plutôt drôle, vraiment, se dit Griet. Quand ce sont les femmes, il est évident qu'elles veulent retourner à la matrice. La chaleur du four. Les eaux de la rivière. L'engourdissement lent, apaisant, semblable à l'endormissement que procurent les pilules.

Les hommes, eux, se suicident comme ils cuisinent : de façon spectaculaire, en en mettant partout. Ils se font sauter la cervelle, ils se jettent du haut des gratte-ciel, ils se tailladent les artères. Ils font gicler du sang et des boyaux partout. Sûrement parce qu'ils savent qu'ils n'auront pas à nettoyer, après. Il y aura toujours une femme pour s'en charger.

Pourtant, Anna Karenine s'est jetée sous un train, se souvint Griet. Ce qui peut aussi être très salissant. Mais c'était dans un livre écrit par un homme. Shakespeare, de toute évidence, comprenait mieux les femmes que

Tolstoï. La malheureuse Ophélie n'est pas tombée sur une rapière comme Hamlet, elle a tranquillement flotté au fil d'un ruisseau. Et Juliette aurait préféré le poison, mais Roméo ne lui en avait pas laissé – Shakespeare semble également avoir mieux compris les hommes que la plupart des autres écrivains –, elle n'a donc pas eu d'autre solution que de répandre son sang.

En fait, les femmes n'aiment pas le sang. Et les hommes s'y intéresseraient peut-être moins s'ils devaient l'enlever de leurs sous-vêtements tous les mois, songea Griet.

Même la terrible marâtre de Blanche-Neige a choisi une méthode non sanguinaire pour se débarrasser de la trop jolie fille de son époux. Encore que le style adopté par la belle-mère recèle des valeurs masculines. Dans les religions occidentales, la pomme symbolise presque toujours la sexualité féminine, « *le fruit attrayant et beau* » que le pauvre Adam goûta. « *En dépit de ce qu'il savait, non pas trompé, mais follement vaincu par le charme d'une femme.* » Blanche-Neige fut punie pour les péchés d'Ève. Et comme Ève, elle fut finalement sauvée par la vaillance masculine. Blanche-Neige par un beau prince sur un cheval blanc, Ève par un dieu tout-puissant sur un trône d'or.

« J'avais décidé que le four était la seule issue, déclara Griet à sa psychothérapeute qui la regardait comme toujours d'un air énigmatique. Je ne sais pas pourquoi, mais ce four m'a fascinée dès mon arrivée dans l'appartement. Probablement parce que je n'avais jamais eu affaire à un four à gaz avant. Sauf dans les livres et au cinéma, bien sûr. »

Les yeux de Rhonda étaient des lacs d'innocence bleus et paisibles. On avait l'impression qu'elle n'avait jamais entendu un seul gros mot de sa vie. Impossible de deviner qu'elle passait ses journées à écouter les perversions les plus profondes et les plus noires.

Elle avait des cheveux blonds ondulés et ses mains reposaient sur un classeur ouvert sur ses genoux. De temps à autre, elle y inscrivait quelque chose, aussi rapidement et discrètement que possible, mais Griet le remarquait à tous les coups. Qu'avait-elle révélé d'elle-même, cette fois ? se demanda-t-elle, affolée, et il lui fallut faire un gros effort pour poursuivre sans trébucher sur les mots.

« Mais... mais, comme vous savez... » Le stylo en or de Rhonda crissait sur le papier, bruit insupportable dans le silence du cabinet de consultation. Griet respira à fond. « Je me suis dit que j'allais commencer par voir ce que ça me ferait de mettre la tête à l'intérieur sans ouvrir le gaz. Juste pour vérifier si j'en étais capable. » Rhonda écrivit de nouveau. Pour la deuxième fois en moins d'une minute, nota Griet paniquée. « Je... eh bien... je me suis agenouillée devant le four, j'ai ouvert la porte et, lentement, j'ai introduit ma tête, tournée de côté de façon à avoir une joue sur la grille. »

Griet se demandait parfois si quelque chose pouvait choquer Rhonda. Elle ne sourcillerait probablement pas si l'un de ses patients se mettait soudain à se masturber devant elle. Rien ne troublerait jamais ces lacs bleus.

« J'ai eu du mal à faire entrer ma tête – le four est plutôt petit –, alors j'ai ouvert les yeux pour voir ce qu'il en était... Je ne sais pas vraiment pourquoi je les avais fermés. Je l'ai fait machinalement comme pour mon premier baiser à la fête de l'école. Peut-être parce que je l'avais vu faire au cinéma. Toujours est-il que j'ai ouvert les yeux – et que je me suis retrouvée nez à nez avec un cafard mort ! »

Rhonda l'observait sans bouger.

« Je n'arrivais pas à y croire ! Je sais bien que mon amie n'est pas tellement ordonnée, qu'elle ne se sert probablement pas souvent de son four et que je ne l'avais pas encore utilisé – mais un *cafard* ! J'ai reculé si vite que je me suis cogné la tête contre la paroi du four et que je me suis écroulée sur le sol de la cuisine. À moitié inconsciente. Imaginez l'humiliation si quelqu'un m'avait trouvée à ce moment-là ! Terrorisée par un cafard. Je n'aurais pas fini d'en entendre parler. Bref, quand je me suis finalement remise de mes émotions et que j'ai regardé de nouveau dans le four – sans y fourrer la tête, naturellement – j'ai vu non seulement un cafard, mais une épaisse couche de miettes, de graisse recuite et de Dieu sait quoi d'autre. »

Son imagination lui jouait-elle des tours ou les lèvres de Rhonda ébauchaient-elles un sourire ? Impossible, décida-t-elle en fixant le mur opposé. Un mur jaune avec une énorme horloge en forme de Mickey – les bras de la souris indiquaient l'heure ; l'un était plus court que l'autre. Cette horloge semblait l'hypnotiser tandis que sa culpabilité grandissait à chaque mouvement du plus long des deux bras. Des enfants mouraient de faim pendant qu'elle payait soixante rands l'heure – *trente rands la demi-heure, quinze rands le quart d'heure, un rand la minute, plus d'un cent la seconde !* – pour qu'une femme étrange écoute ses problèmes lamentables.

Le cabinet de Rhonda était aussi pimpant qu'une salle de jardin d'enfants : meubles et nattes rouge, jaune et bleu, rideaux à rayures. Probablement pour remonter le moral de ses victimes, s'était souvent dit Griet. Les fauteuils vous aspiraient comme des sables mouvants, de sorte que seuls votre tête et vos genoux étaient visibles une fois que vous y étiez assis. Impossible de garder son sens de la dignité quand on avait du mal à voir plus haut que ses genoux. C'était l'équivalent d'un bizutage dans une université afrikaner : une façon de briser le moi, en plus subtil.

Rhonda ne se laissait jamais avaler par un fauteuil. Ce qui renforçait les soupçons de Griet. Rhonda était assise bien droite sur un canapé rouge, les chevilles sagement croisées. Elle portait un pantalon de lin, une ceinture en cuir tressé et une Rolex en or. Griet était vêtue d'une robe multicolore, longue et ample, et, comme toujours lorsqu'elle se trouvait avec sa psychothérapeute, elle se sentait toute froissée et mal fagotée.

« Je ne me suis donc pas suicidée, soupira Griet en enroulant une mèche de cheveux rebelles autour de son doigt. J'ai passé le reste de la soirée à récurer le four.

– Et qu'en pensez-vous ? » demanda Rhonda.

Oui, elle souriait vraiment. Griet soupira de nouveau avant de sourire à son tour d'un air résigné.

« Eh bien, j'ai failli suffoquer à cause des émanations de Décap'four. Un vieux bidon probablement. Je doute qu'on l'ait jamais utilisé dans ce four dégoûtant. Peut-être qu'il s'est produit une réaction chimique ou autre, je ne sais pas – quelque chose qui l'a rendu nocif. Je me suis demandé si quelqu'un s'était jamais suicidé au Décap'four...

– Vous semblez avoir trouvé une sorte d'humour à la situation.

– Ce n'était pas très drôle sur le moment, répondit vertement Griet. J'avais sans cesse à l'esprit quelque chose qu'Athol Fugard a écrit quelque part : Il continuerait à se ridiculiser jusqu'à sa mort, qu'il raterait probablement aussi. Quelque chose dans ce goût-là. »

Rhonda ne dit rien.

« Oh, je sais ce que vous allez me dire. Que je vis tout le temps à travers les livres et les films. Que je me protège de la réalité en jouant à être Scarlett O'Hara dans *Autant en emporte le vent*.

– Quelqu'un d'un peu plus intellectuel, peut-être, suggéra Rhonda en souriant. Comme la femme aux cheveux verts de *La Maison aux esprits* ?

– Elle avait des cheveux bleus, rétorqua Griet tout en se demandant si sa psychothérapeute n'avait pas, une fois de plus, raison. Et c'était dans *Cent ans de solitude*.

– C'est exactement ce que je veux dire. Vous ne ratez jamais une occasion de discuter de personnages fictifs. Vous venez me voir pour me parler de vous et vous passez la moitié de votre temps à faire des citations.

– Mais les personnages de fiction sont plus... je ne sais pas moi... ils sont en quelque sorte plus... convaincants. » Griet jeta un nouveau coup d'œil à l'horloge Mickey. Encore cinq minutes. C'est-à-dire cinq rands – de quoi acheter à manger à un enfant affamé. Ou trois paquets de cigarettes pour elle. Si seulement elle pouvait arrêter de fumer ! Elle soupira pour la centième fois de l'heure. « Avez-vous jamais lu une histoire dans laquelle quelqu'un était sauvé du suicide par un cafard ? Ça ne peut se produire que dans la réalité. »

Rhonda ne répondit pas, mais haussa presque imperceptiblement les sourcils.

« Kafka a écrit une nouvelle sur un type qui se transforme en cafard, Grégoire Samsa. Les mêmes initiales que les miennes. Et sa sœur avait également un prénom dans le genre du mien. Gretel ? Gretchen ? »

Il est temps de relire cette nouvelle, se dit Griet. Elle avait toujours été une de ses préférées, peut-être parce que, d'une certaine façon, le pauvre cafard avait aussi été tué par une pomme. La pomme que son père lui avait lancée, celle qui lui était entrée dans le dos. *Le Symbolisme de la pomme dans la littérature mondiale*. Encore un autre intitulé ridicule pour la thèse de littérature qu'elle remettait à plus tard depuis dix ans.

« *Le fruit de cet arbre défendu, dont le mortel goût apporta la mort dans le monde, et tous nos malheurs* », a écrit Milton. Impossible d'imaginer Ève avec une banane, une poire ou un autre fruit, d'ailleurs. Et c'est une pomme qui avait entraîné la prise de Troie. La fameuse pomme de discorde jetée sur la table pour la plus belle des trois déesses. Pâris choisit Aphrodite et les deux autres se vengèrent. « *Le Paradis n'a pas de rage plus grande qu'amour en haine changé,* a dit William Congreve, *Ni l'Enfer de furie semblable à femme délaissée.* »

Pourtant, même Kafka n'a pas parlé du cafard comme d'un sauveur. Blanche-Neige fut secourue par un prince sur un cheval blanc – et Griet Swart par un cafard mort dans un four sale. Qui n'aurait pas préféré être Blanche-Neige ?

2

Hansel et Gretel et la Lutte

« Trois semaines sans homme », écrivit Griet dans son agenda des Arts, au-dessus de sa liste de commissions pour le week-end. Vin, pain, beurre, fromage, café, papier et tampons hygiéniques – pas nécessairement dans l'ordre d'importance. C'était l'un des avantages d'une vie sans homme : la liste abrégée, sans mousse à raser ni chocolat pour lui, sans légumes ni fruits pour ses enfants.

Mardi 31 octobre 1989. Presque trois mois à vivre seule et trois semaines sans aucun contact. Sans le voir, sans l'appeler, sans lui écrire. Elle ne s'était pas sentie aussi fière depuis qu'elle avait réussi à tenir trois semaines sans la moindre cigarette.

Le parallélisme était frappant. Sa relation avec George avait sur ses émotions le même effet que la nicotine sur ses poumons, avait-elle remarqué il y a longtemps, et c'était une habitude aussi difficile à perdre que le tabac. Plus qu'une habitude, une obsession, une dépendance physique, une fixation orale.

Elle avait aimé le sexe avec George plus qu'avec aucun autre avant lui. Ce n'était pas une histoire stupéfiante avec étoiles filantes et autres manifestations célestes. Non, c'était ludique, drôle, bizarre, et même quelquefois absurde. Si George se sentait d'esprit aventureux et voulait essayer une position inhabituelle, on pouvait être sûr qu'il allait tomber du plan de travail de la cuisine, ou se cogner la tête sur le rebord de la baignoire, ou encore se retrouver avec un torticolis au lieu d'une érection. George n'était pas du genre acrobate, mais il oubliait parfois les limites de son corps : ils pratiquaient alors quelques instants de trapèze sexuel avant de se retrouver les quatre fers en l'air. Jusqu'à ce que les sièges de la voiture deviennent trop inconfortables, ou qu'un des enfants du premier mariage de George soit réveillé par ces bruits étranges en provenance de la salle à manger.

Non pas que George fût très bruyant. Les orgasmes tapageurs n'étaient pas son genre. Et à cause de la présence des enfants le week-end, Griet avait à son tour dû apprendre à apprécier l'amour dans le noir et en silence. Comme une sourde-muette, pensait-elle parfois dans ses moments de rébellion.

Griet prenait une tasse de café sur le balcon de son amie, comme elle le faisait chaque matin depuis qu'elle s'était installée dans l'appartement. En bas, la rue s'éveillait lentement. Sur la table de plastique bancale se trouvaient un journal anglophone qu'elle avait déjà parcouru, son agenda ouvert avec la liste des courses, et un crayon pour noter ses obligations de la semaine.

Elle constata avec stupéfaction qu'elle n'en avait aucune. Pas un seul rendez-vous. L'idée de passer un autre vendredi soir toute seule la fit aspirer de nouveau au réconfort d'un four. Un four propre, ne put-elle s'empêcher de penser.

« Il est dangereux de voyager seule, écrivit Griet dans son agenda des Arts, surtout après son trentième anniversaire. » Ce soir, c'était Halloween, découvrit-elle en vérifiant la date, la veille du nouvel an dans l'ancien calendrier celtique. La nuit des sorcières, des lutins et autres esprits impies, selon les Écossais. Comme le sang d'un marin écossais coulait dans ses veines et que sa profession consistait à inventer des contes de fées, elle prenait la date au sérieux mais, à sa connaissance, elle était la seule.

Bien sûr les Américains avaient banalisé l'événement, en affublant les enfants de costumes ridicules et en plaçant des bougies dans des citrouilles. Et Hollywood en avait fait de l'argent comme avec tout ce qui est réputé sacré, en réalisant une ribambelle de films dont les principaux ingrédients étaient le sang et les hurlements.

Demain, ce serait la Toussaint, pensa avec nostalgie Griet, et après-demain le jour où l'on était censé prier pour les âmes des morts. Il y en avait un certain nombre pour qui elle devrait prier : ceux dont elle descendait et ceux qui descendaient d'elle, ses ancêtres et sa progéniture. Si seulement il n'était pas aussi difficile de prier !

Elle prit l'article qu'elle avait déchiré dans le journal. « *Une femme sur cinq dans les ménages aborigènes déclare aux chercheurs que sa vie pleine de stress l'a amenée à tenter de se suicider.* » À l'aide d'un trombone, Griet attacha le compte rendu à la page du jour dans son agenda.

Au bout de sept ans avec le même homme, le sexe pouvait devenir prévisible. Mais c'était une prévisibilité confortable, comme celle d'un poème aimé qu'on lit et relit jusqu'au moment où on le sait par cœur et où seul un signe de ponctuation pourrait encore surprendre. Jusqu'au jour où l'on regarde une virgule comme si on ne l'avait encore jamais vue. Elle connaissait le langage du corps de son mari aussi bien que sa propre langue, le goût salé de son nombril, les creux en arrière de ses clavicules, l'extrémité gluante de son pénis. Pourtant il lui arrivait encore parfois de découvrir quelque chose – un grain de beauté peut-être – qu'elle n'avait jamais remarqué. Son corps était à l'aise avec, sous et sur le sien.

Elle avait quelquefois vu des étoiles filantes, mais ça remontait à des années-lumière, lorsque chaque nuit en sa compagnie était encore un voyage de découverte intersidéral. Ils s'étaient mariés il y a trois ans et, sur le lit nuptial, de telles apparitions célestes s'étaient faites aussi rares que la comète de Halley. Elle était perpétuellement enceinte ; son pauvre mari la touchait de moins en moins et, au fil des mois, il était devenu de plus en plus mélancolique et de moins en moins badin. *Le pénis qui rétrécit*, voilà comment elle intitulerait l'histoire de leur mariage.

Peut-être était-ce l'histoire de tous les mariages.

Elle but une nouvelle gorgée de café dans la tasse Arzberg fêlée de son amie, songea à allumer sa première cigarette de la journée, décida de résister à la tentation et contempla avec une fascination involontaire l'article de journal sous son trombone. « *Elles révèlent avoir porté le poids de " la situation aborigène ", y compris des problèmes endémiques de chômage, d'alcoolisme, d'empri- sonnement et de racisme.* » Estime-toi heureuse, ma chère Griet, disait toujours Mamie Hannie.

« Il était une fois une femme qui venait d'une famille épouvantable, écrivit-elle sur une page blanche. Un de ses grands-pères avait l'habitude de parler aux anges et l'autre croyait aux fantômes. C'était peut-être une sorcière, peut-être un ange rebelle, à coup sûr une provocatrice, et elle fut cruellement punie pour ses péchés. Le pire d'entre tous était qu'elle utilisait les mots pour séduire. C'était une femme qui voulait jouer avec les phrases comme Salomé avec ses sept voiles. Elle voulait écrire car elle croyait que la plume était plus puissante que le pénis. Elle ne comprenait pas que, dans un monde phallocrate, c'était le huitième péché mortel.

Elle n'était pas stérile comme tant d'autres péche- resses dans d'innombrables contes de fées. Elle tombait facilement enceinte mais, chaque fois, elle devait livrer son enfant à la mort. Elle pouvait concevoir et porter un bébé, mais elle ne pouvait lui donner le jour. Au terme de quatre grossesses, elle était toujours sans enfant.

C'était une punition si terrible que, quelquefois, comme la gardeuse d'oies du conte, elle voulait grim- per dans un four pour protester contre son sort. Mais de nos jours, il n'est pas si facile de grimper dans un four. Et on ne peut plus non plus compter sur un héros qui vienne à la rescousse. »

Il est temps d'aller au bureau, décréta Griet en entendant le vacarme qui augmentait autour d'elle. C'était un bruit indescriptible, le rugissement d'un animal qui s'éveille, comme si la montagne, à laquelle la ville était accrochée comme une tique, s'étirait et faisait jouer ses muscles. D'un coup sec, elle referma son agenda et alla ramasser son sac à main qui traînait par terre dans la chambre, au milieu de magazines et de journaux.

Elle inviterait quelqu'un à venir prendre un verre avec elle vendredi soir, se dit-elle en cognant sa tasse vide contre le plan de travail poisseux de la cuisine. N'importe qui, décida-t-elle en fermant la porte à clé derrière elle.

Griet découvrait avec une certitude dévastatrice en ce matin de veille de Toussaint que le sexe lui manquait. Même la comète de Halley était préférable à l'éclipse totale de lune sous laquelle elle avait essayé de survivre ces derniers mois. Elle regrettait son mari, sa maison, la prévisibilité des vendredis soir passés en sa compagnie et celle de ses enfants. Michael et Raphael venaient tous les week-ends ; elle cuisinait pour eux et ils mangeaient en regardant la télé – *MacGyver*, les informations, *Police File* et un film –, puis elle débarrassait la table, son mari s'assoupissait sur le canapé, elle mettait les enfants au lit, remontait les couvertures si haut qu'on ne leur voyait plus que les yeux et elle riait des grimaces qu'ils lui faisaient chaque fois qu'elle les embrassait pour leur souhaiter bonne nuit. Elle était peut-être folle, se dit-elle d'un air de défi, mais tout ça lui manquait.

C'est Rhonda qui lui avait suggéré d'écrire à ce sujet.

« Mais personne n'a envie de lire une histoire de mariage raté, avait-elle protesté. Pas dans ce pays. Nous avons déjà bien assez de problèmes.

— Écrivez-la pour vous, avait dit Rhonda, toujours aussi flegmatique. Pas pour les autres.

— Vous voulez dire comme un journal intime ? » Griet avait eu un air dégoûté comme si elle avait affaire à une canalisation bouchée – un accident qui se produisait hélas trop fréquemment dans l'appartement de son amie. « J'ai un peu dépassé ce stade.

— Non, je veux dire comme une histoire. Transformez-vous en personnage fictif. C'est ce que vous passez votre temps à faire en imagination, de toute façon. »

Griet n'avait pas pris le conseil au sérieux – c'est du moins ce qu'elle croyait. Mais il avait dû se graver dans son inconscient. Il était une fois une femme... C'est la première idée qui lui était venue à l'esprit ce matin au réveil. Mais qui diable commençait encore une histoire par « Il était une fois » ? Telle avait été sa deuxième pensée tandis qu'elle s'asseyait dans son lit avec, sur la langue, comme un reproche, le goût de la dernière cigarette illicite de la soirée précédente. Elle se persuada pour la énième fois que son travail lui affectait l'esprit.

Elle gagnait sa vie chez un éditeur, dans un bureau rempli de livres d'enfants, devant un ordinateur sur lequel elle éditait, traduisait et parfois inventait des contes de fées et autres fantaisies. Depuis à peu près un an, elle s'occupait de ce qui serait probablement la collection de contes de fées la plus complète à paraître en afrikaans. C'était une expérience étrange de rassembler des histoires qui s'étaient transmises oralement à travers les siècles et de les fixer en caractères de l'ère spatiale par une simple pression des touches d'un ordinateur personnel. Une rencontre de la magie et de l'électronique.

Je sais ce qu'est le réalisme magique, pensait-elle souvent. Ses amis intellectuels avaient fréquemment ce mot à la bouche, mais elle le redécouvrait chaque jour sur son traitement de texte. Les Sud-Américains n'avaient pas l'exclusivité des situations absurdes et des anachronismes.

« Pourquoi dit-on ordinateur personnel ? La seule personnalité dont le mien ait jamais fait preuve est une propension impitoyable à la psychopathie, déclara-t-elle à sa psychothérapeute au terme d'une journée de travail particulièrement éprouvante.

— Vous pensez donc que votre ordinateur ne vous aime pas ? demanda Rhonda, sérieuse comme à son habitude.

« – Voilà que vous me donnez de nouveau l'impression d'être paranoïaque, l'accusa Griet. Non, ce n'est pas ce que je veux dire. Mais seul un psychopathe pourrait prendre une histoire dans laquelle vous avez mis toute votre âme pendant des semaines, la déchirer en mille morceaux sous vos yeux et la jeter à la poubelle sans aucun scrupule. C'est ce que vous ressentez quand votre PC efface une histoire. »

Ses amis intellectuels disaient que les machines n'avaient pas de caractéristiques humaines. Mais on ne pouvait pas toujours croire ses amis. Les siens se divisaient en deux catégories – les intellectuels et les fous –, et elle était suspendue dans les airs entre les deux, s'évertuant à descendre sur terre. Les intellectuels étaient dans le droit, le journalisme ou à l'université, et ils aimaient parler de politique, de religion ou du dernier film français en version originale sous-titrée. Ils mangeaient dans des restaurants chics où ils sirotaient des grands crus dans des verres en cristal en se disputant au sujet de l'indépendance de la Namibie et du tournoi de Wimbledon. Ils ne perdaient jamais pied, même quand ils étaient ivres. Les fous étaient peintres, écrivains ou artistes : ils restaient chez eux où ils buvaient du vin en Tetra Brik dans des gros verres en se chamaillant à propos de la Lutte, de l'art érotique et de la culture populaire. Ils planaient quelquefois sous l'effet de pilules et autres substances, mais ils atterrissaient toujours, avec une bosse ou deux, le lendemain matin.

« Mandela me fait penser à Hansel prisonnier de la sorcière, confia-t-elle à son ami Jans au cours d'un de leurs nombreux et interminables repas au restaurant. Tu sais, celui qui doit passer chaque jour son doigt à travers les barreaux pour que la sorcière voie s'il est assez gras pour être tué. »

Jans était un avocat que sa conscience politique obligeait à travailler pour la Lutte. Il était en proie à un dilemme moral car la Lutte lui rapportait un fric fou. Il avait acheté une maison de campagne dotée de parquets de bois clair et d'une cheminée, mais un tel luxe le culpabilisait tellement qu'il donnait la clé chaque week-end à ses amis noirs moins privilégiés et partait en randonnée dans la montagne. Il aimait les mythes et les légendes, dont il n'acceptait de discuter qu'avec Griet.

C'était George qui, en remplissant de nouveau les verres de mousseux, avait amorcé le débat sur le soixante-dixième anniversaire de Nelson Mandela à la prison Victor Verster. Anton-l'avocat et Gwen-la-journaliste s'étaient lancés dans la conversation avec l'enthousiasme d'enfants qui veulent prouver qu'ils n'ont pas froid aux yeux. L'amant de Gwen, Klaus, admit qu'aucun des progressistes assis autour de la table ne reconnaîtrait Mandela s'il entrait dans le restaurant. Pas même quelqu'un de très engagé comme Jans. Les seules photos qu'ils avaient vues de lui étaient vieilles de presque trente ans. Et, comme d'habitude, la femme d'Anton, Sandra, donnait l'impression qu'elle essayait d'écouter par télépathie ses enfants restés à la maison, au cas où l'un d'eux pleurerait.

« Ah, ce Hansel-là, répondit Jans.

— J'ai entendu dire qu'il a sa propre infirmerie où un médecin des prisons l'examine deux fois par jour.

— Hansel et la sorcière ?

— Mandela et le médecin », dit Griet.

Jans sourit et enroula avec dextérité un long ruban de pâtes autour de sa fourchette. Klaus parlait au reste du groupe d'un article qu'il avait lu dans *The Economist* au sujet de l'Afrique du Sud.

« Tu crois qu'il a besoin d'une Gretel pour pousser la sorcière dans le four ?

— Peut-être, mais rappelle-toi que Hansel n'a pas attendu passivement que Gretel vienne à son secours. » Griet avait coupé ses pâtes en petits morceaux qu'elle empilait avec soin sur sa fourchette. « Il était trop intelligent pour la sorcière. Il ne passait pas vraiment son doigt.

— Il l'a trompée avec un petit os de poulet ! » Jans rit et avala une grande rasade de mousseux. « Tu crois que Mandela les trompe ? »

Griet haussa les épaules. « Je ne peux qu'espérer qu'il se souvient du conte. »

La Lutte, songea Griet en se rendant à son bureau rempli de livres d'enfants, l'éternelle Lutte. Elle avait souvent essayé de convaincre Jans que les contes de fées n'étaient rien de moins que la culture populaire. Des histoires transmises par le peuple au peuple. Avec la même division claire et nette entre le bien et le mal – princes et dragons, détenus noirs et gardiens blancs, fées et sorcières, enfants des *townships* et ménagères de banlieue –, la même présentation simple, la même morale. Mais le fait qu'elle passait ses journées à inventer des contes de fées ne lui donnait guère de crédibilité dans la Lutte.

Ce soir, décida Griet en attendant que le feu passe au vert pour traverser la rue de son bureau, elle ouvrirait en grand la porte-fenêtre du balcon et elle s'envolerait avec le vent. Elle danserait la capucine à travers les nuages, survolerait la cité endormie avec une cuiller et une fourchette, jouerait à saute-mouton avec le croissant de lune. Elle irait haut, toujours plus haut, jusqu'à la plate-forme dans la montagne où les sorcières ne manqueraient pas de se rencontrer en cette veille de Toussaint. Elle prendrait place autour de la table géante sous la lune, en compagnie d'un lion et d'un diable qui feraient le guet à chaque extrémité. Qui oserait les chasser? Pas même les anges.

3

À la recherche de l'oie d'or

« La femme – sorcière, ange rebelle ou pécheresse ordinaire – vivait dans un horrible pays. Le soleil y brillait éternellement, sauf la nuit, où la lune prenait le relais, et les gens du pays changeaient de couleur comme des miches de pain dans un four. En passant du crème au pain d'épice ou au café, du rose saumon au rouge betterave, ou de la couleur du beurre à celle du curcuma. Quelques-uns, même, du bleu au vert. Mais les pécheurs les plus invétérés ne changeaient jamais de couleur. Ils se contentaient de devenir de plus en plus blancs. »

C'est ce que Griet avait écrit cet après-midi sur une feuille de papier dans son bureau plein de livres d'enfants. Cela paraît loin, très loin, se dit-elle le menton sur la main et le coude sur un zinc. Elle avait chiffonné la page et appelé son ami Jans :

« Qu'est-ce que tu dirais de prendre un verre avec moi ?

– En quel honneur ?

– C'était le jour des morts, hier.

– On ne pourrait pas faire comme tout le monde et prendre un verre seulement parce que c'est vendredi ?

– Mais c'est un jour de fête en Amérique du Sud. Les Mexicains achètent des squelettes en pain de sucre et mettent un couvert pour leurs invités absents. Ils croient que c'est le jour où les morts obtiennent du ciel la permission de revisiter la terre.

– Raison de plus pour se saouler la gueule.

– O.K., Jans, nous sommes vendredi soir, j'ai survécu une semaine de plus toute seule, et si tu ne viens pas prendre un verre avec moi, je te transforme en chair à pâté la prochaine fois que je te vois. »

Et voici que, quelques verres plus tard, elle se souvenait qu'elle voulait lui dire quelque chose d'important, mais impossible de se rappeler quoi. Sa tête semblait une fleur trop lourde pour sa tige.

« J'en ai ras le bol des hommes intelligents, marmonna-t-elle dans sa main. J'en cherche un qui soit stupide. Stupide et fort. »

Jans lui lança un regard déconcerté à travers les lunettes rondes cerclées d'or qui avaient glissé au bout de son nez. Il était encore en tenue de travail – costume sombre classique, chemise de coton blanc et cravate impression cachemire dans des tons sourds –, mais le bouton du haut de sa chemise était déboutonné et sa cravate desserrée. S'il n'avait pas été obligé de porter un costume tous les jours, avait souvent pensé Griet, Jans aurait fait un clochard tout à fait convenable. Il donnait toujours l'impression de ne pas s'être rasé depuis deux jours ni coiffé depuis trois. Et ce soir, pour couronner le tout, il avait l'air de ne pas avoir dormi depuis quatre jours : sa bouche était fatiguée et des ombres soulignaient ses yeux comme des ecchymoses.

« Je ne dis pas l'idiot du village, Jans. Il devra être capable de lire et d'écrire. Je n'ai pas confiance dans les hommes qui ne lisent pas. C'est peut-être là la cause de tous mes maux. Je ferais mieux de vérifier s'il aime les chiens, comme ma mère me l'a toujours conseillé. Ou à quoi ressemblent ses slips. »

Sa sœur Petra était une connaisseuse en la matière. Elle prétendait qu'ils en disaient long. Qu'il ne fallait jamais faire confiance à un homme qui avait des slips troués. Elle n'aimait pas trop les slips rouges non plus. Elle affirmait que c'était une couleur de dictateur.

« Au lieu de ça, je regarde sa bibliothèque, soupira Griet.

– S'il lit Camus, ça va ? » L'œil de Jans semblait s'être allumé derrière ses lunettes.

« Quelque chose comme ça, oui. » Griet but une autre gorgée de vin et secoua sa tête lourde. « Et à tous les coups je me retrouve sur le cul.

– Nous ne parlons pas seulement de George et du passé récent ?

– Non, nous parlons des hommes en général, de la catastrophe globale. Les seuls hommes avec qui j'aie eu des relations convenables débordaient tous de prétentions intellectuelles. Bien entendu, ça en dit long sur les miennes. Mais la meilleure aventure sans lendemain que j'aie eue, c'était avec un prof de gym qui ne lisait jamais rien de plus compliqué que la page des sports du journal du dimanche. »

Bien sûr, c'était il y a longtemps, à l'époque où elle se rasait encore régulièrement les jambes. S'il la voyait maintenant, cramponnée au zinc avec sa queue-de-cheval minable et tout son rouge à lèvres étalé sur son verre de vin, le pauvre prof de gym perdrait illico presto son impressionnante érection.

Voilà donc ce que les gens faisaient le vendredi soir. Il y avait eu une époque où elle aussi sortait le vendredi soir, où elle mettait encore du mascara et flirtait avec des profs très musclés, mais c'était dans une vie anté-rieure.

« Ne me dis pas que tu aurais pu vivre avec lui. » Jans fixait derrière le comptoir les rangées de bouteilles qui se reflétaient à l'infini dans les miroirs étincelants : une vision du paradis pour alcooliques. « Combien de temps aurais-tu pu tenir avant de te mettre à hurler chaque fois qu'il ouvrait la bouche ?

– Pour toujours – si j'avais su ce que je sais mainte-nant. Le hic avec les hommes intelligents, c'est qu'ils parlent trop et ne baisent pas assez. Le problème avec les hommes stupides est généralement le même. Mais de temps à autre, on en trouve un qui sait la fermer et se servir de son corps. Alors, on doit s'accrocher à ce qu'on a – et se mordre la langue chaque fois qu'il dit une stupidité. Mais c'est de toute façon ce qu'on est obligé de faire avec tous les hommes. »

Tous les hommes sont pareils à la lumière [écrivait Louise, de Londres]. C'est un graffiti que j'ai lu dans le métro en allant au travail. Mais je crois que je ne vois jamais la lumière du jour et encore moins d'homme à la lumière. Il fait sombre quand je pars au travail le matin et quand je rentre le soir à la maison. Je suis certaine que je vais connaître l'hiver de mon mécontentement dans le pays de Shakespeare et des Sex Pistols, où j'ai toujours voulu vivre. C'est terrible de voir ses rêves se réaliser.

« Je raffole des hommes intelligents. Je crois toujours qu'ils sont des Einstein ou des Shakespeare en puissance et que je pourrais être leur muse. Derrière chaque homme, tu sais bien, tous ces clichés avec lesquels j'ai été élevée. L'immortalité par procuration. Je croyais que George était un génie. Un assistant de philosophie – quel coup de bol ! J'avais l'impression d'être un ornithologue amateur tombé sur le dernier spécimen de dodo [1]. Et puis j'ai découvert qu'il ne voulait pas d'une muse mais d'une mère. Quelqu'un qui reprise les trous de ses slips.

– Peut-être que ça fait partie du rôle d'une muse, dit Jans pour la consoler tout en essayant d'attirer l'attention du garçon afin de commander une autre bouteille de vin.

– Non, il y a une différence énorme entre une muse et une mère. » Elle poussa son verre dans sa direction

---

1. Grand oiseau coureur de l'île Maurice, incapable de voler, appelé aussi dronte.

afin qu'il puisse en boire une gorgée en attendant. « On ne peut pas convertir sa muse en une Florence Nightingale. On ne peut pas s'attendre à ce que la Dame brune de Shakespeare joue également les infirmières.

— On ne peut pas avoir le gâteau et l'argent du gâteau ?

— Non, tu peux manger autant de gâteaux que tu veux, mais tu ne voudrais quand même pas qu'un gâteau au chocolat ait le même goût qu'une tarte à la crème. »

Griet fut prise de fou rire et se rendit compte qu'elle avait trop bu. Elle leva néanmoins résolument son verre de vin, le vida et sentit qu'elle flottait sur un nuage qui la rendait téméraire. Jans avait l'air de plus en plus séduisant avec ses lunettes sur le bout de son nez et cette barbe de plusieurs jours qui faisait une ombre autour de sa bouche.

« L'autre jour, j'ai lu quelque chose à propos d'une fleur qui m'a fait penser à toi, dit-il. As-tu déjà vu une *wildemagriet*? Une marguerite ?

— Tu connais l'histoire de la princesse triste ?

— C'est une belle fleur, mais très vénéneuse.

— Son père déclara que l'homme qui la ferait rire pourrait obtenir sa main.

— Les Noirs croient qu'elle protège du diable.

— Et ça t'a fait penser à moi ? demanda Griet prise de hoquet.

— J'ai pensé que ça attirerait ton attention, répondit Jans en riant. Le nom botanique en est *Callilepis laureola*.

– Merde, Jans, voilà pourquoi je t'aime bien, hoqueta Griet en s'affalant sur ses coudes. Tu es une mine de renseignements inutiles. Je me demande toujours quand la prochaine explosion va m'atteindre.

– Les renseignements inutiles, ça n'existe pas, insista Jans en remplissant le verre de Griet. Ça peut toujours servir. Qui a fait rire la princesse triste ?

– Le péquenot à l'oie d'or, répliqua Griet, toujours hoquetante. Tu ne te rappelles pas l'oie qui avait toute une rangée de gens accrochés à ses ailes ? »

Elle se souvint d'un vendredi soir, il y a longtemps, où George et elle avaient flirté dans un pub. Il y avait un guitariste qui jouait les mêmes chansons au milieu du même vacarme : *Imagine, Streets of London, Where Do You Go, My Lovely ?* C'était peut-être le même pub.

Le lendemain matin, ils s'étaient réveillés dans le même lit.

Elle n'en croyait pas ses yeux. N'arrivait pas à s'expliquer comment c'était arrivé. Elle appréciait sa compagnie mais il ne l'attirait pas physiquement. Elle avait été extrêmement impressionnée par sa bibliothèque. C'était la seule excuse qu'elle pouvait trouver à sa conduite.

« Et maintenant, avait-elle demandé, plutôt perplexe, qu'est-ce qu'on fait ?

– Qu'est-ce que tu suggères ? s'était-il enquis en riant et en la prenant dans ses bras. Tu veux convoler ? »

Elle avait ri avec lui, touchant son corps avec émerveillement. Il était plus mince qu'il n'y paraissait habillé, plus vulnérable. Il avait un soupçon de ventre, des hanches étroites et de longues jambes. Et, doux comme du duvet, chaud comme une caille, un pénis qui répondait au contact de ses doigts. Elle aurait voulu pouvoir jouer avec toute la journée sans qu'il se durcisse dans sa main, mais il n'y avait pas de bonne fée à proximité pour exaucer son souhait. Déçue, elle sentit que la caille se transformait en coq nain. Pourquoi, se demanda-t-elle une fois de plus, les hommes croient-ils toujours décevoir les femmes si leur pénis ne se met pas au garde-à-vous dès qu'elles le touchent?

« Je ne vais pas tomber amoureuse de toi, l'avait-elle averti.

– Je suis amoureux de toi depuis une éternité », avait-il répondu. Mais elle avait cru qu'il plaisantait encore.

« Eh bien, tu ne diras pas que je ne t'avais pas prévenu. Je ne veux pas d'une relation stable. Je ne suis pas encore prête...

– Chut, avait-il répondu et il l'avait embrassée pour couper court à ses protestations. Tu vas me rendre impuissant si tu ne te tais pas. »

Paroles prophétiques, se dit Griet, bien des années plus tard. Elle n'était jamais devenue sa muse. Elle l'avait épousé et mené à l'impuissance.

« Tu me serres trop fort la nuit, lui avait-elle déclaré le premier mois. Je n'ai pas l'habitude. J'ai trop chaud, j'ai l'impression de suffoquer.

— Tu devras t'y habituer, avait-il répondu en riant. Je ne peux pas dormir les mains vides. »

« Tu ne me serres jamais contre toi la nuit, lui reprochait-elle bien des années après. Je pourrais aussi bien dormir toute seule.

— Je ne peux pas serrer quelqu'un contre moi la nuit, répondit-il. Ça me rend claustrophobe. Je n'arrive pas à respirer. »

« Je ne veux plus être la muse d'un homme, déclara-t-elle à Jans qui devenait de plus en plus flou, comme si elle l'observait à travers un objectif de moins en moins au point. Je cherche un homme qui soit assez stupide pour ne pas être impuissant s'il devient ma muse. Si tant est que les hommes muses existent.

— À l'origine, c'étaient les déesses grecques des arts, mais de nos jours tout est si androgyne que le sexe des muses ne compte plus guère. » Elle pensait parfois que Jans ne s'intéressait à la mythologie que parce que la plupart des gens modernes n'y voyaient qu'un fatras de connaissances inutiles. « S'il refuse de devenir ta muse, tu pourras toujours en faire ton Pégase.

— Pégase, ça n'était pas un cheval ?

— Exactement. La monture ailée des muses. L'inspiration poétique. Comme dans l'expression " j'enfourche Pégase " qui veut dire : Je vais écrire un poème.

— Voilà qui me plaît, dit Griet en riant et en hoquetant de plus belle. Buvons à Pégase.

— Au péquenot à l'oie d'or. » Jans leva son verre pour porter un dernier toast. « Puisses-tu le trouver bientôt. »

4

Boucles d'Or perd ses lunettes

« Il était une fois un pays coloré qui était régulièrement frappé par des désastres. Il y avait de longues
sécheresses pendant lesquelles des milliers d'animaux
périssaient, et des crues subites qui emportaient des
milliers de maisons. Il y avait des tremblements de
terre qui détruisaient des villages historiques comme le
Doigt de Dieu renversant les pions sur un échiquier, et
il y avait des lois faites par les hommes qui avaient le
même effet. La différence entre les catastrophes natu-
relles et les désastres causés par l'homme, c'était que les
gens laissaient les églises, les mosquées et autres bâtiments religieux debout, comme des rois sans sujets sur
un échiquier déserté.

Les pires désastres du pays coloré étaient toujours
dus aux hommes. Il y avait des montagnes qui vomis-
saient le feu, non pas parce qu'un dieu avait décrété
qu'il devait en être ainsi, mais parce que les hommes les
incendiaient par négligence. Au-dessus du pays, dans
l'air, il y avait un trou dangereux par lequel les rayons
mortels du soleil brillaient et brûlaient bêtes et gens. Le

trou n'était pas non plus le fait d'un dieu mais celui des hommes qui se souciaient plus des trous de leurs vêtements que d'un trou dans le ciel. Ce dont les hommes ne se rendaient pas compte, c'est que les anges les regardaient par ce trou, comme des enfants à plat ventre, épiant à travers une fissure du plancher du grenier. Et les anges furent si choqués par ce qu'ils virent que leurs ailes se hérissèrent dans leur dos.

C'était un pays où les rhinocéros et les enfants noirs périssaient par milliers. Un beau jour, les gens s'émurent et collectèrent des millions de rands pour sauver les rhinocéros noirs. C'était à n'en pas douter un pays étrange, se dirent les anges en secouant la tête. »

« J'écris un conte de fées, dit Griet à sa psychothérapeute. En fait je voulais écrire au sujet de ma relation. Mais les contes de fées me conviennent mieux. »

Rhonda lui adressa un sourire encourageant comme une institutrice regardant un bambin former maladroitement ses premières lettres. Elle avait dû avoir une dure journée, se dit Griet, parce que sa jupe longue en coton arborait incontestablement un faux pli. Mais son chemisier était plus que jamais blanc comme neige. Pas l'ombre d'une marque de saleté autour du col. Mal à l'aise, Griet lissa son chemisier qui, lui aussi, avait été propre ce matin.

« Vous voulez m'en dire plus ?

— Non, s'empressa de répondre Griet qui s'excusa : il n'y a pas vraiment beaucoup plus à dire. J'ai à peine commencé. Je ne sais pas comment ça va finir. »

« *De la glace verte tombée du ciel met un couvent en émoi* », avait-elle lu ce matin dans le journal, un de ces petits faits divers absurdes qu'elle se rappelait toujours mieux que les nouvelles importantes. Elle avait visiblement besoin de phénomènes inexplicables après avoir vécu sept ans avec un homme qui pouvait tout expliquer logiquement, rationnellement et impassiblement. Et qui pouvait toujours esquiver avec cynisme les questions auxquelles il ne savait pas répondre, comme par exemple : Quelle est la signification de la vie ?

Un gros bloc de glace verte, avait-elle lu avec un intérêt croissant, était tombé des airs par la fenêtre d'un couvent catholique. Les religieuses paralysées de peur avaient entreposé la pièce à conviction dans le congélateur.

La pièce à conviction en vue de quoi ? s'était demandé Griet. D'un procès contre le pouvoir divin qui avait lancé la glace en direction de la terre ? Qui se tiendrait dans le box des accusés ? Les anges n'iraient tout de même pas faire payer à un groupe de nonnes le fait que la race humaine les décevait. Non, décida Griet, on blâmerait probablement une fois de plus les pauvres sorcières. Comment leur en vouloir si elles cassaient de temps à autre quelques fenêtres de couvent ? Tout le monde savait ce que l'Église catholique avait fait aux sorcières pendant des siècles.

« Avez-vous revu George ?

– Non. » Griet jeta un rapide coup d'œil à l'horloge Mickey. Encore presque une heure à tirer. Elle ferait aussi bien d'être honnête. « J'ai essayé de le voir. Je suis passée deux ou trois fois en voiture devant notre maison... enfin sa maison... ou devant celles d'amis à qui il était susceptible de rendre visite. Mais je n'ai pas eu le courage d'entrer. J'ai peur de ce que je pourrais lui faire.

– Êtes-vous toujours en colère contre lui ?

– Je ne veux plus le frapper à mort comme il y a un mois, si c'est ce que vous voulez dire. Je ne ferai plus la bêtise d'essayer de le toucher. J'ai failli me casser la main. Je ne sais même pas comment donner un coup de poing. Ce n'est pas une chose que les filles bien apprennent à l'école. Tout ce qu'on nous a appris, c'est à donner un coup de pied dans l'entrejambe d'un type, et encore, la prof de gym disait que c'était très grave et qu'on ne devait le faire qu'en cas de tentative de viol. »

Rhonda hocha la tête avec bienveillance mais ne souffla mot.

« Elle n'a pas dit ce qu'il fallait faire quand on perd son bébé et qu'on est chassée de sa maison par son mari », ajouta Griet.

« Vous avez été très cruellement blessée. » Rhonda se pencha un peu en avant sur le canapé rouge, les yeux paisibles comme toujours. Griet eut l'impression qu'elle pourrait s'enfoncer dans ces eaux stagnantes, profondément, toujours plus profondément, les poches lestées de pierres, comme Virginia Woolf. « Et vous le cachez sous cette terrible colère. »

Elle ne voulait plus le frapper à mort, avait-elle déclaré à sa psychothérapeute. Elle voulait le torturer à petit feu jusqu'à ce que mort s'ensuive, mais ça, elle le gardait pour elle. Elle voulait l'enfermer dans sa maison, sans téléphone ni journaux, sans livres ni aucun contact avec le monde extérieur. Elle voulait jeter ses somnifères et ses antidépresseurs dans la cuvette des W.-C. Elle voulait installer une caméra vidéo télécommandée dans chaque pièce et le regarder sombrer lentement dans la folie.

Parfois elle avait peur de sa propre folie.

« Il dit qu'il n'arrive pas à comprendre pourquoi je suis si en colère. Qu'il puisse continuer à vivre comme si de rien n'était, comme si j'étais une page qu'on peut simplement arracher. Pas une page écrite, pas une page manquante dans un livre, pas même une foutue page de publicité! Une page vierge, blanche comme neige, ça, c'est le pire de tout.

— Se pourrait-il que vous vouliez désormais le punir d'une autre façon? demanda prudemment Rhonda. Maintenant que vous ne voulez plus le frapper?

— Que voulez-vous dire? s'enquit Griet tout aussi prudemment.

— N'avez-vous pas pensé à lui la nuit où vous avez mis la tête dans le four?

— Je savais que vous me poseriez cette question », répondit lentement Griet.

Papie Big Petrus, que la Main de la Mort avait puni, parlait souvent aux anges. C'était bien avant qu'il y eût un trou dans le ciel, mais il avait ses méthodes personnelles pour entrer en contact avec les créatures célestes. Il se contentait de faire une longue promenade dans le veld, de lever les yeux vers le ciel sans nuages de son bien-aimé Karoo et il entendait bruire les ailes des anges.

Il convenait avec eux qu'il vivait dans un pays extraordinaire. Surtout depuis qu'il avait perdu sa ferme pendant les années de crise et qu'il devait vivre en parent pauvre dans la ferme de son neveu. Les gens disaient qu'il n'avait jamais surmonté l'humiliation, qu'elle avait affecté son esprit, qu'il s'était mis à entendre des voix. Mais la petite Griet savait que, depuis l'enfance, il parlait avec les anges comme d'autres enfants jouent avec les fées et les gnomes. Il le lui avait dit lui-même quand elle était encore très jeune et qu'il était déjà très vieux, un jour qu'elle écoutait les bruissements d'ailes en sa compagnie.

« C'était un brave homme, avait déclaré Mamie Hannie après sa mort, mais il était trop fier pour être un parent pauvre. C'est pourquoi la Main l'a puni. »

Mamie Hannie évoquait toujours la Main avec un immense respect mêlé de crainte.

« Il était humble et doux, répétait tout le temps Mamie Hannie. Il ne s'est mis en colère qu'une seule fois dans sa vie. Il ne mesurait pas ses forces. Et il a tué un homme sur le coup. Le magistrat a dit qu'il avait été puni par la Main de la Mort et qu'il ne frapperait peut-être jamais plus personne, pas même ses enfants. »

Papie Big Petrus était un géant – si énorme que Mamie Hannie devait lui confectionner tous ses vêtements. Il avait des pieds comme des montagnes et des mains comme des collines. La petite Griet ne pouvait détacher ses yeux des mains de son grand-père, surtout pas de celle qui avait envoyé un homme droit dans la tombe. La Main avait la couleur et la dureté de la terre brûlée par le soleil impitoyable et elle était crevassée comme un réservoir vide en période de sécheresse.

Mamie Hannie était une grande femme musclée aux longues mains nerveuses mais, quand elle s'agenouillait aux côtés de Papie Big Petrus, ses deux mains tenaient dans une des siennes. Les mains de Mamie Hannie étaient couvertes de marbrures et de veines bleues qui évoquaient toujours pour la petite Griet les villages et les rivières d'une carte de géographie. Mais les doigts de Mamie Hannie étaient légers comme la plume quand elle séchait les cheveux de Griet.

« Ma plus jolie sœur est morte à cause de cheveux mouillés, lui disait toujours Mamie Hannie. Elle avait des boucles d'or comme les tiennes, sauf qu'elles étaient beaucoup plus longues et lui arrivaient presque aux genoux. Elle se lavait les cheveux tous les jours et se les faisait sécher au soleil des heures durant. Comme une sirène, disaient toujours les gens. Un soir, elle s'est laissé surprendre par la pluie et elle est allée se coucher les cheveux mouillés. Le lendemain matin, elle était allongée dans son lit, les cheveux enroulés autour de son corps comme un manteau doré. Raide morte. »

Mamie Hannie était la plus jeune de seize enfants qui avaient tous connu une fin bizarre.

Un frère avait fait une chute mortelle lorsque son cheval, une nuit, avait bronché devant un fantôme. Ça ne pouvait être qu'un fantôme, disaient les gens, car il était le meilleur cavalier du district. Il ne serait pas tombé de cheval, même ivre.

C'était le fantôme de la sœur aux cheveux mouillés, murmurait la famille. Elle prenait sa revanche parce qu'il lui avait coupé une boucle de cheveux après sa mort. Il voulait apparemment offrir à sa fille une poupée avec de vrais cheveux.

Un autre frère avait épousé sept femmes – parfois plus d'une à la fois, prétendait la rumeur, et il eut une crise cardiaque pendant sa septième nuit de noces. La mariée avait une bonne quarantaine d'années de moins que lui et, six mois plus tard, elle donna le jour à un enfant qui hérita de tout son argent et qui, au vif dépit de la famille, ne ressemblait pas du tout à son père.

La mort la plus étrange fut cependant celle du frère à la tour. Il était devenu le plus riche – car il était le plus près de ses sous, répétait toujours Mamie Hannie, mais l'argent n'avait pas pu lui acheter le bonheur, ajoutait-elle invariablement. Il n'avait jamais été bien gai, mais, dans sa vieillesse, il sombra dans la mélancolie et se construisit, sur une de ses fermes, une tour qui montait jusqu'au ciel. Il y passait ses journées à scruter l'horizon, guettant ce qui se présenterait en premier, des communistes ou du Jugement dernier. Un jour, il entendit des rugissements et des barrissements, et il décida que le jour du Jugement dernier était venu. Les communistes n'amèneraient pas d'éléphants. Il se précipita en bas mais, dans sa hâte, il trébucha dans l'escalier et se cassa le cou.

Les éléphants et les lions appartenaient au premier cirque à faire une tournée dans le district.

Griet avait pensé à sa famille la nuit où elle avait voulu mettre sa tête dans le four, et elle s'était demandé si cette façon de se suicider ne manquait pas terriblement d'originalité.

« J'ai probablement aussi pensé à George. Mais j'en avais assez de toujours tenir compte des autres, de ce qu'ils diraient, de ce qu'ils ressentiraient. Pour une fois dans ma vie, j'ai voulu ne penser qu'à moi.

— Mais vous n'avez pas pu le faire, dit Rhonda avec circonspection. Vous n'avez pas pu parce que vous pensiez toujours aux autres.

— Je n'ai pas pu parce qu'un cafard m'a fait peur.

— Je sais que ça va vous paraître étrange, dit Rhonda en inscrivant quelque chose dans le classeur qui se trouvait sur ses genoux, mais le fait que vous ayez sérieusement envisagé le suicide sans pour autant passer à l'acte... indique un certain progrès.

— *Progrès ?*

— Jusqu'à présent, Griet, vous vous êtes simplement réfugiée derrière la colère. Vous avez refusé la moindre responsabilité pour ce qui était arrivé. Maintenant vous commencez à affronter la réalité. C'est le plus difficile. Il est compréhensible que vous pensiez parfois au suicide. »

Mais j'y pense tout le temps, voulut-elle protester. Je suis obsédée par le suicide, le cancer, les enfants qui meurent de faim et par ce qui va arriver à ce pays si le ciel ne nous aide pas. J'ai des crises d'angoisse au sujet de la mort, de la possibilité d'attraper le sida – que j'ai peut-être déjà ! –, d'être violée ou brûlée vive par une populace noire déchaînée, et puis je me dis flûte, si je le fais moi-même, je peux au moins choisir la façon dont je m'en vais. Ce qui est fini est fini, disait toujours Mamie Lina.

Néanmoins elle se sentit soudain trop lasse pour discuter avec sa psychothérapeute.

« Pouvez-vous vous rappeler comment vous vous sentiez ce jour-là ? Est-ce qu'il ne se serait pas produit un événement, même insignifiant, qui aurait pu être la goutte d'eau qui a fait déborder le vase ? »

Elle avait horreur de ça quand sa psy parlait comme un article de *Cosmopolitan*.

« Oui, répondit-elle avec humeur. Mes lunettes sont tombées.

– Pardon ?

– Le jour où j'ai mis ma tête dans le four. »

Les lacs bleus furent traversés par un très léger remous, agités par un clapotis, et Griet sourit.

« *Dès que vous cesserez de l'attendre et que vous vous concentrerez sur vous-même, votre vie s'améliorera énormément*, avait-elle lu une demi-heure plus tôt dans la salle d'attente de Rhonda. *Montre-moi un conte de fées où figure une belle femme et je te montrerai une ravissante idiote qui attend d'être délivrée par l'amour d'un homme bien.* » Elle avait refermé le magazine d'un coup sec et allumé une cigarette.

Elle mourait d'envie d'allumer une cigarette, mais elle s'était interdit de fumer dans le cabinet de consultation de Rhonda. Il fallait faire preuve d'une certaine autodiscipline.

« C'était comme si j'avais toujours regardé la vie à travers des lunettes roses – un monde merveilleux et flou – et comme si soudain mes lunettes étaient tombées. Alors, pour la première fois, je me suis vue comme je suis. Et non comme j'aimerais être. Ça m'a fait un choc terrible. »

Help me, Rhonda, chantaient les Beach Boys. *Help me, Rhonda.* C'était un air qui trottait souvent dans la tête de Griet quand elle regardait l'horloge Mickey. Son heure était presque écoulée.

« Il m'est enfin venu à l'esprit que je n'aurai peut-être jamais d'enfant, que je n'écrirai jamais de grand roman et que je n'aurai peut-être même jamais de relation réussie avec un homme. Je ne m'étais jamais sentie aussi inutile de ma foutue vie.

– Vous avez vécu presque sept ans avec un homme, dit Rhonda d'un ton réconfortant sur son canapé rouge. Vous avez été mariée trois ans. Vous ne pouvez pas prétendre maintenant que tout n'a été qu'un immense désastre.

– Désolée, marmonna Griet, mais c'est comme ça que je vois les choses. Comme dans un film qui finit mal. Même si tout le reste s'est très bien passé, on ne se souvient que de la fin.

« *On ignore encore pourquoi la glace était verte* », concluait l'article qu'elle avait lu ce matin. C'était la phrase qui lui avait redonné espoir. Il y avait encore des choses que ni son mari ni sa psy ne pouvaient expliquer.

5

Que vous avez de grands yeux, mon enfant !

Il y avait des jours comme aujourd'hui où Griet avait l'impression d'être coincée dans une gigantesque fête enfantine. Toutes les femmes dans le supermarché avaient un enfant accroché à leurs basques ou assis dans un Caddie avec l'épicerie. On avait l'impression qu'il était possible d'acheter un enfant comme un bonhomme en pain d'épice grandeur nature.

Et comme si cette épidémie d'enfants ne suffisait pas, tous les rayons du supermarché se moquaient de son échec en tant que femme. Biberons, couches-culottes et petits pots de couleurs et saveurs variées. Jouets, nourriture pour animaux, livres de coloriage et gros crayons de couleur, beurre de cacahouète et sirop de mélasse. Tout la faisait penser aux enfants.

Les jours comme aujourd'hui, elle enviait la Sarah de la Bible. Ou la Yerma de Lorca. Au moins, l'humiliation du supermarché moderne leur avait-elle été épargnée.

Elle ignora délibérément le rayon de parapharmacie – sparadrap-pour-les-petits-bobos et mercurochromeantiseptique – pour se diriger vers l'ennuyeux rayon des lessives. Elle avait l'impression d'être le Petit Chaperon rouge – tee-shirt rouge, panier de plastique orange à la main –, qui doit résister aux tentations de la forêt. Sa seule consolation était que, depuis qu'elle ne faisait plus les courses pour son mari et les enfants de son mari, elle n'avait plus de gros Caddie à pousser.

Il était impossible d'expliquer comment tout en elle se contractait chaque fois qu'elle pensait aux enfants qu'elle avait perdus. Quatre : trois de son mari et, bien avant qu'elle ne le rencontre, un premier, dont elle avait choisi de se débarrasser. Auxquels il fallait ajouter maintenant ses deux beaux-fils. Une demi-douzaine d'enfants, quatre de sa chair et deux de son cœur, tous perdus.

Elle ne pouvait même pas en parler à sa psy.

Elle prit la lessive la moins chère car les publicités lui paraissaient toutes pareilles : des idiotes qui prenaient plus de plaisir à laver plus blanc qu'à faire l'amour. « *Faites la différence.* »

Elle ne regrettait pas son avortement, s'était-elle répété maintes et maintes fois. Elle n'avait pas pensé au fœtus comme à une personne. Elle ne lui avait pas donné de nom.

Mais depuis qu'elle avait perdu les autres, elle se posait des questions. Elle se demandait si elle n'était pas punie de ne pas avoir voulu du premier. Et elle était en colère contre elle-même car elle n'arrivait pas à se défaire du carcan du calvinisme.

Elle avait vingt ans, bon Dieu, qu'est-ce qu'elle aurait pu faire d'autre ? Son malheureux complice dans le crime avait à peine un an de plus qu'elle – le premier garçon avec qui elle ait couché, rendez-vous compte ! Un surfeur blond et bronzé. C'était une catastrophe qui aurait ruiné ses études prometteuses, sa brillante carrière, son avenir doré.

Elle ne lui avait jamais dit qu'elle était enceinte. Elle l'apercevait encore parfois en ville – un homme d'affaires qui avait réussi avec B.M.W. bleu argenté, épouse et deux enfants –, et s'interrogeait sur ce qu'il aurait fait s'il avait su. Elle se demanda combien d'hommes dans le monde ignoreraient toujours que leurs amantes s'étaient fait avorter.

C'était déjà difficile de partager une naissance avec un homme, de lui faire comprendre ce qu'on ressentait à être déchirée d'une façon aussi primitive. C'était presque impossible de partager un avortement avec un homme.

Prenez Louise. Son amant l'avait déposée dans une rue mal famée de Woodstock, lui avait fourré un chèque en blanc dans la main et souhaité bonne chance. Il n'était repassé la voir dans son appartement que trois jours plus tard. Petra, la sœur de Griet, était un autre exemple édifiant. Son amant l'avait accompagnée en voiture au Lesotho, était resté dans un hôtel avec elle jusqu'à ce qu'elle arrête de saigner, mais leur relation avait pris fin dans le mois qui avait suivi. « On a toujours tort », avait dit Petra en pleurant. Un avortement réussi, ça n'existait pas. On y laissait toujours des plumes.

Griet passa devant la nourriture pour animaux et s'empressa de détourner les yeux quand son regard accrocha l'image d'un chien sur une boîte. « Fais attention au loup, avait prévenu la maman du Petit Chaperon rouge, prends garde à tout ce qui pourrait ressembler à un loup. » Griet avait absolument voulu un chien – quelque chose à chérir à la place d'un enfant – mais son mari avait refusé d'en entendre parler. « Méfie-toi des hommes qui n'aiment pas les chiens », l'avait avertie sa mère.

Bien sûr qu'elle croyait en un dieu, avait-elle affirmé à son cynique époux. On ne peut pas croire aux sorcières ni aux anges si on ne croit pas aussi en un dieu. Mais son dieu était un dieu d'amour, pas un méchant magicien qui vous punissait de vous être fait avorter clandestinement quand vous étiez une étudiante de vingt ans. Son mari ne croyait en rien : ni aux magiciens, ni aux dieux, ni même en lui.

Elle aimait penser que le premier avait été un garçon. Elle savait que les deux suivants étaient des filles. Elle leur avait donné des prénoms, Nanda et Nina, et leur parlait des heures durant. Les mettait en garde contre les loups et les hommes qui n'aiment pas les chiens. C'est étrange comme on se souvient des conseils les moins sensés de sa mère quand on a soi-même une fille. On ferait n'importe quoi pour la protéger : on lui dirait de ne pas aller se coucher les cheveux mouillés ; on demanderait à une bonne fée d'exaucer tous ses souhaits ; on vendrait son âme au diable si ça pouvait lui acheter le bonheur.

Mais ça n'avait servi à rien. Elle n'avait porté chacune d'elles que trois mois. La seule preuve de leur existence, c'étaient les échographies des deux fœtus, guère plus gros que Poucette, l'enfant-fée.

Elle passa devant le rayon viande. Peut-être ne voudrait-elle pas à ce point la peau de son mari si elle devenait végétarienne. Elle hésita près des cafés. Peut-être ne se sentirait-elle pas si sexuellement frustrée si elle arrêtait d'alimenter sa libido en caféine. Elle choisit un paquet de café des Montagnes Bleues et le plaça d'un air résigné dans son panier en plastique.

Sa capacité à se passer de caféine, de nicotine ou d'alcool quand elle était enceinte l'émerveillait. Comme si son corps tout entier œuvrait si fort à créer la vie qu'il ne lui restait plus d'énergie pour les dépendances nuisibles à la santé. L'instinct maternel devait être une des plus grandes forces de la nature, plus fort que n'importe quelle armée, plus puissant que la sorcellerie ou la technologie. Plus fort et plus puissant – et moins compréhensible même – que les pulsions autodestructrices de l'humanité.

Le quatrième était le fils qui lui avait volé son cœur. Pas étonnant ! Il avait passé neuf mois complets à se rapprocher insensiblement de son cœur si bien que, vers la fin, c'est tout juste si elle pouvait respirer la nuit. Il était trop plein d'entrain pour l'espace de l'utérus, on aurait dit qu'il voulait envahir également l'espace autour de ses poumons, comme s'il considérait l'intérieur d'elle-même comme son territoire. Sa naissance avait fait de son corps un désert, une maison sans meubles, une cuisine sans four.

L'accouchement avait été une expérience atroce qui avait duré toute une nuit et dépassé ses pires cauchemars. « Est-il possible qu'une pomme puisse créer tant de problèmes ? avait-elle demandé à la jeune infirmière qui lui tenait la main. Pensez-vous qu'Ève méritait un châtiment aussi lourd ? » L'infirmière avait souri comme un ange, s'était élevée au-dessus du lit et éloignée en flottant.

Peut-être avait-elle eu des hallucinations, peut-être son grand-père avait-il envoyé un de ses anges pour lui tenir la main. Elle avait cru qu'elle serait courageuse – après tout sa grand-mère avait mis au monde seize enfants sans le secours d'analgésiques ni de la médecine moderne. Mais au bout de deux heures, Griet avait supplié son ange d'infirmière : qu'on lui fasse une péridurale, une anesthésie totale, une césarienne, n'importe quoi qui la sorte de cet enfer.

Le conte de fées de l'Afrique du Sud, se souvint son cerveau tourmenté, avait aussi commencé avec une Ève. Une Ève et une Marie, comme dans les plus célèbres contes de fées de l'Occident : l'Ancien et le Nouveau Testament. Éva était une Khoïkhoï, adoptée par la famille de Jan Van Riebeeck, aussi innocente et presque aussi nue que l'Ève des origines. Comme l'autre Marie, Maria de La Queillerie avait voyagé loin avec son époux Van Riebeeck, « fondateur » de l'Afrique du Sud « blanche » pour sauver un monde coupable.

C'est du moins la version européenne, la femme blanche secourant les pécheurs noirs. Comme tout conte de fées qui se respecte, il a des variantes, blanches, noires, brunes, et jaunes. Comme *Le Petit Chaperon rouge, Rotkäppchen* et *Little Red Riding Hood.*

Peu après que le médecin anesthésiste lui eut inséré une aiguille dans la colonne vertébrale, ses jambes avaient commencé à s'engourdir. Dieu merci, ses idées étaient devenues un peu plus claires. Mais elle n'arrivait pas à ôter la pauvre Ève de son esprit. L'Ève dont on lui avait parlé à l'école, celle qui fut chassée du Paradis à cause de ses péchés. Mais aussi l'autre, dont elle n'avait appris tout au plus que le nom en classe. Celle qui épousa un Blanc et fut reléguée sur Robben Island à cause de ses péchés.

L'Ève khoïkhoï devint une chrétienne pratiquante, habillée à l'occidentale, elle apprit à parler le hollandais et le portugais et épousa Pieter Van Meerhoff, un talentueux chirurgien danois. Mais le conte de fées tourna mal. Le mari d'Éva mourut quelques années plus tard et elle devint une alcoolique et une prostituée, abandonnant ses enfants à la charité publique. Elle fut incarcérée à diverses reprises sur Robben Island où elle mourut en 1674.

Tant pis pour les dénouements heureux, avait pensé Griet, puis l'ange lui avait dit de pousser.

Elle avait fini par expulser le bébé, ravie – malgré le sang et la sueur –, comme si c'était un sauveur qui allait racheter l'humanité. Il était son sauveur, l'enfant qu'elle avait si longtemps attendu, le fils qu'elle avait tellement désiré.

Elle vit le petit corps gluant, les pieds minuscules aux dix orteils parfaits, le visage rose aux yeux soigneusement fermés pour se défendre de la sauvagerie du monde. Ça devait faire le même effet quand on voyait un dieu, avait-elle songé.

Puis ils l'avaient emporté. Elle n'avait pas pu pleurer quand on lui avait annoncé qu'il était mort. Il y avait un espace vide à l'endroit où son cœur avait autrefois battu.

Une Italienne de quatre-vingt-onze ans, avait lu Griet dans le journal de ce matin, a retrouvé son fils qui avait été adopté peu après sa naissance, soixante-quatorze ans plus tôt. « Je voulais revoir mon fils avant de mourir », avait apparemment déclaré Assunta Rabuzzi aux reporters. Griet découpa immédiatement l'article et le glissa dans son agenda.

Elle essaya de ne pas penser en terminant ses courses. Les saucisses cocktail lui rappelaient les doigts de pied de son fils ; les petits champignons ressemblaient à son nez. Les coquillettes imitaient la courbe parfaite d'une oreille de bébé ; les pêches étaient duveteuses comme la peau d'un bébé. Elle eut une grosse boule dans la gorge quand ses dents mordirent dans le fruit et elle pleura de regret en avalant les morceaux. « *Prenez et mangez car ceci est mon corps.* » Une fois, il y a longtemps, dans la ferme de son grand-père, elle avait vu une truie dévorer ses petits. Puis elle était allée derrière la porcherie porter le déjeuner de sa grand-mère.

Dans un Caddie, au rayon crémerie, était assis un petit garçon aux grands yeux verts. Elle ferait semblant de ne pas le voir, décida Griet en prenant une plaquette de beurre. Il balançait ses pieds chaussés de souliers en toile bleue. Griet se demanda quelle sorte de fromage acheter et où se trouvait la mère de l'enfant. De la mozzarella.

Pourquoi ses articles de journaux préférés, comme sa nourriture favorite, venaient-ils toujours d'Italie ? Glace verte tombant sur les couvents et vieilles femmes retrouvant des fils perdus. Pizza, pâtes et jambon de Parme. Peut-être ce genre de nourriture prédisposait-il l'esprit à l'imagination et aux histoires étranges.

Elle avait du mal à imaginer l'effet des *boerwors*[1] et de la *biltong*[2] sur l'esprit de son peuple.

Dans sa vision de l'enfer, Dante représente les âmes des suicidés comme des arbres rabougris au bord d'une rivière de sang. Vous imaginez combien d'arbres sud-africains doivent pousser le long de cette rivière ! Tous les hommes qui ont détruit leur famille avant de se suicider, comme s'ils avaient peur que personne d'autre que leurs enfants ne veuille jouer avec eux en enfer. Tous les récidivistes politiques qui ont sauté du dixième étage, et tous les autres, qui ont devancé les autorités en se donnant la mort.

Imaginez qui elle aurait pu rencontrer dans ce bosquet d'arbres rabougris si elle n'avait pas été effrayée par un cafard ! Griet sentit que ses pieds ne touchaient

---

1. Saucisses épicées.
2. Viande séchée.

plus terre. Hemingway et Hitler, Janis Joplin et Marilyn Monroe, Othello et Ophélie... Griet s'éleva lentement et vit les pieds de l'enfant devenir de plus en plus petits. Nat Nakasa et Ingrid Jonker... C'est dangereux de laisser les petits garçons tout seuls dans les Caddies de supermarché, nota-t-elle en survolant les bacs réfrigérés remplis de fromages de provenances diverses. Van Gogh des Pays-Bas, Cléopâtre d'Égypte et la chaste Lucrèce de l'Italie antique... Des déséquilibrés pourraient facilement les kidnapper. Elle traversa le plafond, aussi aisément que le cheval ailé des muses glissant à travers les nuages. Et, libre comme une sorcière, légère comme un ange, elle s'envola.

6

Je m'en vais souffler, souffler tant et si bien, que de ta maison il ne restera rien

Griet eut envie de pleurer en revoyant la maison dans laquelle elle avait vécu pendant tant d'années. Où le cœur aime, là est le foyer, se dit-elle en traversant le jardin laissé à l'abandon. Et si on n'a plus de cœur, le foyer se trouve probablement là où on garde ses livres, sa musique et ses souvenirs les plus précieux.

Sous la fenêtre de la chambre, les clivias brillaient comme des flammes orange. Un antidote puissant à l'impuissance, selon les contes de vieilles bonnes femmes, et une protection contre le mal. Même si une petite forêt de clivias n'avait pu protéger les habitants de cette maison ni de l'impuissance ni du mal.

Elle ouvrit prudemment la porte et sentit ses genoux fléchir en entrant dans le vestibule. C'était l'odeur de son mari, comprit-elle, paniquée, en arrivant près de la table où se trouvaient le téléphone et le répondeur. Mais il ne pouvait pas être là. Elle s'était assurée qu'il serait absent. C'était seulement son odeur qui s'attardait dans la maison : l'odeur de ses cigarettes, de son corps après une partie de tennis et du savon rouge qu'il utilisait chaque matin sous la douche. Elle sentait l'odeur de son mari parce que les souvenirs dans cette maison aiguisaient tous ses sens et qu'elle était revenue sans faire de bruit comme un chien pour déterrer de vieux os.

La maison de Mamie Hannie était une maison des sens, une petite maison d'ouvrier agricole sur une ferme du Karoo, fraîche et sombre comme une cave, surtout le dimanche après-midi quand tout le monde était censé dormir. Il y avait une porte de devant que seul le *dominee* [1] utilisait, une porte de derrière qui restait ouverte jour et nuit et une porte avec moustiquaire qui battait continuellement. Un coup sec, assourdissant jusqu'à ce qu'on s'y fût habitué, suivi de deux coups plus faibles comme un écho, chaque fois que quelqu'un entrait ou sortait.

Il y avait un certain nombre d'autres bruits dans la maison, surtout par les chauds après-midi de dimanche. Le claquement de mâchoires du chien qui chassait les mouches, les gémissements du moulin à vent sous une brusque rafale, le ronronnement d'un camion, loin, bien loin sur la grand-route. Le craquement du lit de Papie Big Petrus quand il retournait sa gigantesque carcasse.

Et la nuit, il y avait des gargouillis inexplicables dans le grenier. Mamie Hannie disait que c'étaient des rats ou autre chose. Papie Big Petrus disait : impossible, les

---

1. Pasteur.

rats ne gargouillent pas, c'était Autre Chose. Mamie Hannie secouait la tête et gardait le silence.

Le son le plus mémorable était l'hymne qu'ils chantaient chaque jour aux aurores, après avoir lu un passage de la Bible et récité quelques prières. La voix de basse, pure et assurée, de Papie Big Petrus suivie de celle, aiguë, hésitante, de Mamie Hannie. Elle ne s'intéressait guère au chant, elle ne chantait que pour lui faire plaisir.

Griet parcourut la pile de courrier non décacheté sur la table du téléphone, trouva quelques enveloppes qui lui étaient adressées, surtout des factures qu'elle fourra dans son sac à main et des prospectus du *Reader's Digest* qu'elle chiffonna. Elle alla dans la cuisine pour les mettre à la poubelle. Ce n'était en réalité qu'une excuse pour retarder le moment d'affronter la chambre à coucher.

Elle était partie à la hâte, en jetant une brosse à dents et quelques vêtements dans une valise, au milieu de la nuit, après que son mari lui eut dit qu'elle était le spécimen d'humanité le plus lamentable qu'il eût jamais vu. Elle avait passé le reste de la nuit, assise dans sa voiture, près de la plage, à se sentir aussi lamentable qu'il l'avait dit. À cinq heures du matin, elle s'était rendue à son bureau – le vigile dans le hall d'entrée avait ouvert de grands yeux devant ses vêtements froissés et ses cheveux emmêlés – et elle avait appelé Louise à Londres.

« J'ai besoin de ton appartement pendant quinze jours jusqu'à ce que je me sois trouvé un endroit à moi.

— Qu'est-ce qui ne va pas ? avait marmonné Louise dans un demi-sommeil – c'était encore le milieu de la nuit à Londres. Qu'est-ce qui se passe ?

— George m'a jetée dehors. »

Elle essayait d'avoir un ton détaché afin de ne pas accabler Louise de ses problèmes mais sa voix la trahit. La nuit passée dans la voiture avait été irréelle, un cauchemar dont elle allait s'éveiller, mais maintenant qu'elle avait les yeux bien ouverts, elle se rendait compte en fixant son ordinateur dans le petit matin gris qu'elle n'avait pas de fée pour marraine. Elle ne voyait pas qui pourrait transformer une citrouille en appartement.

« Merde. » C'était la réponse habituelle de Louise à toute déclaration sortant de l'ordinaire. Après un long silence pendant lequel Griet redouta d'entendre « Je te l'avais bien dit », Louise eut un grand soupir dramatique :

« Le mariage est ignoble, c'est tout ce que je peux dire.

— S'il te plaît, Louise, est-ce que je peux utiliser ton appartement ? »

Sa voix tremblait dangereusement.

« Bien sûr. » Louise était bien réveillée maintenant. « Reste aussi longtemps que tu voudras mais ne sois pas surprise si je te rejoins dans deux mois. Mon mari me rend folle. »

Louise avait épousé un citoyen britannique parce qu'elle voulait se débarrasser de son passeport sud-africain – elle le reconnaissait sans rougir –, mais elle avait suffisamment de doutes au sujet de cet arrangement pour garder son appartement du Cap. On ne sait jamais, disait-elle. Il vaut mieux garder une issue de secours. Son premier divorce lui avait servi de leçon. Griet pensait que son amie était beaucoup trop cynique pour réussir dans le mariage.

« C'est à ce point-là ?

– C'est comme être mariée au pape. Et ne pas pouvoir lui dire qu'il est nu.

– C'était un empereur.

– Non, le foutu pape ! Ce qui me démoralise, c'est le formalisme et l'hypocrisie innés des Anglais dans son genre. Il ne pète même pas devant moi. Comme si nous seuls, barbares venus d'Afrique, avions des besoins aussi élémentaires. Mais quand il est sous la douche, il pète si fort que je l'entends du salon.

– Où est-il en ce moment ?

– Ne t'inquiète pas, il ne comprend toujours pas un traître mot d'afrikaans. Je voulais juste te faire savoir que tu n'es pas seule à lutter. On dit que le mariage est une grande institution, mais qui a envie de vivre dans une foutue institution ? »

Abattue, Griet quitta le téléphone et repassa devant le vigile perplexe. Une journée lamentable en perspective, songea-t-elle, tandis que ses phares perçaient les volutes de brouillard qui flottaient dans les rues paisibles. « Retour à la réalité », avait dit Louise.

Trois mois plus tard, elle était encore dans l'incertitude. Seule, dans un appartement étranger, à la cuisine pleine de cafards.

Quand les autres se séparent, pensa-t-elle tout en agrandissant le trou de la couche d'ozone dans sa lutte contre les cafards, c'est normalement l'homme qui quitte le foyer.

Après tout, c'est la femme qui s'occupe de la maison, songea-t-elle avec rancune, qui est responsable de tout – des couleurs contrastées des coussins du salon jusqu'au choix du papier hygiénique. Pas toujours parce qu'elle *veut* être responsable de tout. Quelquefois, elle est simplement trop fatiguée pour prendre une ultime position féministe devant le fourneau. De toute façon, reconnut Griet avec amertume, c'est humiliant de s'essuyer le derrière avec du papier journal tout en se chamaillant avec son mari à propos de Germaine Greer et de Gloria Steinem. Finalement, c'est moins fatigant de sortir acheter du papier hygiénique soi-même.

Mais tout le monde sait que c'est plus facile pour un homme de ne pas s'embarrasser de valises. Qu'est-ce qu'on fait quand on a ses règles au beau milieu de la nuit et qu'on s'aperçoit qu'on n'a pas emporté ses Tampax? Ou quand on a oublié sa crème de nuit, qu'on n'a pas assez d'argent pour s'en acheter un autre pot et que, chaque matin, en se regardant dans un miroir d'emprunt, on découvre avec horreur que de nouvelles rides sont apparues autour de ses yeux au cours de la nuit?

Qu'est-ce qu'une maison sans femme? se demandait Griet en arpentant sa maison pour la première fois depuis des semaines. Qu'est-ce qu'une femme sans maison? Qu'est-ce qu'une femme sans le rasoir de son mari? Elle avait toujours utilisé celui de George – provoquant son ire – pour se raser les aisselles. Il n'aimait pas les femmes poilues. Bien sûr, elle aurait pu s'acheter un rasoir au cours des trois mois passés, mais, pour une raison ou une autre, elle n'avait pas trouvé moyen de le faire.

> Tu es la seule femme en cette fin de vingtième siècle, lui avait écrit Louise la semaine précédente, à continuer à croire que les crapauds se transforment en princes. Te voilà déçue parce que c'est le contraire qui s'est produit. Et après? Bienvenue au club.

Griet aurait souhaité pouvoir être aussi cynique que son amie. Mais elle voulait pleurer sur sa maison qui avait l'air aussi abandonnée qu'une église afrikaner en semaine. Elle se tenait dans la cuisine qui n'avait jamais été infestée de cafards et contemplait avec morosité l'amas de vaisselle sale dans l'évier. Surtout des verres, remarqua-t-elle, verres à vin, à whisky, pratiquement tous les verres du bar. On avait l'impression que son mari avait fait la fête tous les soirs depuis qu'elle était partie. Ou qu'il noyait ses remords dans la boisson, espéra-t-elle.

Elle envisagea un instant d'ouvrir le robinet et de faire la vaisselle, mais elle réussit à s'en empêcher juste à temps. Il était trop tard pour jouer les bonnes fées. Comme s'il allait lui demander de revenir s'il trouvait une cuisine propre en rentrant ce soir !

Il n'avait pas l'air de beaucoup manger. Il n'y avait que trois assiettes dans l'évier. Dans le frigo, elle trouva une douzaine de canettes de bière, deux bouteilles de vin, un carton de lait (tourné : elle ne put se retenir de renifler), un reste de fromage moisi et quatre œufs. Elle se demanda ce que mangeaient les enfants quand ils venaient le week-end. S'il y avait du papier dans les W.-C. Et s'il s'était souvenu de payer la facture de téléphone à temps, d'arroser régulièrement le buisson de romarin près de la porte de derrière et de laisser une fenêtre ouverte la nuit pour le chat vagabond du voisin.

Tout ça ne la regardait plus. Elle n'était venue que pour prendre des vêtements propres et deux ou trois livres, se répéta-t-elle. Elle remarqua soudain qu'il avait enlevé toutes ses photos et cartes postales du panneau installé près du frigo. C'est définitivement foutu, comprit-elle, et elle s'enfuit de la cuisine comme une aveugle.

Dans la chambre à coucher, elle sentit de nouveau son odeur, un mélange de sueur, de savon et de fumée. Dieu merci, elle ne repéra pas celle d'une autre femme. Elle n'aurait pas eu le courage d'affronter ça. Pas tant que sa propre odeur s'attardait encore dans les coins.

La maison de Mamie Hannie avait toujours exhalé des effluves de nourriture, de pain, de compote de coings et quelquefois aussi de carcasse d'animal sur le billot du boucher. L'odeur du sang ramenait toujours

Griet dans cette maison. C'était là qu'elle avait senti pour la première fois son propre sang, le jour de l'enterrement de Papie Big Petrus.

Symbolique, se dit-elle après coup, mais à l'époque, elle n'avait rien vu de symbolique dans la situation. Juste la cruauté du destin qui avait choisi le jour où elle devait porter une robe de deuil blanche comme le lys. La famille avait pensé qu'elle ne se levait pas pour chanter avec le reste de la congrégation parce qu'elle avait le cœur brisé. Dommage, avaient murmuré les femmes avec bienveillance, elle était la prunelle des yeux de son grand-père.

Elle avait quitté l'église la dernière, reconnaissante et soulagée que sa robe fût encore immaculée.

Cette nuit-là, elle avait cru que sa vie était finie, comme si on l'avait enterrée avec son grand-père. Elle avait toujours treize ans, comme la veille, mais soudain, elle devait se conduire en adulte. Demain, elle devrait se tenir dans la cuisine, transpirer sous les bandes jaunes de papier tue-mouches qui pendaient du plafond, pendant que les autres enfants pousseraient des cris perçants près du réservoir de la ferme.

Elle s'était tournée et retournée dans son lit, et avait été tirée de son sommeil agité, au petit matin, par le son le plus triste qu'elle eût jamais entendu. Mamie Hannie avait entonné un hymne, de sa voix aiguë qui chantait faux sans son mari pour la guider, mais bien décidée à persévérer. « Sur les montagnes et les vallées, le Seigneur est au-dessus de tout... » Griet pensa que Papie Big Petrus, quelque part, devait sourire de satisfaction. Et c'est à ce moment-là seulement qu'elle put pleurer sa mort pour la première fois.

Griet lança un regard nostalgique sur le grand lit, le cœur de la maison, le centre autour duquel sa vie avait tourné pendant sept ans. Son mari et elle n'avaient jamais chanté dans leur chambre. Elle avait hérité de la voix de sa grand-mère et son mari préférait la philosophie au chant. Il croyait qu'il n'y avait que les émotifs Italiens et les sentimentaux Allemands pour aimer chanter.

Soudain pressée, Griet ouvrit la porte de la penderie d'un coup sec et jeta une poignée de cintres sur le lit. Il fallait qu'elle quitte cette maison au plus vite pour ne plus jamais y remettre les pieds. C'était comme la boîte de Pandore : les souvenirs s'en étaient échappés dès qu'elle avait ouvert la porte. C'était pire que la boîte de Pandore. Pandore avait au moins gardé l'espoir.

7

La grand-mère qui avait peur de tout

Papie Kerneels avait grandi au bord de la mer. La nuit, quand il dormait, on entendait le bruit des vagues dans son sang, se plaignait toujours Mamie Lina. Pour elle qui avait une peur bleue de l'eau, cela avait dû être une torture de passer toutes ses nuits au côté d'un homme qui faisait des bruits de coquillage géant.

« Si le Seigneur avait voulu que nous nagions, disait souvent Mamie Lina, Il nous aurait donné des nageoires. » Mamie Lina invoquait la volonté du Seigneur pour tout ce qu'elle ne voulait pas faire. « S'Il avait voulu que nous volions, Il nous aurait donné des ailes. » « S'Il avait voulu que nous soyons instruits, Il nous aurait donné de plus grosses têtes. » « S'Il avait voulu que nous allions vivre sur la lune... » et ainsi de suite.

« Six semaines sans homme », voulait écrire Griet ce matin dans le cahier qu'elle s'était acheté sur le chemin du bureau. Mais le cahier était si immaculé avec sa couverture bleu gentiane, ses feuilles qui ressemblaient à des cols amidonnés et ses citations de femmes célèbres à chaque page qu'elle ne pouvait le profaner avec une première phrase aussi prévisible. Le papier avait l'air d'avoir été fait main, le genre de papier qui vous amène à souhaiter pouvoir immortaliser vos pensées en calligraphie. « *Nous ne voyons pas les choses telles qu'elles sont, nous les voyons telles que nous sommes* », disait Anaïs Nin en haut de la première page. « J'ai toujours raffolé des beaux cahiers, écrivit Griet sous ces sages paroles, encore plus que des hommes intelligents. » Presque aussi mauvais, comprit-elle trop tard, que « Six semaines sans homme ».

Puis elle tourna la page et se mit à écrire sur ses grands-parents. Elle avait en fait acheté le cahier pour écrire sur sa relation, comme sa psychothérapeute le lui avait conseillé, mais son histoire choisissait son propre chemin, tel un cheval qui refuse simplement d'obéir à son cavalier. Tout ce qu'elle pouvait faire maintenant, c'était fermer très fort les yeux, s'accrocher de toutes ses forces, et espérer qu'elle ne serait pas désarçonnée comme le pauvre frère de Mamie Hannie.

Pégase pouvait de toute évidence se débrouiller sans muse, mais qu'arrivait-il à une muse si elle était désarçonnée par Pégase ? Un cheval n'avait besoin ni de selle ni de bride, mais une histoire avait besoin d'un début, de règles d'orthographe, de ponctuation et d'une fin. Si je ne suis même pas capable de contrôler une jeune pouliche de conte de fées, se demanda Griet paniquée, comment pourrai-je jamais maîtriser un roman pur-sang ?

Mamie Lina n'avait pas seulement peur de l'eau, mais aussi des éclairs, des germes et des maladies, du noir et de la mort, en ordre d'importance approximativement inverse. Si elle entendait un grondement de tonnerre – ce qui par bonheur se produisait rarement étant donné qu'elle passa sa vie entière dans la colonie du Cap –, elle couvrait tous les objets brillants de sa maison. C'était une tâche redoutable parce que tout dans sa maison étincelait. Même les sols luisaient comme des miroirs. Mais elle se mettait au travail avec enthousiasme.

Elle fermait les rideaux, jetait des draps sur les miroirs et allait même jusqu'à cacher ses robinets de salle de bains sous des gants de toilette. Et tandis que la foudre jetait ses éclats sinistres dans toute la maison, elle passait la cuisine en revue comme un sergent instructeur pour s'assurer qu'il n'y traînait pas une cuiller ni une fourchette susceptibles d'attirer l'envie destructrice d'un éclair. Pendant ce temps, Papie Kerneels était dehors dans le jardin où il admirait le spectacle, un sublime son et lumière offert gratuitement aux terriens.

La bataille de Mamie Lina contre l'obscurité et la mort recommençait chaque soir après le coucher du soleil. Toutes les nuits, elle laissait une lumière allumée dans la maison, mais jamais la même deux nuits de suite. Elle croyait que les ampoules dureraient plus longtemps si elles bénéficiaient à tour de rôle d'un répit. Elle fermait toutes les fenêtres, verrouillait toutes les portes et s'assurait que la maison entière était impeccablement propre. Il y avait toujours la possibilité qu'elle perde la bataille, qu'elle meure pendant la nuit, et son âme ne reposerait jamais en paix si quelqu'un pouvait dire qu'elle avait été une maîtresse de maison négligente. Elle se lavait les pieds une dernière fois, enfilait une chemise de nuit repassée et s'allongeait sur le dos, les mains croisées sur la poitrine – la seule position dans laquelle elle était prête à mourir –, puis elle essayait vainement de s'endormir.

Et le lendemain matin, comme tous les matins, elle était stupéfaite d'être en vie.

« J'ai perdu le contrôle », avait avoué Griet la veille dans le cabinet de sa psychothérapeute. « Je n'arrive même pas à écrire ce que je veux.

– Non, vous tenez fermement les rênes en main. » La Rolex de Rhonda envoya un éclair doré tandis qu'elle notait une remarque pénétrante. « Vous écrivez sur ce que vous voulez, même si vous ne vous en rendez pas compte. Rappelez-vous qu'ici nous traitons du subconscient.

– Non, ce n'est pas... » Bizarre que Rhonda ait également utilisé un terme d'équitation, songea-t-elle. « Pourquoi voudrais-je écrire sur mes grands-parents ?

– Parce que vous ne voulez pas écrire sur votre relation. Parce que vous refusez encore d'admettre que les choses se sont mal passées. » Rhonda portait de nouveau un pantalon de lin blanc avec un chemisier bleu layette, aussi frais qu'un parasol sur une plage brûlante. « Et que vous avez aussi joué un rôle dans la rupture.

— Mais qu'est-ce qu'un conte de fées au sujet de ma famille a à voir avec ma relation ? demanda Griet d'un ton sec.

— Il vous aide à vous comprendre, répondit calmement Rhonda qui affecta de n'avoir pas décelé l'irritation de Griet. Comme tout conte de fées qui se respecte.

— Que faites-vous si vous vous sentez désarçonnée ?

— Je vais parler à un psy. »

« Mamie Lina était en fait le genre de femme qui ne devrait exister que dans les publicités pour lessives », écrivit Griet dans son nouveau cahier. Avoir les draps les plus blancs de la rue était pour elle une question de vie ou de mort. La vie n'était pas trop courte, croyait Mamie Lina, pour faire tremper les serviettes de table dans de l'Omo – tous les jours.

Parfois elle s'éveillait paniquée et en sueur, au beau milieu de la nuit, parce qu'elle avait rêvé d'une trace de saleté sur le sol de sa cuisine ou d'une fine couche de poussière sur l'étagère du haut de sa penderie. Elle ne pouvait retrouver le sommeil qu'après s'être mise à quatre pattes pour vérifier son carrelage ou être grimpée sur une chaise pour inspecter sa penderie. Quelquefois, l'insomnie était si tenace qu'elle faisait du repassage toute la nuit.

Elle vivait dans une simple maison de banlieue qui, bien qu'en tous points semblable aux autres maisons de la rue, était aux yeux de Mamie Lina un palais. Son mari en était le roi et elle en était la reine, les germes et la poussière ses ennemis de toujours, le balai et la brosse à récurer ses loyaux sujets. Il y avait un petit jardin avec une baignoire pour les oiseaux au milieu d'un petit bassin à poissons, ainsi que des géraniums et des dahlias le long d'une allée de ciment. Il y avait un salon avec un piano très droit, une peinture de Tretchikoff (*L'Orchidée sur les marches*) et une vitrine pleine de cendriers-souvenirs. Il y avait une chambre qui sentait l'antimite, des W.-C. qui puaient le désinfectant et une cuisine qui fleurait bon le gâteau au chocolat et la gelée de groseilles.

Devant la cuisine se trouvait une véranda au plancher ciré, dotée d'un banc en bois, un jardin avec une basse-cour et un figuier géant. Mamie Lina contemplait ce figuier pendant des heures, debout à sa fenêtre en faisant la vaisselle ou assise à sa table de cuisine en astiquant ses couteaux. Son regard était toujours fixé sur les branches basses.

Mamie Lina avait un faible pour ce figuier. La petite Griet aurait pu jurer avoir vu sa grand-mère, un après-midi, dans les feuilles du haut. Pendant des années, elle se demanda si son imagination ne lui avait pas joué des tours jusqu'au jour où Papie Kerneels fit une remarque au sujet des adultes qui grimpaient aux arbres. Mamie Lina lui lança un regard furieux et quitta précipitamment la pièce.

Griet comprit alors que ses yeux ne l'avaient pas trompée. Sa digne grand-mère grimpait aux arbres en cachette. Bien sûr on ne l'aurait jamais deviné à la voir dans sa robe faite pour durer et ses souliers éculés, les cheveux noirs toujours bien tressés et enroulés sur la tête en chignon.

Griet ne put commencer à comprendre que des années plus tard. Dans le conte où figure le fils du roi qui n'a peur de rien, il y avait – bien sûr – un pommier auquel le héros devait grimper pour cueillir une pomme. Dès qu'il l'eut fait, tout lui fut possible.

Grimper aux arbres était le seul défi de Mamie à la peur. Dès sa petite enfance, elle avait toujours préféré se cacher dans les arbres plutôt que de jouer avec les autres enfants. C'était une fille ravissante aux yeux et aux cheveux noirs, timide, nerveuse et obsessionnelle. Trop brune pour être tout à fait blanche, disaient certains, mais à cette époque ce n'était pas encore le scandale que cela allait devenir après 1948. L'école fut pour elle un cauchemar. Si un professeur lui posait une question, elle balbutiait, bégayait et fondait parfois en larmes. Quand un inspecteur venait dans la classe, elle se mettait à trembler si fort que deux enfants devaient lui tenir son pupitre. Quand elle eut quinze ans, son père décida qu'elle était trop sensible pour continuer ses études. De toute façon, le pharmacien local voulait qu'elle vienne travailler chez lui.

Le pharmacien était un veuf entre deux âges qui cherchait une jolie fille et le père de Mamie Lina savait très bien que sa fille brune était une des plus jolies du district. Mamie Lina n'avoua jamais ce que le pharmacien lui avait fait, mais elle ne le pardonna jamais à son père. Tel un prince sur son cheval blanc, un homme aussi blond que Mamie Lina était brune, Papie Kerneels, arriva juste à temps pour la sauver d'un mariage avec le veuf d'âge mûr. Ils se marièrent dans le mois qui suivit – le plus beau couple jamais vu dans la ville – et allèrent vivre dans une ville où Papie Kerneels pouvait respirer l'odeur de la mer.

Trois nuits avant sa mort, Mamie Lina se réveilla paniquée et s'assit dans son lit, mais ce n'était pas parce qu'elle avait rêvé de germes. Elle avait entendu frapper à la porte de derrière. Bien qu'elle fût en temps normal trop nerveuse pour ouvrir la porte de devant à qui que ce soit, même en plein jour, cette nuit-là, elle ne secoua pas Papie Kerneels. Elle se leva calmement, se rendit dans la cuisine sur la pointe des pieds et ouvrit.

Ses descendants ne sauraient jamais qui ou ce qu'elle attendait. La cour était entourée d'un haut mur hérissé de tessons de bouteilles et de rouleaux de fil de fer barbelé. Il était impossible pour un mortel quelconque d'accéder de l'extérieur à la porte.

Mamie Lina s'était levée comme si c'était la chose la plus naturelle du monde que quelqu'un vienne frapper à la porte de derrière au milieu de la nuit et qu'elle doive se lever pour ouvrir. Quand elle vit qu'il n'y avait personne, elle retourna se coucher. C'est à ce moment-là que Papie Kerneels se réveilla.

« J'ai entendu frapper à la porte de derrière, lui dit Mamie Lina, l'air de rien, mais il n'y avait personne. »

Papie Kerneels soupçonna immédiatement une malveillance et ne put fermer l'œil de la nuit.

La nuit suivante, même chose. Cette fois-ci, Papie Kerneels se réveilla au moment où elle se levait. Elle avait de nouveau entendu frapper, déclara-t-elle très calmement, sauf que maintenant ça semblait être à coups redoublés. Une fois de plus, Papie Kerneels n'avait rien entendu, mais il l'accompagna dans la cuisine pour voir ce qui se passait. Et, une fois de plus, il n'y avait personne. Papie inspecta la cour en quête d'un intrus et, à l'aide du faisceau de sa torche, balaya le figuier et toutes les cachettes possibles et imaginables.

Le plus drôle, dit-il plus tard, c'est que Mamie Lina s'était rendormie immédiatement tandis que lui, qui avait en temps normal un excellent sommeil, était resté éveillé pour la deuxième nuit consécutive.

La troisième nuit, quand Mamie Lina se réveilla en sursaut, il comprit qu'elle avait de nouveau entendu frapper.

« On aurait dit que quelqu'un essayait d'entrer par effraction, déclara-t-elle, nullement inquiète ni effrayée.

— Ça n'était qu'un rêve, ma chérie, dit-il pour essayer de la réconforter. Je n'ai rien entendu. »

Mais elle alla toute seule ouvrir la porte comme si elle n'avait jamais eu peur de rien. Au bout de dix minutes, ne la voyant toujours pas revenir, Papie Kerneels partit à sa recherche.

Elle gisait face contre terre sous le figuier, bras et jambes écartés. La dernière position dans laquelle elle aurait voulu mourir, si elle avait eu le choix. Une crise cardiaque, avait dit Papie Kerneels, ou une attaque.

Pourtant personne d'autre dans la famille ne vit jamais le cadavre. Griet soupçonna toujours que Mamie était tombée du figuier et que Papie avait décidé d'enterrer son secret avec elle. C'est ce qu'elle aurait souhaité. Tomber d'un arbre au beau milieu de la nuit aurait par trop manqué de dignité sur un avis de décès ou une pierre tombale.

« C'est pour dire... répétait encore Papie Kerneels bien des années plus tard. Elle qui ne croyait ni aux fantômes, ni aux présages ni aux choses de ce genre. Elle qui affirmait que seuls les pêcheurs pouvaient être superstitieux à ce point. »

8

La Belle au bois dormant
combat l'insomnie

Le sexe est incontestablement un problème, décida Griet. Et la masturbation n'est pas une solution. « *L'esprit dispersé dans un abîme de honte, C'est la luxure en acte* », écrivit Shakespeare, il y a quatre siècles. Un abîme de honte, et Shakespeare n'était même pas calviniste.

Elle transpirait dans l'obscurité, le drap collé à son corps nu. Elle s'était remise à porter une chemise de nuit – bleu pâle avec un volant autour du cou, achetée pendant qu'elle était enceinte, et chaste comme une enfant. Mais cette nuit était une de ces nuits d'été moites, presque subtropicales, où on savait qu'on vivait en Afrique. Où, pendant des siècles, les gens ne s'étaient pas trop souciés d'avoir des vêtements.

Et parce qu'elle était nue cette nuit, elle se mit à penser au sexe. Le legs de Calvin au peuple afrikaner n'avait pas facilité les choses. Était-ce une coïncidence si *lus*, le mot afrikaans pour luxure, signifiait également corde ? *Si on les laisse faire, ils se passeront la luxure au cou ?*

Elle avait relevé le store bleu de la fenêtre, dans l'espoir qu'à un certain moment, cette nuit, la brise jouerait sur sa peau. Comme des mains d'homme, pensa-t-elle avec nostalgie, des doigts caressant ses hanches et ses cuisses, faisant de la musique avec son corps. Elle se toucha, caressa son ventre, entortilla les doigts dans les poils de son pubis, sentit naître la chair de poule. Mais ce n'était pas la même chose. Ça ne le serait jamais.

Le clair de lune qui brillait par la fenêtre ouverte donnait à la pièce un aspect surnaturel. Le clair de lune est censé être argenté, mais il ne s'agit là que d'un mythe moderne de plus. Si on se tourne et se retourne dans son lit, brûlant de frustration et sans même l'odeur d'un homme, le clair de lune est gris – bleu-gris, lilas-gris par endroits.

La masturbation est toujours un sujet tabou, se dit Griet en contemplant son corps à la clarté lunaire. Même parmi ses amis qui n'avaient aucun scrupule à discuter de sexe. S'ils évoquaient « l'acte solitaire », ils en parlaient au passé – comme si c'était le domaine réservé des écoliers, comme par exemple le fait de fumer en cachette – ou se réfugiaient derrière le cynisme et la moquerie. Une femme a besoin d'un homme parce qu'un vibromasseur ne peut pas pousser une tondeuse à gazon, ha! ha! ha!

Était-ce parce qu'on s'y livrait seul qu'une telle honte était attachée à la masturbation ? Il ne restait pas beaucoup de gros mots en cette dernière décennie du vingtième siècle, mais « seul » devait en faire partie.

« Seul » et « sida », s'était rendu compte Griet depuis qu'elle essayait de vivre sans homme. Être seul, c'est être inadapté au milieu de tous les couples qui vous entourent. De la perversion, ni plus ni moins.

Elle fit descendre ses mains, laissa ses doigts caresser la peau secrète à l'intérieur de ses cuisses. La peau la plus tendre, la plus intime, la plus douce d'un corps de femme, disait toujours George. De là, il n'y avait que la longueur d'une langue jusqu'au hors-d'œuvre céleste, l'ange à cheval, la muse sur Pégase.

Ses amis hommes admettaient tous s'être masturbés à l'école. Dans tous les endroits possibles et imaginables : en classe de biologie, au cinéma, et même dans les W.-C. des auberges de jeunesse lors de compétitions sportives. Pendant que les filles assises à leurs côtés, en classe de biologie et au cinéma – les pauvres filles respectables comme Griet –, étaient à cent lieues de se douter que la branlette était de loin le sport le plus populaire parmi leurs camarades de classe masculins.

C'était quelque chose qu'elle enviait souvent aux hommes : les relations plus faciles qu'ils entretenaient dès le départ avec leurs organes sexuels. La masturbation avait au moins l'avantage de vous familiariser avec la carte de votre propre corps avant que vous ne vous aventuriez sur le territoire effrayant et inexploré du sexe opposé. Mais pour Griet et toutes ses respectables sœurs, le sexe était une route à deux voies que l'on quittait plus ou moins accidentellement pour la voie unique de la masturbation, et pas le contraire.

Griet était adulte lorsqu'elle s'était risquée seule pour la première fois dans cette région mystérieuse, « en bas ». Cela montre ce qu'il advient des filles respectables, pensa-t-elle plus tard. Elles mettent horriblement longtemps avant d'apprendre à voler de leurs propres ailes.

À l'école, Griet était très comme il faut, à peine consciente de ses parties génitales, sauf pendant les trois jours du mois où elle râlait de ne pas pouvoir nager avec les garçons. Quand elle eut enfin pigé l'extraordinaire pouvoir d'attraction que ce territoire interdit exerçait sur le sexe opposé, elle le défendit avec la vigilance d'un commando d'élite.

Ces temps-ci, elle se demandait si le jeu en avait valu la chandelle : toutes ces années de tactique défensive désespérée, dans l'obscurité des voitures et sur des canapés inconfortables, dans le but de garder sa virginité intacte – pour finir par la livrer de son plein gré à l'ennemi. Comme l'Afrique du Sud tentant vainement de s'accrocher à la Namibie. Ou l'Union soviétique essayant de séparer les gens par un mur. Maintenant Griet convenait qu'on ne pouvait pas interdire l'accès à une zone géographique de façon artificielle, pas même sur son propre corps.

Sa main paraissait fraîche comparée à la chaleur fiévreuse de son sexe. Elle frotta légèrement son annulaire sur son clitoris, remonta le majeur vers le creux de son nombril et, avec son index, elle se caressa le ventre. Puis elle laissa le doigt du crime s'enfoncer lentement là où elle était devenue moite de désir.

Lycéenne, elle était incapable d'insérer le plus petit Tampax – « conçu par une gynécologue pour une sécurité maximale » – dans cet orifice secret. L'idée de quoi que ce soit de plus gros ou de plus dur – comme un doigt créé par un dieu – la plongeait dans des abîmes d'angoisse. Un organe masculin serait sans aucun doute un sort pire que la mort. Que faisait-on, se demandait-elle, paniquée, si on restait coincés ? Deux chiens, on les passait sous le robinet le plus proche, mais deux personnes ?

Et quand elle finit par déposer les armes au pied de celui qui surfait à présent sur la vague du succès dans le monde des affaires, elle fut presque déçue que tout se passe si bien. Quelques gouttes de sang plus tard, elle se mit à soupçonner que l'effrayante invasion barbare qu'elle combattait depuis tant d'années pourrait peut-être même devenir une source de plaisirs délicieux. Comme la plupart des retardataires, elle entreprit sur-le-champ de rattraper le temps perdu ; mais, comme toutes les filles respectables, elle dut se frayer un chemin sous une montagne de culpabilité et d'histoires de vieilles bonnes femmes avant de commencer à apprécier le sexe. Puis elle se maria.

L'histoire s'arrête là.

Quand le désir ardent de procréation fit intrusion par la porte de devant, le plaisir sexuel s'éclipsa par la porte de derrière.

Maintenant qu'elle s'était enfin – à cor et à cri – libérée du mariage, Griet était la proie d'un nouveau cauchemar. Au moment précis où elle croyait pouvoir s'aventurer sans danger dans les eaux profondes du sexe, elle était effrayée par un monstre à côté duquel le requin des *Dents de la mer* avait l'air d'un poisson rouge. « On a toujours tort », répétait sans cesse sa sœur Petra. On a toujours tort dans un monde où quelque chose comme le sida est devenu possible.

On n'avait plus besoin de diables désormais. La peur du sida créait un enfer personnel pour chaque pécheur.

Ce devait être le sort que la treizième fée avait jeté à l'homme moderne. Une vierge malveillante qui voulait punir les mortels là où ça leur ferait le plus mal : le sexe, la chose qui séparait les humains des fées.

Cette fée diabolique avait décrété que pendant les deux dernières décennies du vingtième siècle, le sexe deviendrait une arme plus dangereuse que le fuseau. La Belle au bois dormant et tout son entourage vivraient nuit et jour dans l'angoisse jusqu'à ce que la vie devienne absolument insupportable et que personne ne puisse plus trouver de réconfort dans le sexe. L'humanité serait condamnée au sommeil du célibat.

Cette fois, la Belle au bois dormant devrait se sauver elle-même. De ses propres mains. Car que restait-il en dehors de l'espoir et de la masturbation ?

« *La masturbation, à l'instar du voyeurisme, de la pédophilie et du sadisme, est une perversion de la nature ; autrement dit, c'est une satisfaction sexuelle autre que les rapports sexuels normaux prenant place dans le cadre du mariage.* » C'est avec cet article de journal que tout avait commencé ce matin. Elle avait failli s'étrangler en prenant son café. Et s'était livrée à une série de réflexions auxquelles elle avait essayé toute la journée de mettre un terme. Puis elle était allée à une soirée qui n'avait fait qu'entretenir le feu.

Elle se tenait dans la cuisine bondée, une bouteille de vin dans une main et un verre dans l'autre, quand son ami Anton-l'avocat lui avait soudain mis les mains sur les hanches. Elle avait levé la bouteille et le verre au-dessus de sa tête tandis qu'il l'attirait à lui et elle avait ri, plus de surprise que de plaisir, pendant qu'il lui embrassait l'oreille gauche.

« Tu es une femme très érotique », lui avait-il dit à l'oreille. « Tu as une façon de frotter ta chatte contre le mobilier quand tu traverses une pièce, comme si tu voulais baiser les chaises et les tables. »

Puis il avait ri aussi, probablement devant l'expression choquée qui se lisait sur son visage, et l'avait invitée à danser. *Light My Fire* chantait Jim Morrison dans le salon, d'un ton beaucoup trop froid pour être allumé. La musique était si forte qu'il était impossible de parler, heureusement, parce qu'elle ne savait pas quoi répondre. « *Le désir masculin est autant une offense qu'un compliment* », a dit Simone de Beauvoir. Peut-être pas tout à fait une offense, songea Griet. Dieu sait si elle était reconnaissante qu'il y eût encore quelqu'un pour la trouver désirable maintenant que son mari s'était si complètement désintéressé d'elle. Mais comment diable réagissait-on quand on entendait de tels propos dans la bouche d'un bon ami – d'un bon ami marié, de quelqu'un avec qui on n'avait jamais envisagé de partager son lit?

Le pire de tout était qu'Anton et Sandra formaient dans son cercle d'amis à peu près le seul couple qu'elle avait toujours considéré comme ayant fait un mariage heureux.

Il voulait seulement être gentil, décida-t-elle. Tout le monde voyait que sa confiance en elle avait pris un sale coup. Mais la façon dont il dansait avec elle, les mains toujours sur ses hanches, la laissait songeuse.

Elle l'avait toujours trouvé séduisant, bronzé et blond à la façon des surfeurs de son adolescence. Les Doors continuaient à chanter *Light My Fire*, tout comme vingt ans plus tôt aux surprises-parties du lycée. Ses amis avocats prétendaient qu'une femme aux prises avec un divorce était une proie rêvée. Elle regarda Anton droit dans les yeux et elle ne put plus être dupe. Elle se libéra de ses mains en dansant. Elle ne pourrait plus jamais être la lycéenne respectable qui ne savait pas que le garçon à ses côtés se branlait.

Et s'il avait été marié à quelqu'un d'autre, murmura un diable à son oreille, à quelqu'un qu'elle ne connaissait pas? Où étaient les anges de son grand-père, se demanda-t-elle, quand elle avait réellement besoin d'eux?

Jim Morrison avait entamé une autre chanson. Pour apaiser les feux de sa libido, elle dansa à corps perdu. Et pour noyer sa culpabilité, elle but comme un trou.

Et maintenant elle était étendue au clair de lune, souhaitant que quelqu'un puisse l'aider à venir à bout de cette nuit moite.

« *Le monde le sait bien, mais nul ne sait que faire/Pour éviter le paradis menant à cet enfer.* » Shakespeare avait dit tout ce qu'il y avait à dire sur la luxure, décida Griet qui s'en remit à la merci de ses propres mains. Shakespeare avait probablement dit tout ce qu'il y avait à dire sur tout.

9

Pauvreté et Humilité
se retrouvent au tribunal

Papie Kerneels était un homme qui aimait la pêche et la paix. Pas comme mon avocat qui est trop impatient pour pêcher et trop agressif pour s'avouer vaincu, se dit Griet. Mais si son avocat était comme son grand-père, se consola-t-elle, il ne serait probablement pas un bon avocat.

Elle était assise dans l'impressionnant cabinet de Hilton Dennis et fixait d'un air morose la mer, vingt étages plus bas. Il dictait une lettre de menaces à son mari et elle souhaitait à chaque mot pouvoir retourner l'horloge Arts déco qui trônait sur son bureau à dessus de verre. Il y a sept ans, pensat-elle, désespérée, il y a sept ans, elle avait été heureuse.

Il était impensable que sept ans de confiance, d'espoir et d'amour aboutissent à une lettre impersonnelle d'avocat. Presque un cinquième de sa vie, jugé et déclaré insuffisant, effacé par une froide demande de règlement sous forme d'argent liquide et de quelques meubles. Ne restaient que l'écho de disputes insupportables, un goût amer dans la bouche, une rage aveugle, une impuissance paralysante.

Ça passerait, avait-elle lu dans des articles de magazines superficiels. Les souvenirs s'estomperaient comme la vue par une fenêtre qui s'encrasse peu à peu. Mais, pour le moment, la fenêtre était aussi propre qu'un objectif d'appareil photo et les souvenirs si clairs qu'elle devait sans cesse battre des paupières.

« Je ne peux plus vivre avec toi », entendit-elle George dire un soir dans la chambre à coucher, d'une voix inutilement forte. Elle se figea, dentifrice dans une main et brosse à dents dans l'autre, et contempla son reflet dans le miroir de la salle de bains. Elle s'aperçut avec horreur qu'elle avait l'air vieille, vieille et fatiguée. « Tu écris au milieu de la nuit, à une heure où les gens normaux dorment. Ton ordinateur est devenu un foutu autel. Tes histoires ont envahi toute la maison.

– Quand écrirai-je si je n'écris pas la nuit ? » Elle sortit de la salle de bains, brosse à dents à la main, et vit qu'il avait commencé à se déshabiller. Le grand lit s'étalait comme un champ de mines entre eux. « Pendant la journée, je dois travailler pour gagner de l'argent afin de t'aider à entretenir cette maison, et le week-end, je dois faire les courses et la cuisine pour les enfants...

– La cuisine ! » George s'assit sur le rebord du lit pour enlever ses chaussures. Il lui tournait le dos. « On pourrait mourir de faim dans cette baraque que tu ne t'en apercevrais même pas. Sauf si par hasard tu quittais ton ordinateur et trébuchais sur un cadavre.

– T'est-il jamais venu à l'esprit que tu pourrais arrêter de déplorer ma nullité et faire quelque chose dans la maison ? »

Elle entendit une voix près de se briser et se demanda si cela pouvait être la sienne. George se leva et enleva son pantalon, le dos toujours tourné, bouclier impénétrable contre sa colère.

« Il y a belle lurette que je t'ai dit que tu n'avais pas besoin de cuisiner pour moi. Je peux me débrouiller tout seul, manger au restaurant, je mourrais de faim plutôt que de...

– Plutôt que de préparer le repas, une fois par semaine ? » Elle le regarda déboutonner sa chemise, la laisser tomber par terre à côté de son pantalon. Où son épouse ou la femme de ménage les ramasserait le lendemain. Elle comprit soudain qu'elle n'avait jamais autant haï quelqu'un qu'elle le haïssait en cet instant précis. « Ou d'acheter du dentifrice et du papier cul une fois par mois ? Ou, juste une fois dans ta vie, de sortir la poubelle ?

– C'est reparti ! » Il se retourna vers elle et elle le dévisagea avec ahurissement, comme si elle ne l'avait jamais vraiment vu auparavant : un homme maigrichon en slip rouge. « Vive la révolution des cuisines ! »

Elle n'arrivait pas à croire qu'elle était mariée à ce parfait inconnu, aux yeux pâles et impersonnels, aux lèvres pincées chaque fois qu'elle parlait. Mais la vulnérabilité de son corps osseux lui serrait le cœur et elle s'assit sur le lit, vaincue. Je l'aime, se dit-elle avec désespoir, de tout mon corps. Et son esprit avait toujours été impuissant face à son corps.

« Je pense que nous avons besoin d'une thérapie conjugale.

— Je suis sûr que n'importe quel psychothérapeute nous dirait que nous sommes fous de rester ensemble. » George se glissa sous le drap et lui tourna à nouveau le dos. « Tout le monde voit que nous ne sommes pas faits l'un pour l'autre.

— Parce que je suis une mauvaise maîtresse de maison ?

— Parce que nous sommes différents, lança-t-il.

— Parce que j'écris des histoires la nuit ?

— Parce que nous n'attendons pas les mêmes choses de la vie !

— Est-ce que tu sais ce que tu attends de la vie ?

— Bon Dieu, Griet ! dit George avec un grand soupir. Je ne sais pas pourquoi il faut toujours que tu provoques une dispute avant qu'on se mette au lit.

— Mais si nous voulons être ensemble... si nous sommes prêts à lutter pour notre relation...

— La question est de savoir si nous voulons vraiment être ensemble. »

Griet respira à fond avant d'oser poser la question suivante :

« Tu veux... divorcer ?

— Je ne sais pas, soupira George en éteignant sa lampe de chevet. Tout ce que je sais, c'est que, pour l'instant, je veux dormir. »

Elle contempla un long moment les poils usés de sa brosse à dents. Dans le silence de la chambre, le robinet de la salle de bains gouttait de façon assourdissante, mais elle était trop vieille et fatiguée pour aller le fermer.

C'était le soir où elle comptait annoncer à son mari qu'elle attendait un enfant de lui pour la troisième fois.

« Êtes-vous sûre de ne pas vouloir plus de meubles ? » La question de Hilton Dennis la ramena brusquement au présent, telle Alice tombant au pays des merveilles par un trou. Retour à la réalité qui était plus bizarre que les envolées les plus bizarres de l'imagination de Lewis Carroll.

« Non. »

Son avocat était petit et trapu, doté d'une maigre touffe de cheveux qu'il plaquait en vain sur son front et d'un nez napoléonien. Ce n'était pas seulement son nez qui la faisait penser à Napoléon, c'était son allure péremptoire, typique des hommes de petite taille. C'était cette attitude qui lui avait valu une bonne réputation pour les divorces.

« Je ne suis plus sûre de rien. »

Papie Kerneels était employé de la poste. Du lundi au vendredi il endurait un col blanc, mais le week-end il mettait ses plus vieux habits et allait pêcher, comme son père et son grand-père avant lui. Il avait grandi dans un village de pêcheurs et il avait les vagues et les légendes de la mer dans le sang. Il avait toujours été pêcheur dans le secret de son cœur.

C'était un bel homme aux yeux bleus comme la mer par une magnifique journée d'été, et au menton bronzé et creusé d'une fossette. Dans sa jeunesse, il passait ses cheveux blonds à la gomina et se coiffait avec une raie au milieu. Trop beau pour un homme, soupiraient les femmes de la famille. La petite Griet ne se lassait pas de contempler sa photo de mariage, un de ces portraits anciens que le photographe avait retouché à la main en ajoutant un peu de couleur çà et là : les joues et les lèvres de Mamie Lina rose barbe à papa ; les yeux de Papie Kerneels vert gazon.

Pour une raison ou pour une autre, le photographe inconnu avait décidé de lui donner des yeux verts. Mamie Lina était si furieuse qu'elle voulut renvoyer la photo sur-le-champ. Les arbres sont verts, les nuages sont blancs, croyait Mamie Lina, et les yeux de son époux étaient bleus. Et voilà qu'elle se tenait au côté d'un étranger aux yeux verts sur sa photo de mariage !

Mais Papie Kerneels avait un côté espiègle et il décida qu'il aimait le portrait aux yeux verts. Pourquoi devrait-on avoir toute sa vie la même couleur d'yeux ? « Un changement vaut largement des vacances », aimait-il répéter à la petite Griet avec un clin d'œil.

« Je pense que vous devriez aussi demander la machine à laver et le sèche-linge.

– Il ne me les laissera jamais. » Vous ne connaissez pas mon mari, voulait-elle dire à son avocat trop sûr de lui. Vous ne savez pas combien il peut être têtu. « Ça fera juste traîner les choses en longueur. Je suis fatiguée de me battre. J'y perds ma dignité. Je ne suis plus disposée à me bagarrer pour la moindre casserole. Je veux simplement en finir une bonne fois pour toutes.

– C'est ce qu'ils disent tous. » Dennis secoua la tête d'un air compréhensif. « Et quelques mois plus tard, ils pleurent à chaudes larmes parce qu'ils n'ont pas eu ce qu'ils auraient dû demander dès le départ.

– Ce n'est pas une machine à laver qui va résoudre mes problèmes », soupira Griet en fixant de nouveau la mer. Dehors, le vent faisait rage et la mer écumante ressemblait à un gigantesque évier de cuisine. Elle se rendit compte que tout aujourd'hui lui rappelait une cuisine.

« Mais cela vous aidera à garder vos vêtements propres, fit remarquer son avocat à l'esprit pratique. Et un sèche-linge peut valoir son pesant d'or pendant les mois humides d'hiver.

– Oh, je ne sais pas. » Griet haussa les épaules et alluma une cigarette. Au moins c'était un endroit où elle pouvait encore fumer sans se sentir coupable de son manque d'autodiscipline. Hilton Dennis fumait comme un pompier. « Si vous croyez que ça en vaut la peine... »

Quand la Seconde Guerre mondiale éclata, Papie Kerneels refusa de s'engager. Ni Jan Smuts ni l'Ossewabrandwag ne purent le faire changer d'avis. Il croyait à la paix, déclara-t-il. Il y avait suffisamment de gens qui croyaient à la guerre.

Il faut parfois se battre pour la paix, lui dit sur un ton de reproche Mamie Lina, bien qu'elle lui fût terriblement reconnaissante de ne pas la laisser seule. La guerre était un cauchemar pour tout le monde, mais pour Mamie Lina, c'était bien pire car elle avait peur du noir. Il n'y avait plus d'éclairage public, les phares des voitures devaient être tamisés et on dissimulait même les lumières des maisons en accrochant du papier noir aux fenêtres. Mamie Lina pensait que, seule, elle n'aurait jamais survécu à l'obscurité.

« Mon mari est meilleur que moi pour se battre », expliqua Griet à Hilton Dennis qui avait éteint son petit Dictaphone et allumé une cigarette, visiblement content de lui. Il se renversa légèrement sur sa chaise, mais sans avoir l'air trop détendu. Sa cliente devait comprendre qu'il ne pouvait pas lui consacrer beaucoup plus de temps. Le bureau à dessus de verre s'étendait à l'infini devant lui, lac gelé sur lequel Griet devait patiner gauchement. « Il m'a confisqué mes relevés bancaires... Il ouvre mon courrier et me menace... Il m'a accusée de lui avoir volé son caméscope et il...

– C'est la raison pour laquelle vous êtes venue me voir, dit son avocat pour la consoler tandis qu'elle entendait la glace craquer autour d'elle. Je connais toutes les ficelles.

— Je lui ai répondu que je ne savais pas ce qui était arrivé à son caméscope.

— Ne vous tracassez pas pour ça. » Hilton Dennis jouait avec son briquet en argent sur lequel ses mains d'enfant aux doigts boudinés comme de gros crayons de couleur pianotaient impatiemment. Un groupe d'hommes de loi, avait-elle lu sans surprise dans le journal ce matin, avaient prouvé qu'ils étaient les meilleurs menteurs de Grande-Bretagne. Ils avaient battu des banquiers, des mannequins, des agents immobiliers et des ecclésiastiques au premier concours annuel de *perudo*, un jeu de dés péruvien dans lequel les concurrents doivent mentir pour gagner. « Ça fait partie du jeu. L'essentiel est de ne pas perdre patience. C'est celui qui se montre le plus patient qui d'habitude s'en sort le mieux. »

Plus facile à dire qu'à faire, pensa Griet avec amertume, quand on campe dans l'appartement cracra d'une amie et qu'on doit sortir chaque matin des vêtements froissés d'une valise.

« En attendant, vous devriez chercher quelque chose de mieux, suggéra-t-il, comme s'il avait lu dans ses pensées.

— Je ne peux pas me le permettre, déclara-t-elle lentement pour que son avocat la comprenne bien. Pas avant d'avoir récupéré l'argent que j'ai englouti dans la maison de mon mari.

— Je veillerai à ce que vous le récupériez, répliqua-t-il avec la même lenteur. Ne vous mettez pas martel en tête à ce sujet. Contentez-vous de vous trouver un endroit où vous seriez heureuse. »

Tiens ta langue, se dit Griet.

Il se leva de son bureau et s'approcha d'elle.

« Combien de temps ? demanda-t-elle. Combien de temps dois-je encore attendre ?

— Il a une semaine de délai pour dire son mot, répondit-il en posant une main compréhensive sur son épaule.

— Et nous invoquons l'article 41 ?

— L'article 43, corrigea-t-il d'un ton légèrement condescendant.

— L'article 43 », répéta-t-elle humblement.

Les chiffres n'avaient jamais été son fort. Et son divorce dégénérait rapidement en un cauchemar de chiffres : sommes d'argent et dates importantes. Combien gagnait-elle, quand avaient-ils ouvert un compte joint, combien avaient-ils versé ensemble pour la maison, quand avait-elle quitté la maison ? Un an plus tôt, songea Griet avec nostalgie, tout était si simple. Elle avait une maison, un mari et un bébé dans son ventre. Pas d'avocat ni de psychothérapeute.

Elle se leva pour se diriger vers la porte en compagnie de Hilton Dennis. Elle n'osait pas lui faire perdre davantage son précieux temps. Les avocats sont encore plus chers que les psychothérapeutes.

L'ancêtre de Papie Kerneels était un marin écossais qui avait sauté en douce d'un bateau naufragé alors qu'il était censé se tenir au garde-à-vous et sombrer avec le navire. Une fois les femmes et les enfants installés dans les canots de sauvetage, il avait décidé que c'était trop bête de rester à attendre la mort sans bouger. Parfaitement, s'était dit la petite Griet la première fois qu'elle avait entendu l'histoire.

Il s'était donc jeté dans la mer déchaînée et avait nagé de son mieux jusqu'à en perdre connaissance. Quand il rouvrit les yeux, il les écarquilla de stupeur et se dit, ravi, qu'en dépit de la vie de péché qu'il avait menée en tant que marin, il était arrivé au paradis. La voûte du ciel bleu s'étendait à l'infini au-dessus de lui, le sable sous lui était aussi blanc que des ailes d'anges, une verdure luxuriante l'entourait...

Ce n'était pas le paradis, devait-il raconter par la suite, mais l'endroit qui s'en approchait le plus pour un marin pêcheur. Il avait été rejeté par la mer sur une plage vierge de Southern Cape. Les canots, apprit-il plus tard, avaient tous coulé.

Il devint une sorte d'instituteur itinérant, parce que, comme Papie Kerneels aimait à le souligner, il avait la bougeotte. S'il ne pouvait plus être à bord d'un bateau en partance pour des destinations exotiques, il pouvait au moins parcourir le veld à dos de cheval, en quête de fermes isolées où il enseignait aux enfants sa version écossaise de l'anglais et racontait aux adultes les plus incroyables histoires à dormir debout. Selon lui, un bon conteur était toujours bien accueilli partout.

Papie Kerneels avait hérité de son amour des histoires et l'avait légué à sa petite-fille. La petite Griet l'avait hérité de deux côtés : de Papie Kerneels avec ses histoires de marins, et de Papie Big Petrus avec ses histoires d'anges. Parfois, elle se demandait si elle n'aurait pas dû devenir chirurgien du cerveau ou metteur en scène de cinéma ou aller travailler dans les rues de Calcutta comme Mère Teresa ou faire de sa vie quelque chose de plus spectaculaire. Mais, tout au fond de son cœur, elle savait qu'elle n'avait jamais eu le choix.

Elle devait inventer des contes de fées pour rester en vie. Non seulement pour gagner son pain quotidien, mais aussi pour tenir la mort à distance. Comme son héroïne et modèle, l'intelligente Schéhérazade.

Si on hérite de terres, il faut les cultiver. Si on hérite d'histoires, il faut les raconter. Et Griet Swart avait hérité de suffisamment d'histoires pour se maintenir en vie pendant mille et une nuits.

Devinettes

« Nous pouvons convenir que la conscience contemporaine n'est pas plus capable de concevoir les anges que les démons. Reste alors à savoir si les anges et les démons continuent d'exister en dépit de l'incapacité de nos contemporains à les concevoir. »

Peter L. Berger, *A Rumour of Angels*

10

Raiponce se tire d'affaire

« Comment ça va, Gretchen ? » Gretha se pencha pour retirer un poulet rôti du four et observa d'un œil bienveillant sa fille aînée en se redressant lentement. Elle posa le plat sur la cuisinière et essuya le voile de transpiration de son front à l'aide d'un de ses gros gants jaunes isolants. « On dirait que tu ne manges pas assez. »

Griet secoua la tête et versa un whisky à sa mère, exactement comme elle l'aimait : un doigt de whisky, beaucoup d'eau de Seltz et deux glaçons.

« Tant que tu cuisineras de quoi nourrir le diable et tous ses suppôts chaque dimanche, maman, je ne risque pas de mourir de faim. »

Gretha fit de son mieux pour introduire le poulet dans le chariot-chauffe-plats déjà bien rempli. Elle comprit qu'elle n'arriverait pas à refermer les portes, haussa les épaules et retourna vite à son fourneau pour remuer sa sauce aux champignons.

« Est-ce vraiment nécessaire, maman ? Tant de tracas pour un repas ?

– Je sais que tu apprécies un vrai repas de temps à autre », répondit Gretha en souriant et, sans enlever ses gants isolants, elle but précautionneusement une gorgée de whisky.

« Ce n'est pas ce que je demandais. » Griet croisa le regard de sa mère au-dessus de son verre et Gretha jeta un bref coup d'œil à sa sauce aux champignons. « Tu aimes ça ? Transpirer debout devant ton fourneau ?

– Oh, je ne sais pas. "Aimer" n'est pas le mot exact. Je dois reconnaître que je ne suis plus aussi enthousiaste qu'avant. Ça doit être l'âge. Mais une fois que je m'y mets... »

Avec une mère comme Mamie Lina, on ne pouvait que prendre les corvées domestiques en grippe. Gretha n'avait jamais joué à la maîtresse de maison comme les autres petites filles. Elle avait toujours su que ce n'était pas un jeu. Elle le constatait chaque fois qu'elle était réveillée la nuit par des bruits en provenance de la cuisine et qu'elle découvrait sa mère en train de récurer le sol à quatre pattes. Ça ressemblait plus à un martyre qu'à un jeu, et grâce à l'instinct pratique de son ancêtre écossais, celui-là même qui avait sauté du bateau, Gretha décida qu'elle ne voulait pas être une martyre.

La vie de Mamie Lina faisait à sa fille l'effet d'être enfermée dans une tour, mais elle croyait qu'il devait exister un moyen de s'en échapper. Elle pouvait laisser pousser ses cheveux comme Raiponce et attendre patiemment qu'un prince vienne à sa rescousse. Ou elle pouvait devenir une vedette de cinéma et épouser un homme riche. Mais Gretha avait assez de bon sens pour comprendre qu'il lui faudrait trouver un autre plan. Pour être Raiponce, il fallait être en mesure de dérouler de longs cheveux raides par la fenêtre d'une tour, et les cheveux de Gretha étaient aussi courts et bouclés que ceux de Shirley Temple. Pour être une vedette de cinéma, il fallait avoir la beauté de la célèbre homonyme de Gretha, la déesse Garbo. Ou être au moins aussi mignonne que Shirley Temple. Et dès l'enfance, Gretha s'était sentie gauche et quelconque.

Elle ne pouvait compter ni sur un prince ni sur un homme riche. Elle devrait préparer elle-même son évasion. C'était une décision courageuse pour l'époque, bien longtemps avant que Simone de Beauvoir n'ait secoué ses sœurs de par le monde.

Gretha n'avait pas eu la chance de la Belle au bois dormant qui avait vu une douzaine de bonnes fées à son baptême lui prodiguer des dons comme la beauté, la richesse et le bonheur. Mais une bonne fée lui avait accordé un des dons les plus précieux de la terre : l'imagination. C'était une enfant intelligente qui dévorait les livres, et elle décréta qu'elle deviendrait une femme de lettres. Si elle ne pouvait pas être Alice au pays des merveilles, rien ne pourrait l'empêcher d'être Lewis Carroll. Jusqu'au jour où elle se rendit compte que Lewis Carroll était un homme.

Elle devint donc institutrice de maternelle et raconta aux enfants de sa classe toutes les histoires qu'elle écrirait un jour. Un beau jour, dans le château qu'elle se construirait elle-même, de l'autre côté de l'arc-en-ciel.

Mais c'était sans compter l'amour. Elle rencontra un homme qui fit battre son cœur plus vite et la détourna de la voie qu'elle s'était choisie. Ce n'était pas un prince sur un étalon blanc, juste un commis voyageur dans une Mini-Morris d'emprunt. Mais c'était un grand brun, aimait-elle rappeler. Pas aussi beau que Clark Gable, et après? Elle-même n'était pas vraiment Vivien Leigh. Et il avait indéniablement l'air crâne d'un Errol Flynn. Quand il passait devant chez elle dans sa Mini-Morris d'emprunt, il sortait nonchalamment un bras par la vitre ouverte pour soutenir le toit de sa main droite.

« Visiblement, il croit m'impressionner! » disait-elle en secouant la tête. Tout le temps qu'ils sortirent ensemble et jusqu'au pied de l'autel, elle répéta : « Visiblement, tu crois m'impressionner. » Il sourit avec assurance et lui passa la bague au doigt. Il était fort, décida-t-elle, et un commis voyageur fort valait mieux qu'un prince faible.

« Souvenez-vous que la force n'a rien à voir avec les muscles, prévenait-elle souvent ses filles. Cherchez plutôt un homme assez résistant pour tout partager avec vous. »

Et lorsqu'elle s'essuya de nouveau les yeux, plus de trente ans après, elle était la mère entre deux âges de cinq enfants adultes. Elle n'avait jamais écrit ses histoires. Et elle ignorait si elle voulait toujours le faire.

Mais elle avait élevé une fille qui écrivait des histoires. Même si de nos jours personne ne devenait plus femme de lettres, songea-t-elle avec tristesse. Griet était devenue un écrivain avec un petit *é*, aussi androgyne que le jean qu'elle adorait porter.

« Vous avez grandi avec de la nourriture à l'ancienne, dit Gretha devant son fourneau. Et maintenant, vous avez tous l'air de vivre de pâtes et de salades.

— Tu nous as élevés comme il fallait, maman, soupira Griet, assise à la table de la cuisine. Rôti accompagné de trois légumes tous les dimanches, dessert deux fois par semaine, et histoires avant que nous nous endormions chaque soir.

— Nella est même devenue végétarienne !

— Je le croirai quand je la verrai résister à ta tourte au gibier, maman.

— Quand on parle du diable… » Sa sœur posait comme Mae West dans l'embrasure de la porte, une main sur une hanche et un bras jeté théâtralement sur la tête. « Qu'est-ce que tu penses de ma tenue, maman ? »

Gretha s'empressa de boire une gorgée de whisky et jugea plus sage de s'abstenir de tout commentaire. Sa benjamine, disait-elle toujours, était la plus rebelle de ses quatre filles. Et les trois autres n'étaient pas à proprement parler des piliers de la société.

« J'ai entendu dire que la mode des années soixante revenait. » Griet se demandait si elle devait être diplomate. La tenue de sa sœur consistait en un fragment de tissu brillant qui lui laissait la taille nue, un long pantalon à pattes d'éléphant et le genre de chaussures à

semelles compensées qu'arboraient les acteurs de la tragédie grecque. Nella travaillait dans les FRINGUES
(c'était elle qui soulignait le mot) et portait souvent des
vêtements dans lesquels les gens ordinaires ne se
seraient aventurés que pour un bal masqué. Au diable
la diplomatie, décida Griet. « Je n'aurais jamais cru que
qui que ce soit s'enthousiasmerait à nouveau pour ce
genre de trucs.

— Les années soixante ont été une période passion-
nante pour la mode : minijupes, collants, pantalons
pattes d'éléphant, minishorts...

— Uniquement pour ceux qui sont trop jeunes pour
se remémorer la réalité de la chose, l'interrompit Griet.
Visiblement, tu n'as pas chez toi une planque réservée
aux photos embarrassantes qui te montrent en tenue
pourpre, look brillant, et bottes lacées. Ou en combi-
naison-pantalon vert tilleul à boutons de strass.

— Tu as supplié ton père pendant des semaines pour
avoir cette combinaison, intervint Gretha en remplissant le lave-vaisselle. Je t'avais dit que tu le regretterais.

— Je me rappelle t'avoir vue porter toi-même deux
ou trois tenues ridicules, maman. » Griet sourit à sa
mère qui était accroupie d'un air las devant son lave-
vaisselle. Elle ne s'était jamais laissé pousser les cheveux. Ils étaient toujours courts et bouclés. « Tu te souviens de la photo que papa a prise au zoo, Nella ?

— Qui pourrait l'oublier ? C'est le genre de photo
dont on discute, bien des années plus tard, avec son
psy. C'est le genre de photo qui vous conduit chez un
psy ! »

Nella se versa un verre d'eau de Seltz et se jucha sur la table de la cuisine en balançant les jambes.

« Maman en minijupe de crêpe acrylique rose bonbon devant un hippopotame qui donne l'impression qu'il va charger à tout moment.

— J'espère que vos filles se paieront aussi votre tête un jour, dit Gretha en riant et en se tenant le dos tandis qu'elle se relevait. Si jamais vous trouvez le temps de... »

Elle se remit soudain à s'activer fébrilement devant son fourneau.

« Maman... soupira Griet. Le fait que je n'aie pas réussi à garder un enfant ne signifie pas que tu dois te sentir coupable chaque fois que le mot t'échappe.

— Oh! Gretchen, je me fais tant de souci pour toi. »

Griet regarda sa mère et hocha la tête. Le charmant visage de Gretha s'était couvert de rides ces dernières années. Il n'y avait que ses cheveux – du même châtain brillant que dans son enfance, sans un soupçon de gris – qui tenaient l'inévitable à distance.

« Tu prétends toujours que tout va bien, mais je sais combien tu meurs d'envie d'avoir un bébé... Et maintenant que George est parti... »

Rien de tel que les inquiétudes d'une mère pour vous donner la sensation d'avoir une boule dans la gorge, se dit Griet.

« C'est vrai, renchérit sa sœur. Tu es toujours si occupée à jouer les grandes sœurs efficaces que tu es en réalité une emmerdeuse finie. Pourquoi ne pas te détendre pour une fois ? Dis-nous que tu en baves. Crois-tu que nous allons te rejeter parce que tu as des problèmes ? »

« Presque huit semaines sans homme », avait écrit Griet dans son agenda des Arts. Et elle regrettait encore plus les fils de son mari que son mari lui-même. Elle se demandait comment ils s'en sortaient à l'école, où ils allaient passer leurs vacances, quelles émissions de télévision ils regardaient le vendredi soir.

Elle les avait vus la semaine précédente dans un centre commercial : deux garçons blonds rieurs et dégingandés. Ils étaient passés tout près d'elle sans l'apercevoir, deux enfants qu'elle avait nourris tous les week-ends pendant sept ans : Michael, l'aîné, sérieux, et Raphael, son frère, insouciant. Elle les avait vus se transformer, songea-t-elle sombrement : bambins aux joues rebondies, écoliers bagarreurs et maintenant ces étrangers presque adolescents.

Griet avait dû se retenir de crier leurs noms, de leur courir après. C'étaient bien les fils de leur père : mêmes épaules osseuses, mêmes bras désarticulés. Elle était l'étrangère. Elle regardait enfin les choses en face. Boucles d'or dans la maison des ours.

« C'est terrible d'être une belle-mère. On est la méchante de tous les contes de fées. Si votre mari vous met dehors, vous perdez tous vos droits à voir ses enfants. Comme s'ils étaient des meubles qui lui appartenaient. Michael et Raphael me manquent et je ne peux pas les voir. C'est dur.

— Tu vois ? Tu l'as dit et tu es toujours là, s'écria Nella. Tu n'as pas été foudroyée.

— Mais ce n'est pas aussi dramatique qu'il y a un mois, ajouta Griet en se levant brusquement pour aller mettre la table dans la salle à manger. J'étais prête à me fourrer la tête dans le four. »

Sa mère et sa sœur rirent nerveusement.

« Ne t'inquiète pas, maman, entendit-elle Nella dire dans son dos. Elle ne fait que plaisanter. Elle n'est pas du genre suicidaire. »

Si seulement sa sœur savait ce que sa psy savait.

En se rendant chez sa mère, ce matin, elle avait entendu à la radio qu'un homme s'était asphyxié dans sa voiture. Il avait collé une note sur le pare-brise : « Attention ! J'ai le sida ! Mettez des gants ! » La police avait loué son action, d'après le commentateur, pince-sans-rire. Griet avait failli emboutir la voiture devant elle.

Quelque part dans un commissariat, se plut-elle à imaginer, on était en train de pondre une circulaire : « *En vue d'assurer la protection du public, nous devons encourager les groupes suivants au suicide : les activistes de l'ANC*[1], *les terroristes du PAC*[2], *les communistes et les athées, les militants pour l'abolition de la conscription et autres agitateurs, et cetera, et cetera.* » Et, tout en bas de la liste, « *les malades atteints du sida* ».

C'est dangereux de voyager seule, pensa-t-elle, et ça empire de jour en jour.

_____

1. African National Congress, le parti de Nelson Mandela.
2. Pan African Congress, organisation africaniste plus radicale que l'ANC.

Elle entra en collision avec son frère qui venait d'apparaître à la porte d'entrée, ses longs cheveux ébouriffés par son voyage à moto et ses joues roses comme celles d'un enfant endormi. Marko était le bébé de la famille, le garçon qui, selon son père, avait été élevé pour le diable : pourri gâté par une mère angélique et quatre sœurs aînées. Griet avait tendance à être d'accord avec son père. Mais il était le seul frère qu'elle aurait jamais.

« Miroir, mon beau miroir, dis-moi qui est le plus beau, la taquina Marko en reprenant les mots qu'elle lui avait appris bambin.

— Vous êtes beau, ô mon roi, répondit Griet en souriant, mais votre sœur aînée qui vit au-delà des monts chez les sept nains est mille fois plus belle.

— J'ai tellement faim que je dévorerais un mouton entier. »

Il lui mit un bras autour des épaules et se rendit dans la cuisine avec elle.

« Je croyais que tu ne mangeais plus de mammifères, l'accusa Nella en sautant de la table.

— Merde alors ! Tu as plus que jamais l'air d'un clown.

— Au service du public, mon frère. » Même avec ses chaussures à semelles compensées, elle lui arrivait à peine à l'épaule. Marko était grand et mince comme ceux du côté de Mamie Hannie et il avait les mains et les pieds gigantesques de Papie Big Petrus. « Tu ne trouves pas qu'on a besoin de clowns de nos jours ?

— Sûrement. De clowns et de contes de fées. À vous deux, Griet et toi, vous pouvez peut-être encore sauver le pays. » Il embrassa sa mère sur la joue. « Plus ta cuisine, maman, pour nourrir les masses affamées. »

Gretha chassa une mèche de cheveux des yeux de son fils, radieuse de voir trois de ses enfants réunis sous son toit. Mais Griet savait qu'elle se demandait ce que les deux autres mangeaient aujourd'hui, où qu'ils fussent dans le monde. Elle savait qu'une mère ne renonçait jamais vraiment à ses enfants, même s'ils n'avaient vécu que dans son ventre.

« Que tu as de grands yeux, maman !

— C'est pour mieux te voir, mon enfant.

— Vous êtes tous cinglés. » Nella alla chercher une bière pour son frère dans le frigo. « Mon petit ami dit qu'on a l'impression que toute ma famille croit aux contes de fées.

— Il n'y a pas grand-chose d'autre en quoi on puisse croire, répondit Marko.

— Qu'est-ce qui ne va pas ? s'empressa de demander Gretha.

— Rien. » Il but avidement quelques gorgées de bière. « L'armée me recherche de nouveau. J'ai pensé aller en Namibie, maintenant qu'ils deviennent indépendants.

— Ce n'est pas si tragique que ça, maman, dit Griet sur un ton réconfortant lorsqu'elle vit l'expression de sa mère. La Namibie est beaucoup plus près que les Pays-Bas. Tu pourras aller le voir. »

Marko avait effectué son service militaire quelques années plus tôt sans trop se poser de questions ni éprouver de crise de conscience, à l'instar de la plupart des garçons blancs qui venaient de terminer leurs études secondaires. Deux ans plus tard, considérablement plus vieux et plus sage, il était retourné à la réalité et était devenu photographe de presse. Il était convaincu qu'il ne pourrait plus jamais servir dans l'armée.

Mais il ne se voyait pas non plus signer des déclarations et aller en prison. Il décida qu'il se contenterait de se déplacer continuellement. S'ils n'arrivaient pas à le localiser, ils ne pourraient pas le mobiliser pour d'autres exercices militaires. C'est la voie la plus facile, conclut-il avec une autodérision amère, pour les gars qui ne veulent pas être des martyrs. Il tenait aussi probablement de son ancêtre qui s'était extirpé d'une situation désespérée.

Griet s'était souvent demandé ce que son grand-père aurait fait s'il était né quelques décennies plus tard – Papie Kerneels, celui qui croyait à la paix parce qu'il y avait suffisamment de gens pour croire à la guerre. Serait-il allé en prison plutôt que de tirer sur les enfants des *townships*? Aurait-il préféré l'exil volontaire en Europe au service militaire?

Non, se dit-elle, Papie Kerneels aurait probablement choisi de se déplacer constamment. Elle n'était pas d'une tribu de martyrs et de héros.

« Où est papa? s'enquit Marko pour changer de sujet.

– Tu n'entends pas ce tonnerre des dieux? gloussa Nella qui revint s'asseoir sur la table. Il s'est remis à construire.

— Une autre pièce? s'étonna Marko.

— Non, répondit Gretha d'un air penaud. Aide-moi à transporter le chariot dans la salle à manger. Ton père transforme notre ancienne chambre à coucher en bar.

— En *bar*?

— Il prétend qu'un homme doit avoir un bar. Un endroit où sa femme et ses enfants ne puissent pas venir lui casser les pieds.

— Et où vont sa femme et ses enfants s'ils ne veulent plus l'avoir dans leurs jambes? demanda Marko en poussant le chariot dans la salle à manger.

— Papa devrait faire attention, dit Griet en suivant sa mère et Marko avec une mine coupable parce qu'elle n'avait pas encore mis le couvert. Il se conduit de plus en plus comme le frère fou de Mamie Hannie. Avant qu'on s'en soit rendu compte, il se sera construit une tour dans l'arrière-cour.

— Il y a belle lurette que ton père est fou, répliqua calmement Gretha. Mais pas comme dans la famille de Mamie Hannie. Il ne s'assiérait jamais dans une tour pour attendre la mort. Il obtiendrait une franchise pour fournir du charbon au diable. Il ferait en sorte d'être si indispensable qu'on le garderait sur terre pour toujours. »

En mettant la table, Griet se dit qu'elle devait se soumettre à un test de dépistage du sida. C'était la seule chose à faire. C'était courageux, admirable et responsable. Comme se tenir sur le pont d'un navire qui coule pendant que l'orchestre qui s'enfonce joue *God Save the Queen*.

Mais que faire si on apprend qu'on est porteur du virus du sida ? Porteur de mauvaises nouvelles ? Messager des dieux ?

L'insupportable fardeau du porteur.

Si on apprend qu'on a un cancer, on peut toujours se réfugier dans la petite mort. Juste avant un orgasme, on vit avec chaque nerf, chaque muscle et chaque organe de son corps – animal et irrationnel. Peut-être que la grande mort était aussi comme ça, peut-être que dans les derniers mois on apprenait une fois de plus à apprécier le côté animal de la vie, de la faim et de la soif, de la douleur et du soulagement, du sexe et du sommeil.

Mais un malade du sida perd jusqu'à l'ultime réconfort sans paroles que deux corps peuvent s'offrir.

Griet astiquait un couteau d'un air absent sur un coin de la nappe amidonnée de sa mère. Elle savait qu'elle n'était pas assez courageuse. Elle n'était pas issue d'une famille courageuse.

11

Les enfants d'Ève réapprennent à rire

« Jans est de nouveau à se torturer, dit Gwen, l'amie de Griet, lors d'un vernissage. Il est censé ne pas boire de bière parce que les travailleurs sont en grève. Mais ici la bière est offerte par la maison. Qu'est-ce que le pauvre homme peut faire ? »

Jans se tenait dans un coin de la pièce bondée, bière en main, les traits crispés, comme s'il espérait que personne ne le remarquerait s'il ne bougeait pas. Pour changer, il ne portait pas de costume ni de cravate mais il avait toujours l'air de comparaître devant un tribunal, aussi mal à l'aise qu'il est possible de le paraître en jean. Griet et Gwen, assises par terre, regardaient les gens qui regardaient les œuvres d'art accrochées aux murs.

« Par chance, je n'aime pas la bière, déclara Griet qui sourit et leva son verre de vin pour attirer l'attention de Jans. Donc je n'ai pas à souffrir avec lui.

– Est-ce que tu sais à quel point les travailleurs des exploitations viticoles sont mal payés ? demanda Gwen, sérieuse, tout en faisant signe à quelqu'un qu'elle reconnaissait. Ils ne peuvent même pas faire grève : ils n'ont pas de syndicat. Tu te rends compte combien les viticulteurs chieraient dans leur froc s'ils devaient verser des salaires convenables !

— Alors je ne devrais pas boire de vin non plus », soupira Griet. Que reste-t-il, se demanda-t-elle morose, pour rendre la vie digne d'être vécue ? Les cigarettes donnent le cancer du poumon, la marijuana rend stupide, le café est mauvais pour le cœur, le chocolat pour la ligne, le soleil provoque le cancer de la peau, l'alcool démolit le foie, l'argent empêche de dormir, le maquillage excite l'ire des féministes, la grossesse laisse des vergetures, la politique conduit au désespoir et le sexe vous refile le sida. Elle ne pouvait vraiment pas blâmer ses enfants de refuser de voir le jour.

« Non, tu peux boire autant que tu veux, lui répondit Gwen, du moment que tu as l'air coupable. Regarde Jans. Il a perfectionné la technique. Il prend son pied mais il donne l'impression que chaque instant est une pure torture.

— Je me demande si les artistes ici savent quoi que ce soit du boycott de la bière. » La plupart des gens autour d'elles étaient jeunes et blancs, vêtus de tee-shirts arborant des caricatures ou des slogans politiques, et ils fixaient les peintures comme si, en faisant preuve de suffisamment de patience, ils allaient y découvrir le sens de la vie. Griet et Gwen avaient été invitées au vernissage par un ami qui créait des « sculptures significatives », d'après un reporter de *Cape Style*, qui, visiblement, n'avait pas su quoi dire d'autre sur son œuvre. « Peut-être qu'ils sont si occupés à " créer " qu'ils n'ont pas le temps de lire les journaux. Peut-être que ce sont seulement les avocats politiques comme Jans qui prennent la Lutte au sérieux.

— Je ne sais pas ce qu'il en est pour toi, mais la Lutte me sort par les yeux. Regarde-moi toute cette merde sur les murs. Tout est si " pertinent " que ça me donne la nausée.

— Et si désespérément sérieux, soupira Griet.

— Le monde entier proteste parce que les baleines sont en danger. Moi, je dis : que les baleines aillent se faire foutre ! Nous devrions plutôt avoir une pensée pour le Sud-Africain heureux – également en voie de disparition. »

Griet éclata de rire devant la véhémence de son amie. Gwen, assise derrière elle, les jambes en tailleur, avait des hanches larges et une poitrine ronde mais sa coupe de cheveux était si courte et si masculine qu'elle distrayait l'attention de son corps généreux. Comme la plupart des femmes, elle aurait préféré avoir un corps différent.

« Après le festival des arts de Grahamstown, l'an passé, j'étais si épuisée par cette autoflagellation que je suis restée une semaine au lit, reprit Gwen d'une voix triste. Si j'avais dû supporter une peinture ou une pièce de théâtre pertinentes de plus, je me serais sans aucun doute ouvert la gorge. Pour finir, j'ai passé toute une soirée devant la télé à regarder des sitcoms rien que pour m'assurer que mes muscles zygomatiques fonctionnaient encore. »

Griet mit ses bras autour de ses genoux et examina son Levi's avec une certaine inquiétude. L'autre jour, elle avait entendu dire que l'indigo utilisé pour teindre le denim pouvait donner le cancer de la peau si on ne lavait pas ses jeans à l'eau bouillante. Et elle n'avait même pas de cuisinière convenable pour faire bouillir de l'eau, et encore moins de machine à laver. Si elle avait le cancer de la peau, se dit-elle avec une sinistre satisfaction, ce serait la faute de son mari.

« Ça remonte à quand la dernière fois que tu as lu un livre rigolo en afrikaans ? demanda Gwen d'un air sombre.

— J'ai trouvé le dernier recueil d'Ena Murray assez absurde, dit Griet, le menton sur les genoux.

— Je veux dire, à part Jan Spies et tous ces gars au drôle d'accent. Je parle d'un roman afrikaans rigolo. Est-ce que ça a jamais existé ?

— Je suis sûre que quelqu'un a dû écrire une thèse là-dessus. » Le sérieux mortel avec lequel Gwen discutait d'humour déclencha chez Griet un sourire involontaire. « Étienne Leroux ?

— Un clown avec des lunettes de soleil ne fait pas un cirque, Griet. Je parle de toute une tradition d'humour : ironie, satire, absurdité, fantaisie. Nous imitons tout ce que font les Américains, pourquoi ne pouvons-nous pas aussi apprendre à rire quand nous lisons ? Franchement, pense un peu à Salinger, Heller, Irving, Updike et Vonnegut...

— Euh, nous avons Herman Charles Bosman, dit Griet. Mais il n'a pas écrit en afrikaans.

– O.K., sud-africain alors, afrikaans ou anglais. Mais pas quelque chose qui a été écrit il y a cinquante ans. Au cours des dix dernières années, " à l'époque actuelle " comme les politiciens aiment dire.

– Tom Sharpe ? suggéra Griet en s'excusant.

– Il ne compte pas. » Gwen était impitoyable. « Il a dû aller vivre en Angleterre avant de pouvoir plaisanter sur l'Afrique du Sud. »

Dans son coin, Jans voûta ses larges épaules et tendit les muscles de son cou comme s'il allait charger dans la foule pour gagner la sortie la plus proche. Il ressemblait plus que jamais à un avant de rugby, songea Griet amusée. Mal à l'aise dans une pièce remplie d'art. Seule la bière le retenait.

Serrant plus fort les genoux, Griet fronça les sourcils. Son sein gauche était sensible, dans cette position. Elle releva un peu le menton et essaya de se toucher le sein sans être vue. Si elle avait le cancer du sein, ce serait aussi la faute de son mari. Ses propres mains ne connaîtraient jamais aussi bien son corps que lui. Puisqu'il ne la touchait plus, il n'y avait plus que son gynécologue pour faire rempart à son pire cauchemar.

Mais elle était désormais en proie à tant de frayeurs que même le cancer du sein avait perdu une partie de son horreur. Mourir seule devait être pire que vivre avec un seul sein.

Mon mari ronfle dans la chambre [écrivait d'Angleterre son amie] et les vapeurs d'alcool qui s'échappent de sa bouche ouverte sont assez fortes pour tuer les mouches. J'aimerais pouvoir déposer un brevet et l'envoyer en Afrique. Ce serait le cas de dire : faire d'un souffle deux coups.

Ça ne pouvait pas être aussi dramatique, se consola Griet. Louise n'était pas du genre à devenir une martyre. Pas même pour un passeport étranger. Et elle avait toujours cru qu'une certaine dose d'exagération ne pouvait qu'améliorer une bonne histoire.

« Où est Klaus ce soir ? demanda Griet à Gwen parce qu'elle ne voulait plus parler du sérieux de la littérature afrikaans, surtout avec quelqu'un qui refusait d'en rire.

– Chez un conseiller conjugal, répondit Gwen d'une voix si acerbe que Griet lui darda un regard interrogateur. Avec son ex-femme.

– Pourquoi ?

– Bonne question. » Gwen avait les coudes sur les genoux et le menton sur les mains. « Leur fils est apparemment psychologiquement perturbé. On ne peut guère le blâmer, le pauvre gosse, avec un père et une mère aussi différents que le capitalisme et le communisme. Songe un peu à la crise d'identité que tu te paierais si ta mère s'appelait Dolly Parton[1] et ton père Fidel Castro.

– Marilyn Monroe a bien épousé Arthur Miller.

– Regarde ce qui est arrivé à Marilyn Monroe.

_____
1. Chanteuse de country.

« – Alors, comme ça, ils ont décidé d'aller voir un conseiller conjugal ?

– Pour déterrer les vieux squelettes et s'assurer qu'ils ne peuvent pas ressusciter.

– Je croyais que le conseil conjugal s'occupait de mariage.

– Ils appellent ça conseil en relations maintenant, expliqua Gwen, parce que personne ne veut plus se marier. »

Klaus ne voulait pas se remarier, répétait tout le temps Gwen, parce que son divorce s'était très mal passé. Et ça lui était personnellement égal, insistait-elle fermement, parce qu'elle n'était pas sûre de vouloir sauter le pas. En attendant, ils vivaient ensemble comme un couple marié depuis des années.

« Qu'en penses-tu ? demanda Griet avec circonspection, imitant inopinément sa psy.

– Je ne me suis jamais sentie aussi menacée de ma vie. » De désespoir Gwen passa une main dans ses cheveux courts. « Non, je mens, ça m'est déjà arrivé. Quand j'avais onze ans et que j'ai dû changer d'école et que personne ne voulait être copine avec moi.

– Mais, Gwen, c'est impensable que Klaus et son ex-femme...

– Presque aussi impensable que la chute du mur de Berlin du jour au lendemain, il y a un mois ? » Gwen sourit tristement. « Tu as vu le dernier numéro de *Time* ? "Fous de joie et incrédules, les Berlinois s'embrassent", dit le gros titre de la couverture. »

Un Berlinois de l'Est, avait lu Griet dans le journal de cette semaine, avait rapporté deux livres de bibliothèque qu'il avait empruntés à Berlin-Ouest, le 9 août 1961. « Je ne pouvais tout de même pas les jeter par-dessus le Mur », s'était excusé le vieil homme. Les livres en question étaient *La Mort à Venise* de Thomas Mann et *La Question juive* de F.W. Foerster. La bibliothèque lui avait apparemment fait grâce de l'amende s'élevant à plus de cinq mille rands.

« Peut-être qu'ils se méritent l'un l'autre, Dieu sait si ce sont tous les deux des mutilés de l'affectif. » Gwen se mit à rire en s'entendant. « Je sais ! Je suis amère parce qu'il n'a jamais voulu aller voir de psy avec moi. Ce n'est pas comme s'il n'y avait jamais eu de problèmes entre nous. Je veux un enfant, il n'en veut pas d'autre ; un de ces jours, nous devrons faire quelque chose à ce sujet. Et le voilà en thérapie avec sa première femme à cause de leur fils. Est-ce que ça signifie que son fils est plus important pour lui que sa relation avec moi ? »

Griet secoua la tête parce qu'elle ne savait pas quoi dire. Son divorce imminent semblait avoir déclenché chez son amie un besoin irrépressible de confier ses propres malheurs. Elle se demanda si elle connaissait encore des gens qui arrivaient à se marier et à avoir beaucoup d'enfants.

J'ai jeté du jus d'orange sur mon mari, la semaine dernière [écrivait Louise, de Londres]. J'étais dans le salon. J'avais un verre de jus dans une main et un couteau dans l'autre, j'ai opté pour le jus. Je suis encore fière de mon sang-froid. Alors il m'a balancé du café. Heureusement, il ne tenait rien d'autre, car il aurait sûrement choisi l'arme la plus mortelle. Je crois que les hommes le font automatiquement. Une fois qu'ils ont perdu le contrôle d'eux-mêmes, ils le perdent complètement.

Et maintenant je m'escrime à enlever les taches orange du canapé blanc du propriétaire. Je ne sais pas ce que les Anglais mettent dans leur jus d'orange, mais ça doit être une sorte de teinture. Je n'aurais jamais cru qu'une lessive me manquerait, mais je regrette l'Omo !

P.S. : Y a-t-il toujours autant d'hommes qui tuent leur famille en Afrique du Sud ?

Anton et Sandra, pensa Griet avec tristesse. Elle avait toujours été si sûre d'eux. Ils étaient étudiants quand ils avaient commencé à sortir ensemble. Anton était devenu un avocat ordinaire et Sandra la mère ordinaire de deux enfants en âge scolaire, et ils étaient fous l'un de l'autre, de leurs enfants, et de la grande maison où ils étaient convaincus de vivre heureux pour toujours.

Mais depuis qu'elle avait senti les mains d'Anton sur ses hanches, elle n'avait plus de certitude. Peut-être qu'elle avait tort, peut-être que c'était sa propre concupiscence qui la rendait inutilement soupçonneuse. Peut-être que « pour toujours », c'était simplement trop long, trop demander. Peut-être qu'on ne devrait cibler qu'une année ou trois.

« Les hommes divorcés ont des relations incroyablement complexes avec leurs enfants. » Elle essaya de tirer quelque consolation de sa propre expérience, limitée. « À cause de sentiments de culpabilité, d'incertitude, de défense et Dieu sait quoi d'autre.

— Je ne sais pas, dit Gwen en renversant la tête contre le mur et en fermant les yeux. Je ne sais pas si le jeu en vaut encore la chandelle. »

Jans jeta un regard circulaire au-dessus de ses lunettes rondes : ses yeux étaient vitreux. Griet leva de nouveau son verre pour attirer son attention. Cette fois, il la remarqua et, avec un sourire de soulagement, remonta ses lunettes sur son nez.

« *" Il existe sur terre quelque trente mille dieux, sujets de Zeus et gardiens de l'humanité "*, déclara-t-il en s'affalant par terre à côté d'elles. Selon Hésiode. Et pourtant on ne peut en invoquer aucun pour se protéger des vernissages.

— Ou des conseillers conjugaux, dit Griet en souriant.

— Ou des relations », ajouta Gwen en rouvrant les yeux.

12

Qui est la Belle et où est la Bête?

Griet était en train d'enlever sa robe de chambre et avait déjà une jambe dans le lit quand elle entendit frapper à la porte. Elle jeta un regard étonné à son réveil. Minuit!

Mauvaises nouvelles, se dit-elle en nouant de nouveau sa robe de chambre blanche et en se hâtant vers la porte. Elle se demanda ce qui serait le pire : trouver quelqu'un qui lui annonce un décès dans sa famille, ou ne trouver personne et se demander si peut-être elle n'allait pas marcher sur les traces de Mamie Lina dans trois nuits.

Sa main tremblait tellement qu'elle eut du mal à ouvrir la porte. L'ange Gabriel lui sourit à travers les barreaux de la grille de sécurité, une auréole dorée autour de la tête et une robe blanche sur le corps. Griet avait les jambes comme du coton.

« Est-ce que je suis à la bonne adresse? demanda l'étranger d'une voix douce et rauque.

— Non », répondit Griet angoissée tout en cherchant du regard s'il avait une faux à la main. Non!

C'était stupide ! Gabriel était celui qui annonçait les bonnes nouvelles. « Je veux dire que je ne sais pas. Qui cherchez-vous ?

— Griet. " *Bénie sois-tu entre toutes les femmes !* " » Il parlait avec un accent anglais. Un accent angélique. « Griet qui vit dans l'appartement de Louise.

— C'est moi. » C'était la lumière de la rue derrière sa tête qui donnait l'illusion d'une auréole radieuse, comprit-elle avec un rien de déception. Et la robe blanche était en fait une tunique et ce qui ressemblait à un sarong, noué autour de ses reins. Mais elle resta nerveuse jusqu'au moment où elle aperçut de la poussière sur ses pieds nus. Il ne pouvait pas y avoir de poussière au paradis, décida-t-elle. Pas avec Mamie Lina là-haut. « Qui êtes-vous ?

— Adam. » Et il était vraiment aussi beau qu'avait dû l'être le premier homme. Jeune, pensa Griet, terriblement jeune. Maintenant qu'elle le voyait distinctement, elle décida qu'il ressemblait davantage à un surfeur qu'à un ange. « Louise a dit que je pouvais venir ici.

— Mais j'habite ici ! protesta Griet de nouveau envahie par l'angoisse.

— Elle ne vous a pas écrit ? » Il secoua la tête, confus. « Pas possible ! Je ne le crois pas. Elle a dit que ça ne vous embêterait pas que je reste quelques jours ici avec vous.

— Mais il n'y a pas de place dans cet appartement ! »
Comment son amie pouvait-elle lui faire ça ? se dit-elle désespérée. Légalement, elle était toujours une

femme mariée. Certes, une femme mariée qui avait oublié depuis belle lurette jusqu'à la façon d'épeler le mot sexe, mais néanmoins une femme mariée. Et voilà que ce jeune homme qui avait tout d'un ange et qui disait s'appeler Adam se tenait à sa porte – encore que toujours de l'autre côté de la grille de sécurité – et demandait s'il pouvait dormir avec elle. Elle respira à fond.

« Il n'y a qu'un lit, dit-elle avec détermination, et je ne peux pas le partager avec vous.

– Bien sûr ! » Adam éclata de rire, ce qui décontenança plutôt Griet. Cela prouvait seulement, comme aurait dit Papie Kerneels, qu'un et un ne font pas toujours deux. Avec la malchance qui la poursuivait, il était probablement gay. « Mais est-ce qu'il n'y a pas un divan ou quelque chose comme ça ? Ou alors je pourrais dormir par terre. J'ai un matelas roulé, en bas, dans ma voiture.

– Mais je ne peux pas vous laisser entrer, je ne vous connais pas, je ne sais même pas... »

« *Et ne nous soumets pas à la tentation, mais délivre-nous du mal.* » Et si c'était un psychopathe ou un arnaqueur ? Peut-être qu'il ne connaissait même pas Louise.

« La situation devient vraiment embarrassante », fit l'étranger.

Soudain, elle sentit que les yeux sublimes d'Adam étaient posés sur ses seins et elle s'aperçut qu'elle ne portait rien sous sa robe de chambre. L'air coupable avec lequel le regard du jeune homme se détourna la convainquit qu'au moins il n'était pas gay. S'il la violait

– 135 –

maintenant, songea-t-elle de plus en plus désespérée, il déclarerait au tribunal qu'elle l'avait aguiché.

« Écoutez, je suis désolé. C'est comme... Louise a dit qu'elle vous écrirait. »

Mon mari affirme que nous devrions aller voir un conseiller conjugal [lui avait écrit Louise], mais je ne sais pas s'il y a quoi que ce soit qui puisse sauver notre relation. D'un autre côté, nous ne pouvons pas continuer à nous balancer du café, du vin et du thé : l'appartement est criblé de taches. Si c'est ça le bonheur conjugal, il ne faut pas compter sur moi. J'ai cru que ce serait peut-être plus facile la deuxième fois, les gens sont censés mûrir, mais je ne me suis jamais conduite d'une façon plus idiote de ma vie.

Mais Louise n'avait pas mentionné d'Adam.

« Hé! vous savez quoi, suggéra Adam derrière la grille, pourquoi ne pas l'appeler ?

— Au milieu de la nuit ?

— Il n'est pas si tard que ça à Londres. » Lui aussi commençait à avoir l'air désespéré. Sa douce voix n'en était que plus rauque. Il était possible qu'il fût même plus jeune que Marko. « Je paierai la communication. Demandez-lui seulement si elle me connaît. Vous n'allez pas me laisser passer la nuit debout sur le palier ? »

Griet maudit son amie, et ce n'était pas la première fois depuis qu'elles se connaissaient.

« Je l'appellerai demain du bureau », décida-t-elle, et elle ouvrit la grille de sécurité. Elle était certaine qu'elle devenait folle. Mais une femme doit parfois se fier à son intuition, et cette dernière lui disait que l'homme était inoffensif en dépit de son apparence étrange. « Vous pouvez dormir sur le canapé.

– Merci, dit-il avec un soupir de soulagement. Je descends chercher mes affaires dans la voiture. »

Il portait un sarong, remarqua-t-elle tandis qu'il s'éloignait, et sa crinière était retenue sur la nuque par une queue-de-cheval. Pensez un peu à ce que dirait son père d'un homme en robe ! Mais elle avait épousé un homme en qui n'importe quel père aurait eu confiance. Elle avait passé sept ans avec un homme qui, dans sa veste de tweed, ses chaussettes de laine grise et ses chaussures à bout rond démodées, était l'image même de la respectabilité. Elle avait été chassée de chez elle par un homme prudent, exerçant un métier respectable et nanti d'une assurance-vie qui lui aurait permis d'entretenir cinq épouses. Et voilà qu'elle fuyait la vie dans un appartement pourri et plein de cafards. Non, décida Griet, elle ne se montrerait pas aussi peureuse que Mamie Lina.

13

Gretchen la simplette rêve qu'elle est futée

« Je ne veux plus venir chaque semaine », déclara Griet. Les yeux de Rhonda s'agrandirent très légèrement. « Je ne veux plus venir que deux fois par mois. »

Griet sentit qu'elle avait remporté une victoire. Se pouvait-il qu'elle eût enfin dit quelque chose qui surprenait sa psy ?

« Je suis contente de vous l'entendre dire », répondit Rhonda qui pourtant n'avait pas l'air contente. « Du moment que vous vous souvenez que je suis toujours là en cas de besoin.

– Merci. »

Pourtant ce n'était pas vrai. Elle ne pouvait pas appeler Rhonda quand elle en avait vraiment besoin. C'était entre minuit et les premières lueurs de l'aube, quand toutes les frayeurs de Mamie Lina revenaient hanter sa petite-fille, quand l'angoisse pesait sur sa poitrine comme une tonne de briques, qu'elle avait besoin de sa psy. À ce moment-là, Rhonda dormait paisiblement à côté de son riche mari dans sa maison à deux étages, ses enfants bien à l'abri dans leur chambre pleine de jouets, toute la famille nucléaire protégée par un système d'alarme, deux chiens de garde et un haut mur de jardin. *Help me, Rhonda, help me, help me.* « Je vous appellerai si je ne m'en sors pas.

— Et le divorce, ça avance ?

— Ça n'avance pas, ça recule. » Griet luttait contre l'effet de succion du fauteuil dans lequel elle disparaissait à vue d'œil. Aujourd'hui, elle voulait être digne, montrer à Rhonda qu'elle pouvait s'en sortir sans elle, ne serait-ce que temporairement. « Nous en sommes arrivés au stade où je me vois accusée de vol et de fraude. Voire de délinquance.

— Et ça va encore empirer avant de s'améliorer. Je sais que ce n'est guère réconfortant, Griet, mais c'est ce qui se produit dans la plupart des divorces. C'est celui qui est le plus blessé qui d'ordinaire jette le plus de boue.

— Essayez-vous de me dire que George est encore capable d'éprouver un sentiment quelconque ?

— Il n'est pas facile de reconnaître à quel point quelqu'un d'autre peut vous blesser, dit Rhonda de sa voix la plus bienveillante. Il est beaucoup plus facile de rester tout le temps en colère.

— Plus tout le temps, s'empressa-t-elle de protester. Je ne pense plus à lui toute la journée.

— Mais vous rêvez de lui la nuit ? »

Griet fixa Rhonda d'un air éberlué. Ainsi c'était ce qu'il était advenu de toutes les sorcières du monde, maintenant qu'elles ne volaient plus sur des manches à balai mais en Boeing. C'était comme ça qu'elles gagnaient leur vie. Elles n'avaient pas perdu leurs pouvoirs mystiques. Elles étaient devenues psychothérapeutes.

« C'est d'ordinaire ce qui se produit quand on commence à contrôler consciemment ses pensées, expliqua Rhonda. L'inconscient prend alors le dessus. On ne peut pas contrôler ses rêves. »

Trois nuits plus tôt, elle avait rêvé que George frappait à sa porte. À l'exception d'une feuille de vigne placée à un endroit stratégique, il était nu. Des ailes jaillissaient de son dos. Il souriait comme elle l'avait vu sourire pour la dernière fois avant leur mariage. Il tenait le caméscope qu'elle était accusée d'avoir volé et il le levait pour la filmer. Elle voulait l'inviter à entrer, mais la porte de sécurité était équipée d'une série de serrures et tout ce qu'elle avait pour les ouvrir, c'était une immense clé en sucre glace, du genre de celles qu'on vous offre sur un gâteau d'anniversaire pour vos vingt et un ans. Plus elle s'efforçait d'ouvrir les serrures, plus la clé s'effritait. Lorsqu'elle parvenait à la dernière, la clé était réduite à quelques miettes de sucre glace. Griet s'était réveillée en sueur.

« C'est bon signe, la consola Rhonda en voyant l'expression du visage de Griet. Vous devez digérer vos émotions consciemment et inconsciemment. Ça prend du temps mais vous êtes sur la bonne voie. »

« *Les hommes divorcés passent plus de temps à l'hôpital que les hommes mariés, ils ont une espérance de vie plus courte et deux fois plus de risques de mourir d'une cirrhose du foie* », avait lu Griet ce matin dans le journal. Elle avait repensé aux verres sales dans l'évier de son mari et souligné *cirrhose du foie* si énergiquement qu'elle avait déchiré le journal.

Ensuite, elle s'était consacrée aux pages ennuyeuses sur l'immobilier et remise sans enthousiasme à la recherche d'un appartement.

« Mais qu'advient-il de toutes ces années pendant lesquelles vous avez aimé quelqu'un ? » Griet était habillée en rouge aujourd'hui, de la même couleur que le canapé de Rhonda. Elle cherchait toujours du rouge dans sa garde-robe quand elle se sentait plus terne que d'habitude. Elle n'avait jamais vu Rhonda en rouge. « Faut-il accepter que tout soit couvert de boue pendant le divorce ?

— Du moment que vous vous rappelez qu'à long terme la boue sèche et s'effrite... Dans quelques années, vous serez peut-être même capables d'être amis.

— Il nous poussera des ailes et nous nous envolerons doucement vers le paradis ?

— Griet...

— D'accord. »

Rhonda portait du crème et autres teintes paisibles : du bleu pâle comme ses yeux, du pêche comme ses lèvres. Même les sorcières n'étaient plus ce qu'elles étaient. Qui chantait cette chanson sur l'extrême lassitude de vivre et la peur panique de mourir ? Certainement pas les Beach Boys.

L'avant-veille, Griet avait rêvé qu'elle avait quelque chose de très important à dire à son mari, mais qu'elle ne pouvait communiquer avec lui que par l'intermédiaire d'un jeu d'enfant. Tout le monde formait une longue colonne et le premier chuchotait un message au deuxième qui le répétait au troisième et ainsi de suite jusqu'au dernier qui entendait une version incompréhensible du message d'origine. Il y avait quantité de gens dans la colonne : des amies de l'école primaire qu'elle n'avait pas revues depuis vingt ans, le beau blond bronzé qui avait surfé sur sa virginité. Il fallut si longtemps pour que le message parvienne jusqu'à George qu'elle faillit se réveiller. Une éternité plus tard, à peine visible à l'extrémité de la colonne, il mit ses mains en porte-voix et cria : BRZIFFGTPRKSS! Elle s'éveilla les joues humides. Est-ce que les enfants jouaient toujours au téléphone arabe ?

« En attendant, j'ai un problème plus immédiat, avoua-t-elle en scrutant Mickey sur son mur. Il y a un homme dans mon appartement. Quelqu'un dont Louise a fait la connaissance à l'étranger...

— Et...?

— Il est terriblement beau... terriblement jeune.

— Et...

— Pas très intelligent.

— Qu'est-ce que ça veut dire? »

Ça voulait dire qu'elle voulait le baiser toute la nuit, pensa Griet avec défi. Habillé, déshabillé, sur le lit, sur le balcon, sur la cuisinière, dans le four, au sommet de Table Mountain, de Devil's Peak et de Lion's Head, dans le téléphérique, oscillant entre ciel et terre. Pourquoi fallait-il toujours mettre les points sur les *i* avec sa psy ?

Les jours comme aujourd'hui, elle aurait voulu ressembler davantage à sa sœur qui travaillait dans les fringues. Nella ne se torturait pas pendant des semaines pour savoir si elle voulait coucher avec quelqu'un ou pas, si le jeu en valait la chandelle et comment elle allait s'en ressentir pour le restant de ses jours. Elle n'en parlait certainement pas à un psycho-thérapeute. Elle écoutait son corps.

« Tu connais quelqu'un qui s'appelle Adam ? avait demandé Griet à Louise le lendemain matin du soir où l'étranger avait frappé à sa porte.

— Merde, avait marmonné Louise encore à moitié endormie, j'ai oublié de te prévenir.

— De quoi ? » La voix de Griet parut perçante à ses propres oreilles. « De me prévenir de quoi ?

— Qu'il allait probablement camper là-bas. » Louise avait laissé tomber bruyamment le combiné et elle le ramassa avec quelque difficulté. « Mais je ne pensais pas qu'il le ferait.

— Eh bien, il est trop tard pour me prévenir de quoi que ce soit, parce qu'à l'instant où je te parle, il est seul dans ton appartement en train de voler les robinets et les portes, pour autant que je sache — et je n'ai pas fermé l'œil de la nuit parce que je ne savais pas s'il allait me violer ou m'assassiner... »

Louise s'esclaffa et Griet s'interrompit, confuse.

« Du calme, Griet, du calme ! J'ai fait sa connaissance ici à Londres, il voulait aller au Cap et je lui ai suggéré d'habiter avec toi. Je pense qu'il est exactement ce dont tu as besoin pour te sortir du cafard du divorce.

— T'es folle ou quoi ? » La voix de Griet était de nouveau montée en même temps que son malaise. « Tu le connais bien ? Où a-t-il bien pu dégoter un nom aussi ridicule qu'Adam ?

— Où as-tu bien pu dégoter un nom aussi ridicule que Griet ?

— Demande à ma mère ! cria Griet. J'aurais préféré qu'elle m'appelle Blanche-Neige.

— Eh bien, il y a des gens qui doivent se débrouiller avec un nom comme Adam. » Louise gloussa et le rire se mit aussi à chatouiller la gorge de Griet — une grenouille s'en échapperait si elle ouvrait la bouche. « Je veux dire, il y a Adam Ant et Adam...

— ... et Ève ?

— Je croyais que tu me serais reconnaissante de t'envoyer un homme bien ! dit Louise en riant. Tu te plains toujours qu'ils sont devenus des oiseaux rares au Cap.

— Comment sais-tu qu'il est bien ?

— Sait-on jamais ? »

Griet entendit littéralement Louise hausser les épaules.

« Où est sa famille ?

— Merde ! On dirait une vieille femme. Qu'est-ce que ça peut faire ?

— Je me sens une vieille femme. Il a l'air d'avoir vingt ans. Et il porte une robe.

— Sa famille habite quelque part dans l'Eastern Cape, répondit Louise sur le ton patient que les gens adoptent pour parler aux bambins et aux malades mentaux. Il est venu ici il y a cinq ans parce qu'il ne voulait pas se battre dans l'armée sud-africaine. Il a obtenu un passeport britannique car son grand-père est né ici. Il voulait passer Noël en famille. Je ne sais pas quel âge il a, mais il a plus de vingt ans.

— Et quel est l'état de ses slips ? gloussa Griet.

— Fais-m'en part dès que tu le découvriras.

— J'ai lu dans le journal que le général Noriega du Panama a une passion pour les slips rouges. Tu le savais ? Dire que je me suis toujours moquée de ma sœur quand elle disait que c'était une couleur de dictateur !

— Que cela te serve de leçon. »

Griet soupira.

« Écoute, mademoiselle Bégueule, reprit son amie, si tu n'avais pas pensé qu'il était bien, tu ne l'aurais jamais laissé entrer dans l'appartement.

— Et le conseil conjugal, ça va ? demanda Griet.

— Tu parles ! Le con en profite pour essayer de me noyer sous les accusations. C'est incroyable : il n'arrête pas de ressortir des trucs que je suis censée avoir faits de travers, il y a deux ans. Des trucs dont il n'a jamais parlé avant. Qui croirait que les hommes soient rancuniers à ce point ?

— Il se sent probablement plus en sécurité avec le psychothérapeute que lorsqu'il est seul à la maison avec toi. Dommage qu'il ait si souvent mariné dans le jus d'orange... » Griet se remit à glousser. « Il doit avoir un doux parfum d'agrumes maintenant. Il en faut pour tous les goûts.

— Ma meilleure amie, soupira Louise.

— D'accord, je sais ce que tu veux dire, la consola Griet. Mon expérience personnelle en matière de conseil conjugal a été traumatisante. À la fin, on avait des engueulades pires devant le conseiller qu'à la maison. La seule différence, c'était la présence d'un arbitre.

— Vous avez tenu combien de temps ?

— Pas plus de deux ou trois séances. L'arbitre a pris mon parti. C'est du moins comme ça que George a vu les choses et il a refusé d'y retourner. »

Et elle était toujours coincée avec Rhonda qui n'avait rien pu faire pour sauver son mariage, et qui, apparemment, ne pouvait guère davantage l'aider dans son divorce. Griet croyait que les sorcières pouvaient jeter des sorts. Les sorcières dans leur cabinet. Voilà qu'elle était assise dans un cabinet de sorcière en compagnie d'une sorcière qui pouvait jeter des sorts. Mais il ne fallait pas s'attendre à des miracles.

Le fait qu'elle n'avait même pas choisi sa psychothérapeute résumait bien sa vie avec George. Quand son mari avait finalement accepté de commencer une thérapie conjugale, sur les instances de son généraliste plutôt que sur celles de sa femme, c'est lui qui avait choisi. Griet n'y avait pas vu d'objection, elle se félicitait trop de pouvoir discuter de leurs problèmes avec quelqu'un. Mais quand Rhonda avait un beau jour déclaré à George qu'il jetait son argent par les fenêtres, il l'avait regardée comme Jésus avait dû regarder Judas après le baiser.

« Je ne peux pas vous aider si vous refusez d'être aidé », avait ajouté Rhonda sur un ton très proche de l'émotion, que Griet ne lui connaissait pas. George arrivait même à épuiser sa psy. « On ne peut pas aider un alcoolique qui refuse d'admettre qu'il est alcoolique. »

George avait secoué la tête. Il avait cru que sa psychothérapeute serait une exception. Mais pour finir, comme toutes les femmes, elle n'était pas assez intelligente pour le comprendre.

« Il est plus intelligent que sa psy ! » Griet déchargeait sa bile auprès de sa sœur Tienie. « Et alors ! Moi aussi, il m'arrive de me croire plus intelligente que ma psy. »

Après cet après-midi-là, elle sut qu'il ne servait plus à rien de se battre avec son mari. Leur psychothérapeute avait condamné leur mariage. Tout ce qui restait, c'étaient quelques semaines d'attente dans une maison transformée en cellule de condamné à mort. À attendre la fin et à espérer un miracle, *deus ex machina*, marraine fée, ange du paradis, grâce présidentielle. Et pour finir il n'y avait même pas eu de Cène. Le bourreau était venu la chercher inopinément au milieu de la nuit, et non juste avant l'aube comme dans les livres et les films.

« Tu te rappelles *Les Anges rebelles* de Robertson Davies ? avait demandé sa sœur futée. Tu te souviens du conseil que le prêtre dépravé donnait à la jeune fille ? Évitez les psys moins intelligents que vous, même si ça signifie que vous devez supporter votre malheur seule.

— Mais je suis aussi plus intelligente que mon mécanicien et mon plombier, Tienie, et ça ne veut pas dire que je peux réparer moi-même ma voiture ou mon robinet qui fuit. Il est possible que nous soyons plus intelligents que la plupart des psychothérapeutes, ça n'empêche qu'ils peuvent nous aider. Tout comme un mécanicien est formé pour ouvrir le capot d'une voiture et réparer le moteur, ils sont formés pour nous ouvrir et patouiller dans nos émotions. De toute façon, le prêtre dépravé s'est suicidé à la fin. Ou est-ce que je confonds avec un autre type qui voulait supporter son malheur seul ?

— Est-ce que ce ne serait pas ce que l'écrivain essayait de dire ? » demanda sa sœur futée.

La nuit passée, Griet avait rêvé qu'elle était à son fourneau en train de cuisiner pour son mari et un hôte inconnu, en escarpins rouges et gants isolants jaunes. Mais, prise de fringale, elle dévorait tout ce qu'elle sortait du four : poulet rôti, pommes dorées et bien croustillantes, patates douces, carottes sucrées comme du miel et luisant comme des flammes orange foncé sur la langue, chou-fleur sous un édredon de sauce au fromage, asperges fondant dans la bouche, brocoli *al dente*, betteraves teignant tout le reste en rouge... Elle avait faim, encore faim, toujours faim. Quand son mari rentrait à la maison, elle était trop effrayée pour lui dire qu'il ne restait rien à manger.

Elle lui demandait d'aiguiser le couteau à découper et elle ouvrait la porte à l'hôte inconnu – Anton dans une des robes de sa femme –, et hurlait : « Écoute, il aiguise son couteau, il croit que nous avons une liaison, sauve-toi ! » Et tandis qu'Anton déguerpissait, elle hurlait à George : « Cours, il a mangé toute ta nourriture et volé ton caméscope ! Rattrape-le ! » Et tandis que George se saisissait du couteau à découper et se lançait à la poursuite d'Anton dans la robe de sa femme, elle enlevait tout, à l'exception de ses gants isolants jaunes, et se caressait... Elle s'était réveillée les reins moites.

« Ce qui veut dire, déclara-t-elle à sa psycho-thérapeute, qu'à cheval ailé et donné on ne regarde pas la bouche. [1] »

Cela signifiait qu'elle voulait dire à sa psycho-thérapeute d'aller se faire voir.

On a parfois besoin de gros mots. De mots forts, magiques, de sorts. *Brziffgtprkss* !

---

1. Ancien proverbe signifiant : on reçoit les présents sans les juger.

14

Les sœurs noires

Tienie, la sœur de Griet, avait hérité des cheveux de
sa mère et du caractère de son père. C'est ce que tout le
monde disait dans la famille. De courtes boucles à la
Shirley Temple et d'un caractère éminemment soupe
au lait. Mais, pour l'instant, elle était assise à une table
de restaurant, radieuse, sans aucune trace des sept
démons qu'elle traînait parfois avec elle.

« Laisse-moi deviner, dit Griet, assise en face d'elle.
Tu es amoureuse.

— Un amour de vacances, acquiesça Tienie. Ça ne
durera probablement pas, mais ça ne fait rien. Je suis
assez vieille pour ne pas penser que c'est pour la vie
chaque fois que je rencontre quelqu'un. Plus maintenant.

— Je suis contente de te l'entendre dire, répondit
Griet ainsi qu'il sied à une sœur aînée. Qui est-ce ?

— Quelqu'un du coin. » Tienie sourit mystérieuse-
ment. « Avec une magnifique villa sur la côte ouest.

— C'est donc là-bas que tu vas aller te cacher pour
les vacances ? »

Griet observa les cheveux bouclés de sa sœur et son visage sans maquillage : elle avait toujours l'air de l'adolescente qu'elle avait été, des années auparavant. « Je souffre du complexe des hommes petits, avait déclaré Tienie. Je ne peux pas impressionner mes étudiants par ma taille. Je dois les vaincre par mon esprit brillant et ma langue intrépide. » Et quand elle se renfrognait, ses sourcils abondants se rejoignaient au-dessus de son nez et lui donnaient un air terriblement tourmenté.

Elle avait toujours été plus indépendante que ses sœurs. Elle était la seule à s'être aventurée dans une université anglophone. Elle travaillait comme assistante de sociologie dans une université anglaise, à Johannesburg.

« Tu as vu papa et maman ?

— Je dîne avec eux ce soir.

— Seule ?

— Moi, moi-même, personnellement, fredonna-t-elle au-dessus de sa tasse de thé.

— Sans ton nouvel amour ?

— Tout pour préserver la paix. » Tienie haussa les épaules et promena le sucrier autour de la table. « Je leur ai déjà infligé suffisamment de chocs.

— Je ne crois pas que quiconque Nella et toi ramèneriez à la maison puisse encore les choquer. Tu te souviens de la fois où Nella avait invité à dîner un copain avec une jambe de bois et un bandeau sur l'œil ?

— Celui que papa appelait " Que le grand Cric me croque " ?

« — Maman a cru que le bandeau était une nouvelle mode et elle lui a demandé s'il ne serait pas plus à l'aise en le relevant pour manger. Il s'est exécuté, et il était bel et bien borgne! Maman a fait des efforts incroyables pour ne pas avoir l'air choqué! »

Une jeune serveuse rôdait près d'elles, ses yeux aux paupières ombrées de bleu rivés au sucrier baladeur. C'était un restaurant chic et un sucrier coûteux, et Griet se rendit compte qu'elles n'avaient ni l'une ni l'autre l'air à leur place dans cet établissement. Tienie était en tenue de vacances – short à fleurs, tee-shirt rayé et chaussures de sport sans lacets – et Griet portait l'uniforme dans lequel elle avait choisi de se cacher au bureau : une de ses habituelles robes fleuries.

« Petra a aussi ramené quelques drôles de zèbres avant de devenir la plus grande yuppie du monde.

— Il paraît qu'elle vient? demanda Tienie.

— Juste après Noël. Pour plus d'un mois. Maman est aux anges.

— Sans bonhomme? » Tienie haussa ses sourcils fournis d'un air expressif.

« Bonhomme doit rester à New York pour veiller au grain.

— Et à ce que sa femme puisse continuer à s'habiller chez les grands couturiers. »

Tienie et Petra ne débordaient pas d'enthousiasme l'une pour l'autre, répétait tout le temps Gretha, et elles n'étaient certainement pas habitées par la même flamme. « Évidemment, affirmait Tienie, la seule flamme dont Petra se soit jamais approchée est celle de son élégant briquet en argent. » Tienie considérait Petra comme une *femme fatale* capitaliste qui exerçait un métier superficiel et inutile dans l'industrie de la publicité. Petra regardait sa sœur Tienie comme une féministe socialiste qui disait beaucoup de conneries.

« Voilà une brebis galeuse qui est devenue blanche comme neige, dit Griet en souriant, le menton dans la main. Papa la considère maintenant comme son enfant la plus exemplaire.

– C'est la seule qui gagne de l'argent. Peut-être que c'est tout ce qui compte pour lui. »

C'était parce qu'ils étaient de telles antithèses, disait toujours Gretha, que Tienie et son père ne s'entendraient jamais. Non, disait Tienie, c'était parce qu'elle avait osé être la troisième fille au lieu du fils qu'il voulait à toute force. Elle avait toujours brillé en classe et sur les terrains de sport, mais il s'était contenté de secouer la tête et avait déclaré qu'elle avait trop l'esprit de compétition pour une fille. Elle aurait du mal à trouver un mari.

« Et la seule à être convenablement mariée, ajouta Griet. Depuis mon fiasco.

– Comment tu t'en sors ? » Inquiète, Tienie se pencha un peu plus. Maintenant elle jouait les grandes sœurs. « Je sais ce qu'on ressent quand on rompt... mais comment s'en sort-on quand un bébé meurt ?

– On ne s'en sort pas. » Griet fixa la tasse dans ses mains comme si elle pouvait y lire l'avenir. La porcelaine était si fine qu'elle en était presque transparente. Le restaurant possédait de la vaisselle comme elle n'en avait jamais eu chez elle. « Si je brise cette tasse contre le mur, je pourrai peut-être la reconstituer, mais il y aura des petits morceaux que je ne pourrai pas retrouver. C'est probablement ce qui se passe chaque fois qu'un être aimé meurt... mère, mari ou frère... Si c'est son enfant, il y a tellement de morceaux manquants qu'il ne reste plus grand-chose à recoller. »

Mais à un certain niveau, une relation qui échoue est pire, se dit Griet. Si la mort vous laisse un sentiment d'impuissance, un divorce vous laisse un sentiment de culpabilité. On n'a aucun pouvoir sur la mort, mais on doit accepter sa responsabilité dans un divorce.

C'était la culpabilité qui la torturait, la culpabilité et la responsabilité.

Parfois elle se demandait si son incapacité à porter un enfant n'était pas aussi de sa faute. Si elle n'était pas punie de préférer l'écriture à la cuisine, le sexe au repassage.

Et si elle devait choisir, entre élever des enfants et écrire des histoires ?

Sa gorge se serra et elle ne put émettre un son.

« En ce qui concerne la relation, finit-elle par dire brusquement, je me demanderai toujours si je n'ai pas renoncé trop vite ; si je n'aurais pas dû faire davantage pour la sauver.

— Quoi par exemple ?

— Ne pas fermer la voiture en laissant les clés à l'intérieur. »

Quand elle était sortie de l'hôpital, peu après la naissance et la mort de son bébé, George et elle étaient arrivés à la voiture lorsqu'elle s'aperçut qu'elle avait oublié ses fleurs près du lit. C'étaient les seules fleurs qu'elle avait reçues – un bouquet de roses blanc crème que son mari, très nerveux, lui avait apporté. Elle lui demanda de retourner le chercher. Il soupira, mit sa valise dans le coffre et reprit le chemin de l'hôpital.

Elle s'installa dans la voiture ; elle ne s'était jamais sentie aussi seule de sa vie. C'était si insupportable qu'elle descendit et courut derrière lui. Lorsqu'ils revinrent à la voiture, les clés étaient restées à l'intérieur. George ne dit rien, il se contenta de se mordre les lèvres, de ramasser une brique et de passer toute sa frustration sur la vitre. Ce fut la seule fois où elle le vit perdre son sang-froid.

« Je n'arrive pas à décider si j'ai fait trop de choses de travers, essayait-elle d'expliquer à sa sœur qui fronçait les sourcils, ou si je n'ai tout simplement pas fait assez de choses comme il fallait.

— Qu'est-ce que tu crois avoir fait de travers ?

— On dirait ma psy. On fait toujours quelque chose de travers. Que celui qui n'a jamais péché lance la première pierre.

— On dirait Papie Big Petrus, toujours à citer la Bible, sauf qu'il connaissait les termes exacts, lui.

— On s'en sort au jour le jour. » Griet se versa une troisième tasse de thé. Il était refroidi maintenant. La serveuse les surveillait toujours d'un air inquiet. Elle semblait redouter qu'elles ne partent avec la vaisselle. « Mais pas toujours la nuit.

— Je sais. Quand je suis allongée dans le noir, je pense : voilà à quoi doit ressembler l'enfer. Très noir et très isolé.

— Je ne suis pas assez courageuse pour rester allongée dans le noir. » Griet avala une gorgée de thé et fit la grimace : c'était plus mauvais qu'elle ne s'y attendait. « Je suis pire que Mamie Lina. J'allume toutes les lumières de l'appartement avant d'aller me coucher. La semaine dernière, avec Adam dans le salon, ça allait un peu mieux. Rien que d'entendre quelqu'un respirer...

— Raconte-moi tout. » Tienie se pencha de nouveau en avant.

Griet se demanda ce que les deux femmes à la table d'à côté se disaient. Elles étaient beaucoup mieux habillées que les deux sœurs Swart — tailleur et escarpins —, mais leurs têtes étaient aussi rapprochées.

« Je ne sais pas grand-chose. Il a frappé à ma porte au beau milieu de la nuit. Il est grand, avec des épaules musclées et un corps doré. Je suis folle de l'avoir laissé entrer mais j'ai eu pitié de lui.

— " *N'oubliez pas l'hospitalité car c'est grâce à elle que quelques-uns à leur insu hébergèrent des anges.* "

— D'où tires-tu ça ? demanda Griet ravie.

— Devine ! Ça commence par un B.

— Pas possible !

— " *Souvenez-vous des prisonniers comme si vous étiez emprisonné avec eux.* "

– Un des amis de Jans a un autocollant qui dit ça.

– C'est bien connu dans la Lutte. Épître aux Hébreux, chapitre XIII, troisième verset. Mais le deuxième est beaucoup plus beau : " *N'oubliez pas l'hospitalité...* "

– Héberger des anges à son insu... répéta lentement Griet. Eh bien, pour l'instant je n'ai pas beaucoup vu l'ange en question. Je suis au bureau et il se balade. Mais il dit qu'il veut cuisiner pour moi ce week-end. Pour me remercier de l'avoir hébergé. Je suis trop contente que quelqu'un veuille utiliser le four pour autre chose qu'un suicide.

– Tu veux dire...

– Rien. »

Tienie secoua la tête d'un air incrédule.

« Tu veux dire qu'il sait faire la cuisine ?

– Ça m'en a tout l'air. » Griet sourit et remit son menton sur sa main. « Il a apparemment travaillé dans un restaurant à un moment ou à un autre.

– Tu as enfin rencontré un homme qui sait se débrouiller tout seul !

– Il ne me reste plus qu'à en trouver un qui s'occupe aussi de moi.

– Tu es capable de te débrouiller toute seule.

– Je sais, je sais, je ne parle pas de l'aspect matériel, répliqua-t-elle à sa sœur indignée. Mais tu vois, Tienie, ce serait bien de trouver quelqu'un qui ne s'enfuie pas quand le " pire " du " pour le meilleur et pour le pire " se produit. »

« Je ne sais jamais ce qu'il veut ! s'écria soudain la femme à la table d'à côté. Je ne sais tout simplement jamais ce qu'il veut ! »

Griet se mit à rire et faillit s'étouffer avec les feuilles de son thé refroidi.

« Tu dois continuer à deviner, ma chérie », la consola son élégante amie qui se passa du rouge sanglant sur les lèvres en se regardant dans un petit miroir.

« Voilà que tu te remets à parler comme maman, gloussa Tienie. " Cherchez plutôt un homme assez résistant pour tout partager avec vous. " Ce n'est pas ce qu'elle répétait toujours ?

— C'est ce qu'elle continue à répéter. » Griet fit signe à la serveuse aux cils emplâtrés d'apporter l'addition. « La force n'a rien à voir avec les muscles. Regarde papa.

— C'est pourquoi je suis lesbienne », déclara Tienie qui regarda la jeune serveuse puis les deux femmes à la table voisine et secoua la tête comme s'il y avait quelque chose qu'elle n'arrivait pas à comprendre. « Parce que maman m'a appris que la force n'est pas une question de muscles. Je ne sais pas si maman acceptera jamais l'idée qu'elle y est pour quelque chose.

— Couvre-toi, ma chère sœur, dit Griet dont la voix vacilla soudain, afin que la pluie ne tombe pas trop dru et que la bise ne souffle pas trop fort sur toi... Tu te souviens ?

— Afin que le roi puisse voir combien tu es belle... », ajouta Tienie d'un air absent.

15

Cendrillon perd sa pantoufle de verre
(et cetera)

Il n'avait peut-être pas lu Camus, mais elle ne pouvait pas vraiment prétendre qu'il était stupide. On n'apprend pas tout dans les livres, avait-elle de nouveau constaté la nuit précédente.

Couchée sur le ventre, Griet regardait la forme endormie à ses côtés. Il était nu, sans honte, tel un enfant, le drap rejeté de côté. Elle n'avait jamais réussi à avoir l'air aussi détendu déshabillée. Surtout pas avec ses varices et sa culotte de cheval clairement visibles aux yeux d'un étranger à la lumière brillante du matin.

Non qu'il y eût un seul détail du corps pain d'épice allongé à ses côtés qui aurait dû rester caché sous les draps. C'était probablement le corps le plus proche de la perfection qu'elle ait jamais eu dans son lit. Pas une once de graisse superflue. Pas un seul bouton sur les fesses. Même son pénis donnait l'impression d'avoir été plongé dans du miel : après une nuit de sexe il brillait et avait la même couleur saine que ses épaules.

Elle était d'habitude décontenancée de s'éveiller à côté d'un homme nu dont elle ne connaissait pas la famille. Elle était probablement vieux jeu, mais elle préférait découvrir le corps de ses amants petit à petit, de la tête aux pieds, du haut en bas. Certainement pas l'inverse. Mais tout s'était passé si vite la nuit dernière qu'elle avait perdu le contrôle des événements. Adam lui avait enlevé ses sandales et s'était mis à lui masser le pied... L'instant d'après, elle était couchée, nue comme Ève avant que le serpent ne l'ait détournée du droit chemin. Et il ne lui était même pas venu à l'esprit de se couvrir avec le drap.

Adam avait préparé le dîner sur la cuisinière à gaz et ils s'étaient assis par terre pour manger : un repas qui avait dépassé de loin ses rêves les plus coquins. Artichauts frais pour commencer, suivis d'une paella aux fruits de mer et enfin le *nec plus ultra* des desserts : un cunnilingus sur le sol poussiéreux de la salle à manger, sous la lumière impitoyable d'une ampoule nue, avec, en musique de fond, l'hymne sud-africain à la télé.

« Nous ne pourrons pas dire demain que nous avons été séduits par l'atmosphère romantique, prévint Griet en fermant les yeux pour se protéger de la lumière aveuglante. Nous n'aurons pas d'excuse.

— Hé! mon pote, on n'a pas besoin d'excuse, marmonna Adam dont la bouche se trouvait sur la cambrure de son pied. Le romantisme, c'est pour les gens que le sexe culpabilise. »

Griet resta sans voix. Il n'était pas aussi innocent qu'il en avait l'air, pensa-t-elle, tandis que sa langue glissait sur sa cheville et que ses mains lui caressaient les jambes jusqu'aux cuisses et redescendaient. Elle avait l'impression d'être un insecte épinglé par un ange, et qui se tortillait sur le sol à mesure que sa jupe remontait de plus en plus haut. Comment diable était-elle arrivée dans une position aussi divine ? Elle mangeait, raisonnablement maîtresse de ses désirs, quand elle s'était aperçue qu'Adam fixait son pied. Il lui avait enlevé sa sandale sans un mot et s'était emparé de son pied. Elle en avait laissé tomber sa fourchette dans son assiette.

« Je ne sais pas ce qu'il en est pour toi, dit-elle, la gorge nouée, mais j'ai des raisons de me sentir sexuellement coupable. »

« *Tu ne commettras pas l'adultère* », s'exclama du haut de la montagne quelqu'un qui ressemblait à Papie Big Petrus, et la terre trembla sous elle. À moins que ce ne fût un frisson de plaisir.

Adam leva la tête – sa bouche montait inexorablement vers ses cuisses – et il lui décocha son sourire d'ange Gabriel.

« Tu es le genre qui a besoin de se culpabiliser avant d'apprécier quoi que ce soit. »

Une fois de plus sa perspicacité – et ce que sa bouche et ses mains faisaient à ses cuisses – lui coupa le souffle. Le bas du corps comme dessert, avait-elle pensé pendant qu'elle était encore en état de penser. L'autre jour, une amie lui avait parlé d'un manuel sexuel destiné aux femmes écrit par une Américaine aux longs cheveux blonds et aux longs ongles carmin. Sa photo légèrement floue ornait la quatrième de couverture et son âge n'était pas précisé. Elle conseillait à ses lectrices de goûter leurs propres jus sexuels.

Vous ne mettriez pas une assiette de nourriture devant votre mari si vous n'étiez pas prête à la goûter vous-même, n'est-ce pas ? Non seulement le livre prétendait que vous n'aviez pas le même goût que les autres femmes mais que votre goût variait selon les jours du mois. En bonne partenaire sexuelle, vous deviez savoir quels étaient vos bons jours – vagino-gastronomiquement parlant – et quand vous ne deviez pas ouvrir le restaurant Mont-de-Vénus.

Griet se demanda si elle n'aurait pas dû suivre le conseil de l'Américaine, mais Adam fourra sa tête entre ses cuisses avec l'avidité d'un animal sur le point d'étancher sa soif. La lumière crue au plafond et l'engourdissement de ses jambes grandes écartées lui rappelèrent momentanément la salle de la maternité, mais ce fut sa dernière pensée cohérente de la nuit. Après ça, tout se passa sans qu'elle ait la moindre occasion de penser. Sans frontière claire entre le supplice et l'extase. Comme dans une salle de travail.

Au bout de milliers d'années de philosophie et de logique, se dit Griet allongée dans son lit aux côtés d'un homme qu'elle connaissait à peine, la civilisation occidentale était encore impuissante face aux instincts animaux de l'homme. L'intellect avait toujours très peu d'influence sur la naissance, le sexe et la mort, les trois plus grandes expériences dans la vie de tout le monde. Dieu merci, se dit Griet en se dressant sur un coude pour admirer les longs cheveux d'Adam qui s'étalaient en éventail sur l'oreiller à côté d'elle.

Il y avait des façons de rendre le sexe moins bestial, se souvint-elle. Les pasteurs, les prêtres et autres religieux étaient souvent des experts dans ce domaine. Ainsi que les hommes intelligents qui avaient peur de perdre le contrôle.

Quand George et elle avaient couché ensemble pour la première fois, ils avaient chuchoté pour ne pas réveiller ses enfants. Et comme tant de choses que l'on fait au début d'une relation sans se soucier des conséquences, le silence au lit était presque immédiatement devenu une toile dans laquelle ils s'étaient rapidement empêtrés. Même sans enfants dans les parages, les bruits de George pendant l'amour se limitaient à quelques gémissements approbateurs ou à un nombre restreint de grognements très dignes. Il croyait qu'il en allait du sexe comme des femmes : il convenait d'être vu mais non d'être entendu. Si on tenait sa langue dans le feu de l'action, on ne laisserait rien échapper qui puisse être retenu contre soi par la suite. On ne dirait pas quelque chose d'aussi téméraire que « Je t'aime ».

Et comme ils ne trouvaient d'ordinaire le temps que le week-end, une fois les garçons au lit, il n'y avait pas grand-chose à voir non plus. George éteignait la lumière et s'approchait d'elle. C'était une lutte silencieuse dans l'obscurité.

Parfois la violence d'un orgasme lui arrachait un cri, mais, le plus souvent, ce cri restait coincé dans sa gorge. Elle avait l'impression d'être la pauvre malheureuse du tableau de Munch, prisonnière à jamais du silence.

Mais la nuit dernière, sur le sol de la salle à manger, elle avait crié. La nuit dernière, elle avait vengé toutes les femmes qui avaient été bâillonnées par un homme. Le pauvre modèle de Munch, toutes les femmes qui avaient été brûlées ou noyées parce qu'on les soupçonnait de sorcellerie, toutes ses héroïnes de contes de fées qui n'avaient pas été en mesure de se sauver elles-mêmes, toutes les belles-mères qui avaient toujours le mauvais rôle, et sept années de sexe convenable, civilisé, *silencieux*.

Et Adam s'était ébroué et avait cabriolé avec elle, tel le lion rugissant de la M.G.M. à la crinière duquel ses doigts se cramponnaient, sur le dos mouvant duquel ses jambes étaient serrées bien haut, dans le cou duquel ses dents étaient plantées. Tel un dragon dont les reins crachent le feu, tel un diable l'enfourchant sur son trident et sautant avec elle par-dessus la lune, tel un enchanteur dont la langue balayait toute résistance. Tout sauf un ange.

Peut-être que cela n'arrive qu'une fois dans une vie, le fait que le bon partenaire sexuel vienne frapper à la porte au bon moment. « *Visite d'ange* », disait le dictionnaire qu'elle gardait à son chevet. « *Délicieux rapports sexuels, rares et de courte durée.* »

Il était une fois un ange et une sorcière, mais quelquefois l'ange était méchant et quelquefois la sorcière était bonne et, pour finir, personne ne savait plus qui était qui, pas plus la sorcière que l'ange. Mais un ange serait silencieux pendant l'amour, se dit Griet. Donc George devait être un ange. L'idée la fit éclater de rire.

Adam remua et tendit un bras indolent, sans même ouvrir les yeux. Il lui toucha doucement le dos, descendit peu à peu, aveuglément, et soupira de bonheur quand sa main eut trouvé ses fesses. Il resta immobile quelques instants et elle se demanda, déçue, s'il s'était rendormi. Puis il se mit à lui caresser lentement les cuisses. Les souvenirs de la nuit précédente suffirent à raviver le flot de ses sensations.

« *Ange n. m. Messager divin. Fig. Personne aimante ou obligeante.* » Elle s'était abandonnée au bon vouloir de cette main qui s'était glissée à l'intérieur de ses cuisses. « *Sorcière n. f. Femme qu'on croit en liaison avec le diable ou des esprits malfaisants. Fig. Femme fascinante et enchanteresse.* » Avec laquelle de ces équipes célestes choisirait-elle de voler ? Les anges ailés étaient si terriblement sérieux. Comme les Anglais. Comme le mari de Louise qui ne pétait jamais en présence de qui que ce soit. Mais les sorcières sur leur manche à balai pouvaient être tout aussi dénuées d'humour. Comme Carabosse dans son royaume de fées. Les anges avec le sérieux de la religion, les sorcières avec le manque d'humour de la politique, et Griet Swart avec sa crise d'identité.

« Comment va la culpabilité ? » demanda Adam d'une voix enrouée, matinale. Ses yeux étaient toujours fermés.

« Quelle culpabilité ? »

Il ouvrit les yeux et tourna lentement la tête vers elle.

« Hé ! Ça va ?

— Je ne me souviens pas de m'être jamais sentie aussi bien.

– C'était quand la dernière fois que tu as couché avec quelqu'un ?

– C'était il y a longtemps, soupira Griet, très très longtemps. »

Les sorcières avaient évidemment de meilleures raisons que les anges d'être des jeunes femmes en colère. Il était difficile de rire sur le bûcher. Au cours des trois siècles qui suivirent la publication par le pape Innocent VIII de l'infâme *Summis Desiderantes* en 1484, presque neuf millions de sorcières furent systématiquement exécutées au nom du Père et du Fils et du Saint-Esprit. Et ce n'était pas fini, pensa Griet, la gorge serrée. Dans le terrible pays où elle situait ses contes de fées, on continuait à brûler, lapider et poignarder des femmes pour sorcellerie.

« Pas étonnant que tu m'aies sauté dessus comme une bête sauvage, dit Adam en l'attirant sur lui, les yeux de nouveau fermés.

– Je ne t'ai pas sauté dessus ! Je dînais tranquillement quand soudain je me suis retrouvée par terre ! Je ne pouvais même pas protester parce que j'avais la bouche pleine de calamars.

– C'est ta façon de manger qui m'a rendu fou. Je me suis dit que quelqu'un qui aimait autant manger devait aussi aimer le sexe. Même si elle se sent coupable.

– Eh bien, je peux te dire que je ne me sens plus coupable.

– Hé ! Ça ressemble au péché ! » Il attira sa tête contre son cou et lui ébouriffa encore davantage les cheveux. « Pas question que tu vives sans culpabilité. Il va falloir y remédier.

— Je ne vois pas comment : on a déjà tout essayé.

— Où est passée ton imagination ? soupira Adam dans ses cheveux. Je croyais que tu écrivais des contes de fées ?

— Justement, répondit Griet. Les princesses de mes contes de fées ne baiseraient jamais sur un sol de salle à manger poussiéreux.

— Pense à ce qu'elles ratent, lui chuchota Adam à l'oreille.

— Je peux te demander quelque chose ?

— Tout ce que tu veux.

— Tu gardes toujours un préservatif à portée de main ? » Elle sentit le rire monter dans le corps sous sa joue. « Ou tu savais ce qui allait arriver la nuit dernière ?

— L'espoir fait vivre. »

Griet frotta avec enthousiasme son visage contre les poils de sa poitrine.

« *Deux femmes âgées de seize et soixante et onze ans sont mortes carbonisées à Izingolweni.* » Elle passa les doigts dans les poils de son pubis et sentit son pénis se durcir. « *Le lendemain, une femme de cinquante ans fut lapidée puis brûlée à Oshabeni.* » Elle avait toujours été étonnée de la facilité avec laquelle les hommes ont des érections le matin. « *Une femme est morte carbonisée et une autre poignardée avec un instrument tranchant à Enkulu.* » Ça ressemblait à de la sorcellerie : abracadabra, vous vous saisissez de lui et une partie de son corps change sous vos yeux. « *Le même jour, à Msinbini, une femme de quarante ans fut brûlée vive.* » Dans les dernières années de son mariage, cela avait été le seul pouvoir qu'elle détenait encore sur son mari. « *À Maguchana, deux femmes âgées respectivement de soixante et trente ans sont mortes carbonisées.* » De la sorcellerie sexuelle au lit le matin – jusqu'au jour où il s'était mis à dormir dans un autre lit.

« *La police a déclaré que toutes ces femmes étaient soupçonnées de sorcellerie.* »

16

Mais qu'est-il donc arrivé
à Rumpelstiltskin?

L'arbre de Noël était assez petit pour tenir sur la table basse. Nella l'avait décoré d'or et d'argent et il était aussi chic que les sapins pour adultes qu'on voit tous les ans dans les magazines sur papier glacé.

Griet aurait préféré un arbre naïvement kitsch avec lumières clignotantes, neige en mousse à raser et autres décorations excessives dont raffolent les enfants. Elle s'accroupit devant l'arbre dans le salon de ses parents et toucha les aiguilles. Même un arbre artificiel décoré par un enfant aurait eu l'air plus vivant que cet arbre vrai, transformé en œuvre d'art prétentieuse.

Un an auparavant, elle avait tant aspiré au réveillon de Noël. Elle était enceinte de sept mois et débordait d'enthousiasme pour l'aventure qui l'attendait. Elle devait se montrer patiente, lui avait dit son analyste : les souvenirs ressemblaient à du sang qui se coagule pour former des croûtes. Le problème, c'était que les dates n'arrêtaient pas de venir lui arracher ses croûtes. Ce soir tout saignait à nouveau.

Un an auparavant, son mari et elle s'étaient retrouvés seuls : les enfants étaient avec leur mère, et les parents de Griet en vacances sur la côte. Elle aurait voulu être avec ses parents mais il n'était pas d'humeur à passer Noël en famille. Alors elle avait cédé et passé Noël avec son mari silencieux dans sa maison silencieuse. « L'an prochain, tout sera de nouveau différent, lui promit-elle devant un verre de mousseux. Le bébé marchera même peut-être à quatre pattes. »

Ils étaient assis seuls à la longue table de la salle à manger dans la maison vide. Il était impossible de croire que quoi que ce soit entre eux puisse être différent de cette réalité insupportable. Mais elle voulait tellement y croire.

« La maison ne sera pas aussi tranquille, Michael et Raphael seront là. Je veux un vrai sapin de Noël, une dinde, un pudding et tout le tralala, et inviter ma famille à se joindre à nous pour changer, un vrai...

— Est-il nécessaire d'inclure ta famille dans cette extravagance ?

— Noël est censé être une fête familiale. » Elle rit nerveusement parce qu'elle ne voulait pas se disputer la veille de Noël. Il y avait assez de disputes, assez d'autres soirées. « On pourrait aussi inviter ta famille, ça ne me dérange pas, mais tu ne voudrais probablement pas...

— Je brûle d'impatience. » D'un œil critique George examina la truite dans son assiette. Griet se rendit compte qu'elle avait l'air crue. C'était la première fois qu'elle cuisinait des truites. « Ce sera une soirée parfaite. Mon frère AWB[1] ne manquera pas de tomber amoureux de ta sœur lesbienne.

— George, je sais que ça t'ennuie que je sois attachée à ma famille. » Elle avait l'impression de poser pour une photo et ses muscles zygomatiques lui faisaient mal à force de sourire. « J'aurais aimé pouvoir souffrir comme toi de ne pas m'entendre avec mes parents ni avec mon frère et mes sœurs. Ça aurait pu me donner matière à écrire.

— Tu es sûre que ce poisson est assez cuit?

— La truite doit être rose. »

Elle goûta le poisson précautionneusement. Il n'était pas cru. Elle fut si soulagée qu'elle vida son verre d'un trait.

« Si j'avais pu choisir, j'aurais peut-être choisi des parents différents, je ne sais pas. Mais je n'ai pas eu le choix, alors je dois essayer de faire de mon mieux avec ce que j'ai. Mais ç'aurait certainement pu être pire, ç'aurait pu...

— Je n'ai rien à vous reprocher, à toi et à ta famille, Griet. Laisse-moi tranquille, c'est tout ce que je demande. »

Il recracha des arêtes. Naturellement il avait découpé son poisson de telle sorte qu'il avait plus d'arêtes que de chair dans la bouche. George traînait dans la vie un sac rempli d'épines qu'il répandait régulièrement sur son chemin.

« C'est la seule famille que j'aurai jamais », murmura-t-elle.

---

1. AWB : Mouvement de résistance afrikaner d'extrême droite.

Avait-elle épousé un homme glacial, se demanda-t-elle ou était-ce leur relation qui avait gelé les émotions de son mari ? Y avait-il eu une quelconque chaleur dans le passé ? Ou était-ce son imagination fertile qui lui avait fait prendre un congélateur pour un four ?

Pourquoi avait-elle eu si froid, au bout de sept ans passés en sa compagnie, qu'elle avait voulu grimper dans un four ?

« Je ne suis même pas sûr d'aimer mes autres enfants tout le temps. » Sa bouche était soudain vulnérable, débarrassée du sourire moqueur habituel ; il n'y avait aucune trace de cynisme dans ses yeux. « Peux-tu comprendre, Griet, que je sois déprimé d'en voir arriver un nouveau ? »

Elle avait tendu la main pour lui toucher la joue. Elle avait toujours été sans défense devant sa vulnérabilité. Je t'aime, mon mari, avait-elle pensé. Dieu m'est témoin que je t'aime.

« Il est trop tard pour faire quoi que ce soit », avait-elle répondu en posant son autre main sur son ventre dans un geste protecteur.

Elle n'aurait pas dû tenter le destin.

Pour Noël, elle avait offert à son mari un pull torsadé qu'elle avait passé des semaines à tricoter en cachette. Il était épais et la laine l'avait fait transpirer des mains ; elle n'avait pas cessé de souhaiter se trouver sous un parasol sur une plage ensoleillée. Il était une fois, il y a bien longtemps, une fille qui s'était vu ordonner par un roi de fabriquer de l'or avec de la paille sous peine de mourir. Un nain était apparu pour aider la pauvre fille avec ses sortilèges, mais il avait exigé un prix exorbitant. Elle devait promettre de lui donner son premier-né.

« Ne tricote jamais un pull à un homme avant de l'avoir épousé, lui avait toujours répété sa mère, ça porte malheur. » Griet avait ri de sa mère superstitieuse. De toute façon elle était mariée. Elle se sentait en sécurité.

Pour finir elle avait dû donner son enfant bien qu'elle n'ait pas eu de nain pour l'aider à tricoter et que son mari n'ait jamais porté le pull.

Ce n'était pas la première fois qu'elle lui offrait quelque chose qu'il n'aimait pas. Sa seule consolation, c'est qu'il n'avait guère fait mieux lui-même. C'était à celui qui offrirait à l'autre le cadeau le plus inapproprié.

Elle lui avait choisi une sortie de bain en coton blanc qu'il n'avait jamais portée et il avait opté pour une nappe en crochet qu'elle n'avait jamais utilisée. Elle aurait dû savoir qu'il préférait s'enrouler dans une serviette de toilette et il aurait dû savoir qu'elle détestait le crochet. Elle lui offrait souvent des livres qu'il ne lisait jamais : des livres de jardinage une semaine avant que son intérêt pour le jardinage ne s'évapore comme la rosée du matin sur la pelouse ; des livres de menuiserie juste après qu'il eut vendu tous ses outils sans le lui dire ; des livres de philosophie écrits par des auteurs qu'il considérait comme intellectuellement inférieurs. Il lui avait acheté du parfum qui puait la cocotte, des livres de cuisine dont un enfant dyslexique aurait pu suivre les recettes et une Swatch jaune et vert qui n'allait avec rien dans sa garde-robe.

Peut-être essayait-il de l'encourager à porter les couleurs des Springboks pour un sport quelconque, avait suggéré Louise.

« Porte-la avec un béret noir et lève le poing à une des soirées de Jans, avait proposé Gwen. Ça fera des merveilles pour ta crédibilité dans la Lutte. »

Au bout de sept ans, ils semblaient liés pour toujours par une chaîne indestructible de présents inadaptés.

« Pourquoi restes-tu assise ici toute seule? » demanda son père derrière elle. Elle se retourna, l'air coupable. « Tu essaies de fuir le boucan dans la cuisine?

— Je devrais aller les aider, dit-elle en quittant brusquement l'arbre de Noël, mais son père l'arrêta d'une main.

— Ce n'est pas nécessaire, ta mère et tes sœurs sont juste en train de parler. »

Hannes s'assit précautionneusement, comme un vieil homme, sur le canapé. Ses cheveux étaient tout à fait blancs, remarqua-t-elle avec surprise. Dans sa jeunesse, il avait été grand et mince comme son fils, mais, ces dernières années, il semblait avoir rapetissé régulièrement, comme un ballon qui se dégonfle peu à peu.

Elle se sentait légèrement mal à l'aise, comme toujours lorsqu'elle était seule avec lui. Elle n'avait jamais pu comprendre qu'un représentant ait si peu à dire à ses enfants. Pour vendre quelque chose, il faut être capable de communiquer avec ses clients, non ?

Non, se corrigea Griet, il a beaucoup à dire à ses enfants, parfois même trop, et il le dit régulièrement. Il aimait se lancer dans de longs monologues, d'habitude avec un verre de vin dans une main. Il aurait fait un bon prêcheur ou un bon acteur shakespearien, s'il avait connu Hamlet ou la Bible aussi bien qu'il connaissait sa précieuse littérature sur les techniques de vente. *Comment vendre absolument n'importe quoi à absolument n'importe qui*, c'était ainsi que Tienie appelait tout ce que son père lisait. Avec pour sous-titre : *Mort de la famille d'un commis voyageur*.

« Vous devez croire en vous-même, répétait toujours Hannes. Vous devez être positifs et avoir foi en vous, alors vous pouvez faire tout ce que vous voulez. C'est facile d'être négatif. Facile et lâche. Si vous vous dites que vous ne pouvez pas faire quelque chose, vous vous protégez du risque d'échec. Pour avoir des succès retentissants, il faut être prêt à essuyer des échecs retentissants. Qui ne risque rien ne perd rien, mais n'a rien non plus. »

Au fil des ans, sa famille s'était habituée à ses monologues, avait appris à l'écouter patiemment ou à rire avec indulgence, et même parfois à le taquiner un peu.

Mais personne ne pourrait jamais l'accuser de communiquer avec ses enfants.

Il aimait pérorer sur la pensée positive, sur la façon de devenir riche et sur les équipes de rugby qui allaient arriver en finale de la Currie Cup. Dommage qu'aucune de ses filles ne s'intéressât particulièrement à qui allait gagner la Currie Cup mais, de toute façon, que pouvait-on attendre des femmes ? Le manque d'enthousiasme de son fils était plus dur à accepter, mais sa mère l'avait pourri gâté dès sa naissance.

Parfois, il parlait aussi de politique et de religion. « Le problème avec les Noirs, c'est qu'ils sont trop différents de nous, disait toujours Hannes.

— Le problème avec les enfants, c'est qu'ils sont trop différents des parents, soupirait Nella dans son dos.

— Les métis ne posent pas de problèmes – ils partagent notre langue, notre religion et nos habitudes –, mais les Noirs ne sont pas aussi évolués que nous. On ne peut tout simplement pas leur confier le pays. Regardez ce qui se passe dans le reste de l'Afrique. Les Blancs se retirent et l'économie s'écroule, les rues sont remplies d'ordures, les écoles se détériorent et le service public va à vau-l'eau.

— On dirait l'Angleterre au bout de dix ans de thatchérisme », lançait Griet quand elle voulait être provocatrice.

Mais d'ordinaire, elle préférait tenir sa langue.

« Le service public ne peut pas vraiment être pire qu'il n'est, disait Tienie qui avait le plus de mal à se taire. Quand es-tu allé à la poste ou dans un hôpital de province pour la dernière fois, papa ? »

Cela donnait normalement lieu à une dispute.

Mais si on l'interrogeait sur ses émotions, il devenait silencieux. L'aisance avec laquelle il parlait de la pensée positive n'avait d'égale que sa gêne si on attendait de lui qu'il dise quelque chose au sujet de la peur, de l'incertitude ou de l'amour. L'idée qu'il y avait des gens qui consultaient un psychothérapeute de leur plein gré lui donnait la chair de poule. Griet ne discutait jamais de sa psy avec son père. Elle devait même se battre un peu pour parler de son père à sa psy.

« Je déteste Noël, soupira Griet en s'asseyant à côté de lui sur le canapé. Je n'ai jamais aimé ça – depuis que j'ai cessé de croire au père Noël –, mais je n'ai jamais autant détesté ça que cette année. »

Il ne croisa pas son regard, se contenta de hocher la tête avec bienveillance.

« Une des plus grandes déceptions de ma vie, ç'a été quand on m'a avoué que le père Noël n'était autre que mon père dans la robe de chambre de ma mère.

— Tu as toujours cru à ce genre de choses plus facilement que les autres enfants, dit pensivement Hannes. Le père Noël, le lapin de Pâques et la petite souris des dents.

— J'ai toujours eu une extraordinaire propension à l'aveuglement. » Son père lança un regard surpris dans sa direction. « Mais quand je me suis mise à avoir des doutes sur le père Noël... ç'a été comme si on retirait une pierre angulaire. Tout le mur s'est écroulé. »

Hannes avait été élevé à la dure – c'est lui qui le disait. Il y avait toujours eu assez à manger dans la maison de Mamie Hannie – pain, beurre, œufs et viande. Mais il n'y avait jamais assez d'argent pour le luxe comme l'école, les chaussures et les vêtements de sport. Et l'imaginaire était un luxe. Papie Big Petrus avait ses anges, mais ce n'était pas imaginaire : ils étaient aussi réels que la religion. Et, contrairement au lapin de Pâques et à la petite souris des dents, les anges ne coûtaient rien.

« Je n'ai entendu parler du père Noël que lorsque je suis allé à l'école, avait dit Hannes à Griet, des années auparavant. J'ai cru qu'il avait perdu mon adresse, autrement il ne m'aurait pas oublié pendant toutes ces années. Alors, j'ai décidé de lui écrire pour lui expliquer en détail comment venir chez nous et j'ai juste mentionné en passant que je voulais un ballon de rugby ou un vélo. Qui sait, peut-être qu'il compenserait pour toutes ces années où il m'avait oublié ? »

Sans rien dire à ses parents, Hannes écrivit au père Noël. Il savait que Papie Big Petrus était trop fier pour accepter quoi que ce soit de la part d'un étranger habillé en rouge. La veille de Noël, il accrocha sa taie d'oreiller dans le salon à côté du canapé réservé au *dominee*. Si le canapé suffisait pour un pasteur, il suffirait pour le père Noël.

Hannes était un cadet comme Tienie, sa fille difficile. S'il avait reçu un cadeau du père Noël cette nuit-là, il se serait senti privilégié par rapport à ses frères et sœurs pour la première fois de sa vie. Il était si excité que – pour la première fois également – il eut du mal à s'endormir.

Bien sûr, la taie d'oreiller était toujours vide le lendemain matin.

« J'ai aussitôt arrêté de croire au père Noël. » C'était ainsi qu'il terminait toujours l'histoire. « Depuis, je n'ai jamais compté que sur moi-même. »

« Tu es heureux, papa ? demanda Griet sur le canapé.

– Ce soir ?

– Non, en général. Tu es toujours si positif, en fait tu es un emmerdeur. Nella dit la même chose de moi, s'empressa-t-elle d'ajouter. Tu t'actives toujours sur un projet ou un autre, transformer une chambre en bureau ou percer une fenêtre dans le mur du salon...

– Il faut rester occupé, répondit-il comme elle s'y attendait, autrement on commence à se poser trop de questions.

– Qu'y a-t-il de mal à ça ?

– Depuis que tu es petite, tu poses trop de questions. L'oisiveté est mère de tous les vices.

– Tu crois que je finirai par succomber ?

– Je n'irais pas jusque-là. » Il sourit. « Mais si on n'a pas de réponses, on peut devenir négatif et déprimé. Avant d'avoir pu dire ouf, on se demande si le jeu en vaut encore la chandelle. »

Elle avait déjà atteint ce stade, voulut-elle confier à son père, mais elle ne savait pas comment. Son père pensait qu'il était terrible de se poser trop de questions. Elle savait qu'il était pire d'avoir trop de réponses.

« Papa, tu connais l'histoire du jeune homme qui rencontre la Mort sur le bas-côté de la route ? »

Hannes haussa les sourcils et secoua la tête. La peau de son cou commençait à pendre, remarqua Griet. Il se mettait à ressembler à Papie Big Petrus. Pourquoi la peau des personnes âgées se distendait-elle comme un pull trop souvent lavé ? Quand l'air commençait-il à s'échapper du ballon ?

« Eh bien, la Mort gisait sur le bas-côté et le jeune homme l'aida à se relever. La Mort lui en fut si reconnaissante qu'elle lui promit de lui envoyer un messager avant de venir le chercher. Afin qu'il puisse se préparer. Les années passèrent et le jeune homme devint un vieil homme, mais il se consolait toujours avec l'idée que la Mort ne se présenterait pas sans s'être fait annoncer. Un jour, la Mort le tapa sur l'épaule et lui dit qu'elle était venue le chercher. »

Hannes fixa l'arbre de Noël sur la table basse, les mains croisées sur son ventre, le visage détendu.

« " Mais vous m'aviez dit que vous m'enverriez un messager ! " cria le vieil homme, extrêmement fâché. " J'ai envoyé messager sur messager, répondit la Mort. Je t'ai envoyé la maladie pour t'obliger à garder le lit et les maux de dents pour te tourmenter. Je t'ai envoyé l'âge et les rides pour t'avertir. Et toutes les nuits de ta vie, je t'ai envoyé mon frère silencieux, le sommeil, pour me rappeler à toi. " »

Hannes hocha lentement la tête, les yeux toujours fixés sur l'arbre de Noël.

« Tu ne te sens pas parfois malheureux parce que tu attendais davantage de la vie, papa ? »

Il resta quelques instants silencieux avant de répondre pensivement : « J'aurais vraiment aimé posséder une Mercedes modèle sport. »

Griet comprit, consternée, qu'il était probablement sérieux.

« Je vais chercher du vin », déclara-t-il en se levant. Afin qu'elle ne puisse plus s'occuper de ce qui ne la regardait pas, pensa Griet. « Tu veux du rouge ou du blanc ?

— Du blanc, s'il te plaît, papa.

— Ça ira mieux l'an prochain », marmonna-t-il de façon presque inaudible en quittant la pièce.

Pour le prochain Noël, tout sera différent, se dit-elle, une fois seule.

17

Les cinq compagnons de voyage

« Il était une fois, il y a très, très longtemps, une marâtre, écrivit Griet dont le cœur soupirait pour George et dont les hormones avaient très envie d'Adam. Il était une fois une méchante belle-mère qui fut chassée du château par le monarque, son époux. Non, non, non, ça ne se passera pas comme ça, se dit-elle. Je vais aller chercher mon frère et mes sœurs et ensemble nous allons donner une bonne leçon au roi.

La belle-mère n'avait pas de nombreux talents mais il y avait une chose qu'elle savait faire mieux que personne : elle savait souffler. Elle avait un pouvoir surhumain dans les joues et la bouche, et ses poumons ressemblaient à des montgolfières. (Visiblement elle ne fumait pas.) Elle savait souffler parce que, dès l'enfance, elle avait dû insuffler la vie dans des histoires, jour après jour, mois après mois, année après année. À trente ans, elle était capable de chasser de Table Mountain la nappe de nuages du " docteur du Cap [1] ", de pousser la fumée

---

1. Nom donné au vent du sud-est qui, butant sur le sommet de Table Mountain, crée une nappe nuageuse immobile.

de Devil's Peak vers la mer, de dissiper le brouillard qui flottait sur Lion's Head. Pour mieux te voir, mon enfant. Elle pouvait décoiffer les douze apôtres. »

Trop c'est trop, décida Griet. *Elle savait souffler*, ajouta-t-elle pour la bonne mesure. Puis elle mit un point d'exclamation triomphant et tourna la page.

« Telle une furie, la belle-mère souffleuse traversa le monde à la recherche de son frère et de ses sœurs. Dans une ville entre Charybde et Scylla, elle trouva sa plus jeune sœur, chapeau perché sur l'oreille. " Tu as l'air d'un clown, dit-elle. Pourquoi ne mets-tu pas ton chapeau correctement ?

— Si je le mets correctement, répondit le clown, il fait immédiatement si froid que les anges au ciel gèlent et tombent sur la terre comme des statues.

— Viens avec moi, proposa la souffleuse. Ensemble, nous allons donner une bonne leçon au roi. " »

« Où est le nouvel homme de ta vie ? demanda Nella dès qu'elle entra dans l'appartement. Je suis dévorée de curiosité.

— Ce n'est pas le nouvel homme de ma vie, rétorqua Griet en conduisant sa sœur dans la cuisine.

— Le nouvel homme qui partage ton lit ? » Nella s'arrêta net et leva le nez en l'air. « Tu ne trouves pas que tu exagères, Griet ? Il n'y a plus que les vieux hippies pour continuer à brûler de l'encens.

— C'est qu'il m'a fallu trouver quelque chose qui sente plus fort que l'insecticide. »

Elle se rendit compte qu'elle en avait peut-être trop fait : il y avait des bâtons d'encens partout. Jusque dans le four.

« J'en conclus que tu te bats toujours contre les cafards.

— Une *luta continua*. Mais ce ne sont plus seulement les cafards. La semaine dernière, des millions de fourmis sont entrées dans la lutte. Je suis sûre qu'elles vont m'emporter dans mon sommeil. »

Nella examina la cuisine d'un œil critique tandis que Griet adressait à la tenue de sa sœur un regard qui ne l'était pas moins. Nella portait un gilet de satin sur un chemisier transparent – sans rien dessous – et un short ultracourt sur ses longues jambes brunes. Le genre de tenue qu'on retiendrait contre vous dans un procès pour viol, se dit Griet avec inquiétude. Mais il n'y avait probablement que les mères et les sœurs aînées pour être hantées par ces craintes. Elle versa à Nella un verre de vin blanc presque gelé.

« Désolée, le frigo est un peu caractériel. J'aurais dû sortir le vin plus tôt.

— Tu as au moins un frigo, fit Nella en haussant les épaules.

— Il ne vaut pourtant pas grand-chose. Il tombe en panne tous les deux jours. Le reste du temps, il gèle tout : le vin et les tomates deviennent durs comme pierre. C'est une des raisons pour lesquelles je n'ai jamais invité personne.

— Je commence à comprendre pourquoi tu es si soulagée d'avoir enfin trouvé un autre logement. »

Nella rit en suivant Griet dans le salon. « Comment as-tu fait pour tenir si longtemps ici ?

— Je n'avais pas vraiment le choix. » Griet avait noyé le salon sous les fleurs pour cacher l'absence de meubles, mais maintenant qu'elle se tenait au milieu de la pièce et voyait les lieux avec les yeux de sa sœur branchée, elle savait que sa tactique de diversion n'avait pas marché. « Je n'arrive pas à comprendre comment Louise a pu choisir de vivre ici. »

Je veux déménager [écrivait Louise, de Londres], mais il y a si peu d'endroits abordables pour moi ici que c'est peut-être moins de tracas de rester mariée. Je sais que tu vas penser que c'est une excuse facile, mais merde, c'est toi qui veux croire aux contes de fées. Peut-être que la plupart des mariages sont aussi peu satisfaisants que le nôtre, peut-être que la plupart des gens préfèrent un mariage malheureux plutôt que la solitude. Tout ce que je dis a l'air d'ennuyer mortellement mon psy. Comme s'il entendait exactement la même rengaine tous les jours. Ça me laisse songeuse. J'aimerais pouvoir trouver un psychothérapeute afrikaner. C'est l'enfer de devoir se préoccuper de conjugaisons quand on essaie d'épancher son cœur.
Pendant ce temps, mon mari picole de plus en plus et parle de moins en moins. J'ai déjà entendu ça quelque part. Un soir, après notre séance de thérapie, il a suggéré pour changer d'acheter un *fish and chips* et de coucher ensemble. Pas exactement dans la même phrase mais sur le même ton. Il y a très peu de choses dans notre relation qui m'amusent encore, mais cet épisode m'a paru si grotesque que j'ai ri aux larmes.

« Alors, où est l'homme mystérieux ? insista Nella.

— Il est allé dans sa famille pour Noël, expliqua Griet, essayant de noyer son impatience avec une rasade de vin. Il est sur le chemin du retour maintenant – si tout va bien, il arrivera à temps pour m'accompagner au réveillon du nouvel an.

— Mais je ne serai plus là.

— Je ne sais pas pourquoi tu tiens tant à le rencontrer. Ce n'est pas comme s'il allait devenir ton beau-frère ou quoi que ce soit. J'ai couché avec lui deux ou trois fois, c'est tout. Et il rentre à Londres dans une semaine.

— On s'inquiète tous pour toi, dit Nella, déçue. Il est temps que tu rencontres un homme solide.

— Je ne crois pas que " solide " soit le premier mot qui viendra à l'esprit de papa quand il verra la queue-de-cheval d'Adam », répondit Griet en souriant.

« Que penses-tu de lui ? demanda Nella à Tienie quand elle arriva quelques minutes plus tard.

— Il est très beau, dit Tienie, en s'asseyant par terre. Et compte tenu de mes préférences sexuelles, c'est un constat objectif.

— Je n'aurais jamais cru que je coucherais de nouveau avec un homme aussi beau », fit Griet en allant chercher une bière dans la cuisine pour Tienie, et elle ajouta, plus pour elle-même que pour ses sœurs : « Je commençais à me demander si j'aurais jamais de nouveau l'occasion de coucher avec un homme.

– Je commençais aussi à me le demander, lui cria Nella. Tu as attendu si longtemps avant de te lancer. »

« Le clown et la souffleuse voyagèrent ensemble, fantasma Griet devant la porte ouverte du frigo, jusqu'à ce qu'ils arrivent dans une ville où tout était en or : les rues, les maisons, les montagnes et même les gens. Là, ils trouvèrent la troisième sœur qui était si robuste qu'elle pouvait emporter tous les arbres rabougris de l'enfer, les doigts dans le nez.

"Viens avec nous, dit la souffleuse. À nous trois, nous donnerons une bonne leçon au roi. "

Les trois sœurs voyagèrent à travers le monde jusqu'à ce qu'elles arrivent dans une ville où les rêves devenaient réalité et où les attendait la quatrième sœur, qui avait déjà fait ses valises. " Je savais que vous viendriez me chercher. " Elle avait une si bonne vue qu'elle connaissait la couleur des yeux de l'homme qui habite sur la lune. " Je vous ai vues avant que vous ne traversiez la mer. À nous quatre, nous allons donner une bonne leçon au roi. "

Et les quatre sœurs retraversèrent ensemble la mer, jusqu'à ce qu'elles arrivent dans une forêt sombre et profonde où elles trouvèrent leur frère qui se tenait sur une jambe tandis que l'autre gisait à terre à côté de lui.

" Que t'est-il arrivé ? demandèrent-elles, surprises.

– Si j'utilise mes deux jambes, répondit le frère, je cours plus vite qu'une sorcière ne vole.

– Viens avec nous, dit la belle-mère souffleuse. À nous cinq, nous donnerons une bonne leçon au roi. " »

« Mon image est en lambeaux, dit Griet de retour au salon. Je regarde dans la glace et tout ce que je vois, c'est que j'ai sept ans de plus, sept fois plus de rides et de muscles relâchés. Je n'arrive pas à croire qu'un homme puisse me trouver séduisante.

– C'est triste, merde. » Les sourcils de Tienie soulignèrent ses propos d'un épais trait noir. « Tout ça parce qu'un homme ne veut plus de toi.

– Ce n'est pas nécessaire d'insister sur " homme ", Tienie. Tu ne ressens pas la même chose quand une relation échoue ?

– L'image que j'ai de moi-même n'a jamais été liée à une peau lisse ni à des muscles fermes. » Tienie inclina légèrement son verre et versa sa bière d'un mouvement adroit du poignet. « Ce qui est triste, Griet, c'est que quelqu'un comme toi ait soudain l'air d'une reine de beauté sur le retour.

– Je sais que ma vie ne dépend pas de mon apparence, rétorqua Griet qui s'empressa d'avaler une gorgée de vin. Mais c'est important pour les hommes, que nous voulions l'admettre ou non. C'est aussi irréfutable que le soleil qui se lève à l'ouest.

– À l'est.

– Peu importe, soupira Griet. Bien sûr, il y a d'autres moyens d'attirer l'attention d'un homme. Je pourrais me jeter de mon balcon en espérant qu'un gars avec des gros biscoteaux me rattrape. Ou je pourrais prendre exemple sur Lady Godiva et descendre

Adderley Street nue sur un cheval. Je suis sûre de trouver quelque part un type avec un goût bizarre pour la cellulite et les varices.

– Je suis d'accord avec Griet, dit Nella. La beauté reste le remède le plus facile contre le fait de dormir seule.

– Facile ? demanda Tienie dont les sourcils exprimaient l'indignation la plus pure.

– Eh bien, tu n'es visiblement pas encore complètement sur la mauvaise pente, Griet, déclara Nella pour la consoler. Tu as séduit Adam, n'est-ce pas ?

– Et si je me souviens bien, murmura Tienie dans son verre de bière, pas même Ève n'a pu le faire sans l'aide d'un serpent. »

Prise de fou rire, Griet se leva d'un bond pour aller ouvrir à Petra.

Petra portait une tenue noir et blanc qui proclamait *New York, New York*, des boucles d'oreilles en or qui semblaient lui arriver aux hanches, et elle avait les cheveux coupés au carré. Elle embrassa ses sœurs sur les joues. Elle sentait la cigarette Marlboro et le parfum français, se dit Griet qui pouffait encore lorsque leurs joues se touchèrent.

« Comment t'adaptes-tu ? demanda Tienie. Au bout de quelques jours dans le tiers-monde ?

– C'est comme la bicyclette, répondit Petra. Ça ne s'oublie pas. »

Griet s'enfuit dans la cuisine pour rire un peu plus devant son frigo.

« Les cinq frère et sœurs se rendirent ensemble au château dont la belle-mère souffleuse avait été chassée. Arrivés sur les lieux, ils apprirent que le roi offrait la moitié de sa fortune à quiconque le battrait à la course à pied, et le frère aux pieds agiles releva immédiatement le défi.

Le frère courut tellement plus vite que le roi qu'il put s'arrêter en chemin pour un petit somme. La tête sur une souche d'arbre, il ne tarda pas à s'endormir, et le roi le dépassa. Quand le roi ne fut plus qu'à quelques pas du poteau d'arrivée, la sœur à la vue perçante s'aperçut que son frère dormait. Elle prit un fusil et tira sur la souche d'arbre. Le frère s'éveilla, effrayé, et parvint à battre le roi sur le poteau.

Le roi était fou de colère de devoir remettre la moitié de sa fortune – qui plus est au frère de l'épouse qu'il avait chassée de son château. Attendez un peu, décida-t-il. Je vais donner une bonne leçon à cette fichue bande. Il prépara pour eux un festin dans une salle dont le sol et les parois étaient d'acier. Quand ils eurent pris place à table, il ferma la porte d'acier et ordonna au cuisinier de faire du feu sous le sol de façon que la pièce soit chauffée au rouge. »

« Quelle bonne fée devrais-je remercier pour cette invitation ? demanda sur le seuil de la cuisine Marko, qui fit la grimace lorsque l'odeur de l'encens parvint à ses narines. Tu as mené une vie d'ermite pendant des mois. Je commençais à te soupçonner de cultiver du cannabis, de fabriquer de la fausse monnaie ou de diriger une agence de call-girls.

– Désolée de te décevoir, répondit Griet en lui sortant une bière du frigo. L'endroit me déprime tellement que je ne voulais pas l'imposer à qui que ce soit d'autre.

– Qu'est-ce qui t'a fait changer d'avis ?

– Le temps. » Griet sourit et lui donna un paquet d'amuse-gueule à emporter dans le salon. « Avec un peu de patience, on s'habitue même à l'enfer. Mais je dois dire que je me sens beaucoup mieux depuis avant-hier où j'ai signé le bail de mon nouvel appartement – comme une prisonnière qui sait qu'elle a presque fini de purger sa peine.

– C'est donc en fait une soirée d'adieu ? demanda Nella lorsque Griet et Marko les rejoignirent.

– D'adieu à l'appartement et d'adieu à l'année, acquiesça Griet en s'asseyant par terre à côté de Tienie. Tout aussi déprimant. »

Elle avait décidé la veille de les inviter pour un dernier verre avant d'aller au lit. Ils avaient tous d'autres projets pour le restant de la soirée. Comme la plupart des gens pour le réveillon du nouvel an, avait-elle pensé en s'apitoyant sur son propre sort. Les sept années précédentes, son mari et elle avaient toujours passé le réveillon avec des amis. Cette année, ses amis avaient visiblement tous oublié son existence.

« Très vite, les cinq qui avaient pris place autour de la table eurent si chaud que l'un d'entre eux se leva pour ouvrir la porte. C'est alors qu'ils s'aperçurent qu'elle était fermée à clé. La pièce devenait de plus en plus étouffante. " Le roi ne se débarrassera pas de nous aussi facilement ", cria le clown en redressant son chapeau. Immédiatement, la température tomba si bas que les boissons gelèrent dans les verres.

Lorsque, quelques heures plus tard, le roi ouvrit la porte et qu'il les découvrit tous les cinq bien en vie, il fut sidéré. Le feu avait beau continuer à flamber sous le sol, la pièce était glacée. Très bien, décida le roi, si je ne peux pas les tuer, je dois les faire sortir de mon royaume d'une façon ou d'une autre. " Écoutez, dit-il, au lieu de la moitié de ma fortune, je vous donnerai mon trésor le plus précieux. " Le frère rapide, ajouta-t-il, pourrait épouser sa fille unique dans les quinze jours et, en guise de dot, ils auraient autant de trésors que l'un d'entre eux pourrait en emporter.

La belle-mère souffleuse accepta sur-le-champ et convoqua toutes les couturières du royaume. Elle leur annonça qu'elles avaient quatorze jours pour confectionner le plus grand sac du monde. Quand le jour de la cérémonie se leva, la sœur robuste prit le sac et se rendit dans les salles du trésor du roi où elle s'empara de toutes ses richesses. Quand toutes les salles furent vides, elle jeta en riant sur son épaule le sac qui n'était qu'à moitié plein et partit en faisant au revoir de la main au roi. " Votre fille peut décider elle-même qui elle veut épouser, dit alors le frère au roi. En attendant, elle peut venir avec nous découvrir le monde. " »

Griet avait failli pleurer de reconnaissance quand Adam avait téléphoné la veille de chez ses parents pour lui dire qu'il rentrerait le soir même. Puis elle était passée chez Gwen et avait récolté une invitation pour le réveillon du nouvel an.

« J'aurais dû t'inviter depuis longtemps, dit Gwen, visiblement embarrassée. Mais j'étais persuadée que tu avais quelque chose d'autre de prévu. »

C'est bien ça la vie, pensa Griet, qui demanda si elle pouvait amener Adam.

« Bien sûr, je meurs d'envie de le rencontrer. »

« Je meurs d'envie de le rencontrer, confia Petra à Marko.

– Je ne sais pas ce que vous attendez tous de ce malheureux, dit Griet d'un ton sec. Nous sommes le jour et la nuit.

– Les contraires s'attirent, rétorqua Nella.

– Va dire ça à mon mari.

– Ton ex-mari, corrigea Tienie.

– Il n'est pas encore mon ex-mari.

– Tu ferais aussi bien de commencer à t'entraîner à le dire, suggéra Petra, toujours pratique.

– De toute façon, tu es la seule à vouloir parler de ton ex-mari, fit Nella. Ton nouvel amant nous intéresse davantage.

– Je ne pense pas qu'il ait lu un seul livre de sa vie, annonça prudemment Griet.

— Tu ne crois pas que c'est ça, ton problème? demanda Nella. Tu penses vraiment qu'un homme a besoin de lire des livres pour être un bon amant?

— Fiche-lui la paix, fit Marko, la bouche pleine d'amuse-gueule. Elle a toujours eu un faible pour les intellectuels.

— Les dieux punissent les gens en exauçant leurs souhaits », murmura Tienie.

Griet prit une nouvelle gorgée de vin et se leva pour aller sur le balcon.

« Tu peux parler! dit Marko en riant. Tu es tout aussi snob pour ce qui est des diplômes universitaires, Tienie.

— Non, tu es injuste.

— Toi, Griet et tous vos amis intellectuels, il n'y en a pas un pour racheter l'autre. Vous utilisez des mots qu'on n'entend jamais dans la conversation des gens normaux : " flagorneur ", " pertinent " et " catégorique ".

— Et " déconstruire ", lança Griet du balcon.

— *Tu quoque?*

— C'est vrai, Tienie, approuva Griet en haussant les épaules. Ça m'irrite également...

— Tu te réfugies derrière les mots, l'interrompit Marko. Rien de ce qui se passe dans le pays ne t'affecte vraiment. Tu philosophes dessus.

— Qu'est-ce qui t'arrive? s'enquit Nella. Pourquoi es-tu si teigneux?

— L'armée est de nouveau sur ton dos? demanda Petra.

– En plus de vous deux. » Marko se tenait au milieu du salon comme un boxeur sur un ring. « Nella s'habille comme un clown quand tout flambe autour d'elle. Petra a simplement battu en retraite quand la situation est devenue trop explosive et a sauté dans le premier avion pour New York. Il y a bien des façons de se cacher. »

Ses sœurs le regardèrent, bouche bée. Même Tienie ne savait pas quoi dire.

« Derrière des vêtements, derrière l'argent, derrière la carrière de son mari...

– Derrière un appareil photo ? suggéra Griet quand il vint se pencher au balcon à côté d'elle.

– Certainement. Je me protège de la réalité des *townships*. Je les photographie. Mais tu ne sais même pas ce qu'est la réalité, Griet. Tu passes ta vie à écrire des contes de fées sur un PC. »

Le regard de Griet glissa des yeux tourmentés de son frère à la montagne qui, ce soir, paraissait beaucoup plus proche que d'habitude.

« Attends de voir, dit-elle en levant la main pour empêcher la montagne d'escalader la balustrade. Un de ces jours, je vais écrire une histoire sur la réalité.

– Je parie qu'elle ressemblera à un conte de fées », répondit son frère.

« Comme les cinq compagnons de voyage quittaient son royaume avec tous ses trésors, le roi se mit dans une rage terrible. Il mobilisa tous ses soldats et leur donna l'ordre de se lancer à leur poursuite et de récupérer sa fortune (ainsi que sa fille unique). Mais la sœur à la vue perçante aperçut les soldats de loin et prévint les autres.

Non, non, non, se dit la belle-mère. Ça ne se passera pas comme ça. Elle respira à fond et dispersa la compagnie tout entière, avec chevaux, armes et bagages. Ils se retrouvèrent empilés en un grand tas sous les remparts du château. Voyant cela, le roi comprit que les cinq avaient un pouvoir devant lequel il était impuissant et il leur ficha la paix.

Les cinq se partagèrent le trésor en donnant à la fille du roi sa juste part. Et chacun d'eux fit son chemin dans le monde. La fille du roi décida de n'épouser personne. Elle partit s'installer avec la sœur robuste dans la ville d'or. Où elles doivent très vraisemblablement vivre heureuses aujourd'hui encore. »

18

Hum, hum, hum, je sens le sang d'un enfant

S'arracher les cheveux fut la première pensée qui vint à l'esprit de Griet lorsqu'elle s'éveilla avec la main d'Adam dans sa chevelure. Dans un des livres qu'elle avait empruntés à la bibliothèque, la semaine précédente, elle avait lu qu'une des croyances les plus répandues à propos des sorcières était que leur pouvoir résidait dans leurs cheveux. Elle n'avait pas de mal à le croire. Elle avait grandi avec l'histoire de Samson.

Elle aurait souhaité se réveiller tous les matins avec Adam blotti contre son dos, ses mains dans ses cheveux et son haleine dans son cou. *Le gros bon ange*[1], disait-on dans la langue de l'envoûtement des Antilles – l'âme qui se révélait dans le souffle.

« Tu vas me manquer », murmura-t-elle sans ouvrir les yeux.

Elle sentit son pénis se durcir puis aller et venir entre ses jambes, museau fureteur contre son sexe. Comme un lemming courant vers l'oubli éternel, se dit-elle, et

---

1. En français dans le texte.

elle le sentit hésiter un instant au bord du précipice. Puis il se lança. Son corps était un puits, un trou noir et profond dans lequel les hommes tombaient, les enfants mouraient et d'où personne ne pouvait être sauvé. Non, une coupe, pensa-t-elle, pleine, de plus en plus pleine.

Ma coupe déborde.

C'est ce qu'Ève, la première femme, devait avoir ressenti. Après avoir apporté la honte, le sexe et le péché dans le monde. Ou la Pandore de la mythologie, destinée à faire passer une boîte pleine de maux à l'humanité. Parce que Prométhée avait dérobé le feu aux dieux. Adam, Adam, Adam qui était capable d'allumer le feu divin entre les jambes d'une femme.

« *L'épilation de la sorcière précédait fréquemment la torture. On croyait qu'une fois dépouillée de son système pileux, même la plus obstinée des sorcières ferait les aveux qu'on attendait d'elle.* » Pas étonnant, se dit Griet quand elle ouvrit les yeux et aperçut les touffes sous son aisselle.

« Bonjour, Afrique du Sud [1], dit Adam en l'embrassant sur l'épaule.

– C'est trop bon pour être l'Afrique du Sud », répondit Griet avec un sourire ensommeillé.

Il la fit rouler sur le ventre. Le bas de leurs corps étant collé par le sperme, il se souleva sur les coudes pour mieux contrôler son pelvis. Il brûlait en elle. Le frottement l'embrasa de nouveau tout entière. Son bas-ventre était un soufflet, le feu un brasier que même son

----

1. Titre d'une émission de télévision.

sang à elle ne pouvait éteindre. Adam, Adam, Adam, crépitait-elle.

« Adam ! » hurla-t-elle.

Tels les piliers de Samson, les bras d'Adam lâchèrent et le temple s'effondra sur son dos.

« Tu n'as pas utilisé de préservatif, dit-elle d'une voix pantelante, quand elle eut retrouvé son souffle.

— Tu ne peux pas tomber enceinte au milieu de tes règles.

— Ce n'est pas ce qui me tracasse, Adam, mon chéri », soupira-t-elle en refermant les yeux. Elle ne voulait pas gâcher l'instant présent en mentionnant l'indicible. Qui savait dans combien de pots de miel cet organe doré avait trempé ?

« Qu'est-ce qu'il fait ? » fut la première question de Petra.

Griet se rendit compte que c'était ce qui différenciait ses sœurs. Nella demandait à quoi il ressemblait, Petra ce qu'il faisait et Tienie : Qu'est-ce que tu penses de lui ? Comme sa psychothérapeute.

« Je le soupçonne d'être un gigolo, déclara-t-elle, rien que pour voir la réaction de Petra.

— As-tu les moyens de t'offrir un gigolo ? » fut la réponse immédiate de Petra qui s'inquiétait davantage des finances de sa sœur que de sa moralité ou de sa santé.

« Il a l'air d'un gigolo, dit-elle à Nella.

— Génial ! Alors il saura ce qu'il faut faire au lit. »

« Je ne sais pas, répondit-elle à Tienie. J'essaie de penser moins et d'agir plus. »

« Ma sœur veut savoir ce que tu fais, Adam.
— Dis-lui que je me cherche.
— Elle voudra savoir si tu as un sponsor pour ta recherche. Elle offrira de lancer une campagne de publicité pour toi.
— Dis-lui que je sais tout faire de mes mains.
— Comme si je l'ignorais, Adam, mon chéri. »

« Il travaille de temps à autre dans un restaurant », avait-elle fini par dire afin que le gros bon ange de Petra puisse se reposer.

« J'ai rêvé ou il a plu ?
— Il a plu toute la nuit », répondit Adam en roulant sur le côté et en croisant les bras derrière sa tête d'un air suffisant. « Si tu tournes ton corps délicieux par ici, tu verras quelque chose qui va t'enchanter.
— Tu es impossible !
— Oh, allons, je ne parle pas de moi. Ouvre les yeux et regarde dehors. »
Encore ensommeillée, elle se mit sur le côté et eut le souffle coupé quand elle découvrit l'arc-en-ciel qui s'encadrait dans la fenêtre.

Il paraissait avoir été peint sur la vitre, arc de couleurs émaillées, étincelantes. Elle se souleva sur un coude pour l'admirer.

« Est-ce que ça veut dire que nous ne pouvons pas aller dans la montagne ? demanda Adam, qui semblait vraiment déçu.

— On pourrait y aller à pied... mais ce n'est pas ce à quoi tu pensais, n'est-ce pas ? »

La nuit passée, sous son corps souple, dans un moment de faiblesse, elle avait avoué qu'elle rêvait de faire l'amour dans un téléphérique. L'idée l'avait tellement enthousiasmé qu'il l'avait immédiatement invitée à tenter l'expérience avec lui pour sa dernière journée au Cap. Elle savait qu'il était inutile de discuter.

« Ce n'est qu'un fantasme, Adam. » Elle se laissa retomber sur l'oreiller, la tête au creux du bras d'Adam, les yeux fixés sur l'arc-en-ciel. « Qui ne devrait pas devenir réalité.

— Hé ! Pourquoi pas ?

— Ma sœur Tienie dit que les dieux nous punissent en exauçant nos souhaits.

— Il y a une différence entre un souhait et un fantasme. C'est comme si, tu vois, les souhaits étaient impossibles. Je voudrais être toi, je voudrais être une vedette de cinéma, ce genre de conneries. Mais les fantasmes peuvent devenir réalité. Les fantasmes devraient devenir réalité ! C'est comme quelque chose que tu peux faire, que tu veux faire mais que tu n'as pas le cran de faire. C'est comme baiser une parfaite inconnue dans un train qui passe sous un tunnel! Le genre de trucs qu'on voit au cinéma!»

Il lui prit le menton dans la main et la força à le regarder. Elle constata qu'il avait les doigts tachés de sang. Elle ne savait pas si elle voulait rire ou pleurer.

«On devrait vivre ses fantasmes, affirma-t-il avec sérieux.

— C'est ce que tu fais?»

Question idiote, se rendit-elle compte immédiatement. Elle ne pouvait qu'espérer qu'il allait se remettre à pleuvoir.

«Tu sais quoi? On ira au crépuscule. On regardera le coucher de soleil et on rentrera à la nuit tombée. On sera probablement les seuls passagers. Peut-être que ce sera ton jour de chance!

— Adam!

— Allez, laisse-toi tenter!»

Par un ange dans un téléphérique.

«Balance-toi au lustre!»

C'était probablement l'impression qu'on avait en faisant l'amour dans un téléphérique.

«La seule chose à redouter, c'est la peur!»

La petite-fille de Mamie Lina. Elle s'empêcha d'ajouter un mot. Elle frotta son visage contre les poils rêches de son aisselle : sa sueur avait un goût salé. On aurait dit qu'il avait été blessé au bas-ventre. L'homme qui n'avait peur de rien, songea-t-elle, pas même du sang des femmes.

Adam était l'un de ces rares hommes qui se fichait totalement et sincèrement que son corps, les draps, ou même sa bouche fussent souillés par le sang des règles. Oh, ils disaient tous que ça leur était égal, mais il fallait les voir se précipiter sur le lavabo le plus proche, à peine l'orgasme atteint. On ne peut juger de la qualité d'un gâteau qu'en y goûtant.

Si les hommes avaient des règles, avait rêvé Gloria Steinem, ils s'en vanteraient. Si les chevaux avaient des ailes, rêva Griet, une vache pourrait bien sauter par-dessus la lune. L'esprit de l'homme moderne se révoltait contre ses ancêtres, mais son âme restait asservie.

Dans maintes cultures primitives, tout contact avec le sang menstruel était considéré comme mortellement dangereux. À titre de précaution, les femmes étaient tenues à l'écart et quelquefois même enfermées. Selon le Lévitique, en période de menstruation ce n'était pas seulement la femme qui était impure, mais tout ce sur quoi elle s'asseyait ou s'allongeait, pendant sept jours. Et toute personne qui touchait son lit ou ce sur quoi elle s'asseyait ou s'allongeait. Et toute personne qui lui tenait compagnie et tout ce sur quoi ladite personne s'asseyait ou s'allongeait...

« *Dans de nombreux endroits, on interdisait aux femmes qui avaient leurs règles de fouler la terre de peur qu'elles ne polluent le sol.* » Question : Comment fait une femme si elle n'a pas le droit de fouler le sol ? Réponse : Elle monte sur un manche à balai et se met à voler.

Elle attend qu'il fasse nuit et elle s'envole par la cheminée jusqu'aux plus hautes branches d'un arbre. Ou alors elle se transforme en boule de feu, ou en oiseau de nuit, et elle vole vers un bois mystérieux où ses sœurs et elle dansent au clair de lune en se tournant le dos.

« Attendons de voir quel temps il fera, finit-elle par dire à Adam.

— Par ce temps-là, on pourrait aussi bien rester au lit.

— Merveilleuse idée, s'empressa-t-elle de répondre. J'ai beaucoup de sommeil à rattraper.

— Hé! Pas question! C'est ton dernier jour avec moi, et tu crois que je vais te laisser dormir?

— L'esprit est ardent, Adam chéri, mais la chair est faible.

— Alors pourquoi ne pas me raconter une histoire? »

Son imagination lui jouait-elle des tours ou bien l'arc-en-ciel commençait-il à s'estomper?

Si la sorcière était vraiment têtue, avait-elle lu dans le livre emprunté à la bibliothèque, si même le fait qu'on lui rasait le corps ne la persuadait pas de coopérer, on la maintenait éveillée.

« *On lui plaçait sur le visage une bride en fer pourvue de quatre mors insérés dans la bouche. La " bride " était attachée au mur par une chaîne de façon à empêcher la victime de s'allonger. On la gardait parfois plusieurs jours dans cette position, tandis que des hommes restaient constamment à ses côtés pour la maintenir éveillée.* »

« Il était une fois, il y a bien longtemps, trois dieux qui trônaient au-dessus de l'arc-en-ciel. Le Puissant, l'Aussi Puissant et la Troisième Personne...

— Je savais que tu ne pourrais pas résister à la tentation! » pavoisa Adam en passant sa main couverte de sang séché dans les cheveux de Griet.

C'était moins sexiste que le Père, le Fils et le Saint-Esprit, avait-elle pensé lorsque Jans lui avait raconté l'histoire des dieux scandinaves.

Ou que le Père, le Fils et les Saints Esprits des Ancêtres, comme un *sangoma*[1] l'avait récemment affirmé à *Bonjour, Afrique du Sud*. Dieu transmettait ses souhaits au Christ, avait expliqué le sorcier en levant trois doigts en l'air, lequel les transmettait aux *amadlozi* – esprits des ancêtres –, qui à leur tour les passaient aux *sangomas* et autres mortels. Pas étonnant que les messages qui parvenaient sur terre soient si embrouillés, avait pensé Griet. *Brziffgtprkss.*

« Je sais enfin pourquoi j'écris des contes de fées sur mes grands-parents, avait-elle déclaré à sa psychothérapeute le matin même. Le *sangoma* considère qu'on ne peut ignorer les esprits de ses ancêtres. Ils peuvent vous rendre fou. Ils peuvent même vous tuer.

– Vous y croyez? avait prudemment demandé Rhonda.

– Quelle est l'alternative? Deux hommes et un oiseau? »

Comme d'habitude, le visage de Rhonda était une page blanche sur laquelle Griet pouvait griffonner à l'encre invisible toutes ses émotions.

« C'est comme ça que Robertson Davies appelle la Trinité, ajouta-t-elle en s'excusant. Rhonda, si je savais

---

1. Sorcier.

ce à quoi je crois, je ne viendrais pas me torturer ici, semaine après semaine. »

« Un jour, la Troisième Personne décida d'aller voir comment les mortels vivaient sur terre. Laissant son trône sans surveillance, elle fit un long voyage en compagnie de sa sœur, la Pluie... »

Griet décida qu'elle croyait au pouvoir de l'imagination plutôt qu'à l'impuissance de la réalité.

Elle croyait à la possibilité de l'amour plutôt qu'à la certitude de la mort.

Elle croyait aux histoires... mais est-ce que ça suffisait ?

Contes à donner le vertige

« Une sorcière africaine peut être jeune, parce que ses pouvoirs maléfiques et ses activités n'ont rien à voir avec son âge ni avec son apparence. En fait, elle ne peut pas changer grand-chose à sa méchanceté inhérente ; cependant, si elle a de la chance, son pouvoir surnaturel sera latent et elle pourra mener une vie normale au sein de sa communauté. »

Encyclopaedia of Magic and Superstition

19

La cuisinière qui voulait apprendre à vivre

« J'ai utilisé mon four. » Contente d'elle, Griet se renversa dans le fauteuil aspirant. Elle savait désormais qu'elle ne serait pas avalée, qu'elle ne disparaîtrait pas aussi facilement de la surface de la terre. Tant pis si elle devait tendre le cou au-dessus de ses rotules pour voir sa psychothérapeute. « Pour cuisiner. »

Rhonda hocha la tête d'un air encourageant.

« J'ai organisé un dîner d'adieu pour Adam. J'étais très nerveuse parce qu'il est beaucoup plus à l'aise dans une cuisine que moi. Mais j'ai cette recette de lasagnes impossible à rater, même par moi. »

Dieu soit loué pour les Italiens. Pour la fantaisie et l'imagination italiennes, pour Fellini, Bertolucci, Calvino et Moravia. Dieu soit loué pour un pays où le gouvernement change tous les ans, où un pape se conduit en roi et où une star du porno est élue au parlement.

« Avez-vous toujours eu si peu confiance dans vos talents de cuisinière, Griet ?

— Non. En fait, autrefois, j'aimais ça. Avant que la cuisine ne soit devenue un champ de bataille. Avec

George, tous les repas se terminaient par une dispute. »

Adam devait dormir dans les nuages quelque part au-dessus de l'Afrique. Comme l'ange pour lequel elle l'avait pris la première nuit. Jadis, les mortels devaient attendre patiemment la mort avant de pouvoir apercevoir la gloire des cieux. Aujourd'hui, ils sautaient dans le ventre d'un avion et avaient un premier aperçu, une visite guidée céleste tandis que des filles pourvues d'ailes leur offraient des rafraîchissements.

« Je croyais que ça n'arrivait que dans les caricatures, la volte-face de l'homme marié, l'amant attentionné, obligeant, qui se transforme en bébé gravement retardé. George m'apportait mon café au lit avant qu'on ne soit mariés. Pas de problème, disait-il, il se réveillait plus tôt que moi de toute façon. De toute ma vie de femme mariée, je n'ai pas eu une seule tasse de café au lit, pas même quand j'étais enceinte et que j'avais envie de vomir chaque fois que j'essayais de soulever ma tête de l'oreiller. Et, comme vous le savez, j'étais tout le temps enceinte. »

Elle alluma une cigarette. Au diable l'autodiscipline. Les lacs bleus des yeux de Rhonda étaient plus énigmatiques que jamais.

« Quand l'avez-vous vu pour la dernière fois ?

– Il y a trois jours. Tout à fait par hasard. Si on songe au nombre de fois où je suis passée en voiture devant sa maison ces derniers mois ! Où j'ai cherché des prétextes pour rendre visite à quelqu'un qui aurait pu le voir. Et c'est quand finalement je cesse de me demander où il est et ce qu'il fait que je tombe sur lui dans le dernier endroit où je me serais attendue à le rencontrer. À la plage ! »

Rhonda croisa ses jambes au niveau des genoux, chose qu'elle faisait très rarement. Griet se rendit compte qu'elle connaissait le langage corporel de sa psychothérapeute aussi bien que celui d'une amie intime. Elle connaissait tous ses gestes et toutes les expressions de son visage. Lequel, il fallait le reconnaître, n'était pas vraiment de type méditerranéen. Naturellement, elle ne savait rien de ce qui se passait dans le cœur de sa psychothérapeute.

« George n'allait jamais à la plage. Il a grandi dans l'État libre d'Orange. Il a encore plus peur de la mer que Mamie Lina, et il a toujours jugé ridicule d'enlever ses vêtements pour prendre des bains de soleil. Là d'où il vient, on est probablement carbonisé si on le fait. Et voilà qu'il était allongé sur la plage de Clifton comme un daman au soleil.

– Il a changé après votre mariage, n'est-ce pas ? Il changera encore maintenant que vous divorcez. N'avez-vous pas changé aussi, Griet ?

– Pas de Dr Jekyll à Mr Hyde ! Je ne sais pas, je suppose que oui. Je suis plus cynique qu'avant.

– Une saine dose de cynisme peut être une bonne chose.

– Mais une overdose peut vous tuer. Ou du moins tuer toutes vos émotions. On finit par ne plus pouvoir aimer personne.

– Et vous pensez que c'est ce qui est arrivé à George ?

« – Dieu seul sait ce qui est arrivé à George, soupira Griet les yeux fixés sur le bras atrophié de Mickey. Je pense qu'il a vendu son âme au diable. »

Rhonda inscrivit quelque chose dans le classeur qui reposait sur ses genoux. Elle portait un chemisier de soie bleu pâle, comme ses yeux, et des chaussures qui ne pouvaient être qu'italiennes. Le cuir caramel avait l'apparence du satin froissé. Le genre de chaussures que porterait une Cendrillon moderne. On ne pouvait pas marcher sur les trottoirs modernes en pantoufles de verre. Dieu soit loué pour les Italiens.

« Vous vous êtes parlé ?

– Sur la plage ? On s'est dit bonjour. Il était avec d'autres gens et j'étais avec Adam. »

Cela avait été plus embarrassant qu'elle ne voulait bien l'admettre. Elle avait dû rassembler tout son courage pour se montrer à Clifton à côté du corps splendide d'Adam. Elle préférait ne pas se demander de quoi elle avait l'air, près de lui, avec sa peau blanche comme neige et ses hanches voluptueuses. Et si quelqu'un pensait qu'elle était sa mère ? se dit-elle, paniquée. Si tout le reste échouait, se consola-t-elle, elle pourrait toujours exhiber ses seins pour détourner l'attention de ses cuisses.

Ses seins avaient toujours été son point fort. Pas aussi fort que son cerveau, bien évidemment. Encore que, dernièrement, elle se fût mise à suspecter – ô horreur – que ses seins avaient commencé à tomber, et à nourrir aussi des doutes sur son cerveau. Inévitable, certainement, après une succession de grossesses et sept ans passés avec un homme intelligent.

Et voilà qu'elle avait rencontré George sur la plage. Elle aurait été moins surprise de tomber sur lui au ciel. Elle venait d'étaler sa serviette sur le sable et de décrocher le haut de son maillot de bain. Heureusement, elle était encore couchée sur le ventre – forcée à la pudeur par la perfection des seins adolescents qui la cernaient de toutes parts – quand elle le vit assis en face sur un rocher. Il devait l'avoir remarquée, pensa-t-elle, rouge d'embarras. Il avait dû prendre note de la main d'Adam sur son dos nu. Une des femmes de son groupe lui était inconnue. De façon irrationnelle, elle espéra qu'il avait couché récemment avec cette femme. N'importe quoi pour atténuer son propre sentiment de culpabilité.

Mais, plus étrange encore que ce souhait bizarre, il y avait eu son sentiment d'aliénation. Elle l'aimait toujours, comprit-elle, mais c'était le genre d'amour que l'on conserve quelque part dans son cœur pour quelqu'un de mort. Elle aimerait toujours l'homme qu'il avait été jadis. Le corps rougi qui se tenait là-bas sur un rocher, et riait avec une inconnue, appartenait à quelqu'un qu'elle ne connaissait pas.

« Et Adam ?

– Adam ? » Griet eut un sourire idiot. « Qu'est-ce que vous voulez savoir ?

– Que pensez-vous... de ce qui est arrivé ? »

Ce que sa psychothérapeute voulait savoir, c'était si elle avait couché avec lui. Griet décida d'être énigmatique – ou aussi énigmatique qu'on pouvait l'être avec quelqu'un qui connaissait vos pensées les plus obscènes.

« Je n'en suis pas désolée. »

Il n'était pas si facile d'adresser un sourire façon Mona Lisa à quelqu'un dont vous aviez fait votre confesseur personnel depuis des mois. Naturellement, elle se sentait toujours coupable, mais elle avait aussi appris que la culpabilité pouvait être un aphrodisiaque plus puissant que les fruits de mer.

« Trois mois sans homme », avait-elle écrit la veille dans son agenda des Arts. Puis elle avait barré les mots et écrit : « Trois mois sans mon ex-mari. »

« Que souhaitez-vous maintenant, Griet ?

– Concernant Adam ?

– Concernant votre vie en général... »

Que souhaitait-elle, se demanda Griet en fixant ses rotules d'un air songeur, ou du moins les plis de la robe à fleurs qui les recouvraient. Elle voulait une bonne fée, ou un des anges de son grand-père, ou la déesse égyptienne Aridia, mère des sorcières, pour que tous ses souhaits soient exaucés. Elle voulait écrire des contes de fées. Mais ce n'était pas ce que sa psy espérait entendre.

« L'horrible pays où vivait notre héroïne, écrirait-elle ce soir dans le cahier aux belles pages, était un endroit où tout était interdit. Le roi avait interdit la vérité et les pages de nombreux journaux présentaient des espaces blancs, aussi lisses que la tête du roi et aussi blancs que les cuisses de la reine. (Que le roi était seul à avoir vues, bien sûr.) Quand la vérité avait été interdite pour la première fois, les gens s'étaient raccrochés désespérément à la fantaisie et à l'imagination, aussi le roi chauve avait-il décidé d'interdire également la fantaisie et l'imagination. Il avait fait fermer les bibliothèques et les théâtres et transformé les galeries d'art en prisons.

La seule chose qui restât aux gens était l'humour. Ils pouvaient rire du pays dans lequel ils vivaient, des cuisses blanches de la reine, des journaux censurés et des galeries d'art-prisons, et ils pouvaient rire de leur impuissance à faire autre chose que rire. Alors le roi décida d'interdire l'humour : il jeta tous les clowns dans les galeries d'art-prisons et toutes les peaux de banane à la mer, et il interdit aux gens de rire de quoi que ce soit, à l'exception de ses propres plaisanteries lamentables sur les autres pays. »

« Je veux que les gens rient de tout ce qui est absurde, confessa Griet à ses rotules. De la politique jusqu'au pouvoir du pénis.

— Et vous-même ? voulut savoir Rhonda.

— Ça fait des mois que je ris de moi.

— Non, ce que je veux dire, c'est : que souhaitez-vous pour vous-même, Griet ?

— On ne peut plus se prendre au sérieux quand on a une tentative de suicide ratée derrière soi. Je sais désormais que je peux survivre à tout, même aux cafards de l'appartement de mon amie. Même aux fauteuils stupides du cabinet de ma psy. »

Griet sursauta : un bruit étrange de verre qui se brise sortait de la gorge de Rhonda. Sa psychothérapeute avait éclaté en sanglots ! Son visage posé avait soudain l'air négligé, ridé, sa bouche était grande ouverte et sa tête renversée en arrière. Non, se rendit-elle compte, sa psychothérapeute riait.

Griet comprit que c'était à ça que Rhonda ressemblait quand elle avait un orgasme.

Ce fut fini en un clin d'œil, aussi soudainement que cela avait commencé. Rhonda se frotta les yeux, reprit sa respiration et retrouva son apparence normale.

« On ne peut pas toujours rire, dit Rhonda plus calme que jamais. On doit aussi pouvoir pleurer. »

Griet dévisagea sa psychothérapeute. Les jambes de Rhonda étaient croisées aux chevilles comme d'habitude, son dos bien droit sur le canapé rouge, ses mains jointes sur le classeur posé sur ses genoux. Griet repensa à sa grand-mère qu'elle avait regardée d'un autre œil après l'avoir surprise en haut d'un arbre. Mais Mamie Lina était exactement comme avant, avec ses souliers éculés et son chignon tressé. Ou était-ce seulement le fruit de son imagination ?

« J'ai pleuré nuit et jour sans arrêt pendant trois mois ! s'exclama-t-elle. Puis j'ai fourré ma tête dans un four. Et comme je n'ai même pas été fichue de réussir ça, je me suis mise à rire. Kundera dit que le diable rit de l'absurdité de toute chose et que les anges rient parce que tout est merveilleux. Je ris avec le diable – et au diable le reste !

– Ne pourriez-vous pas rire avec le diable *et* les anges ?

– Ménager la chèvre et le chou ? »

Rhonda secoua la tête. Un soupçon de sourire s'attardait encore au coin de ses lèvres.

« Ma grand-mère avait peur de tout, dit Griet dont les yeux se mirent à piquer. Mais elle savait grimper aux arbres. Moi, je sais rire. »

20

Gretchen la futée salue l'oie d'or

En voyant la maison de Jans on comprenait que le maître des lieux avait donné son cœur à l'Afrique. Les murs de la salle de bains étaient décorés de photos noir et blanc encadrées montrant des enfants des *townships* en train de jouer, des processions d'enterrement poing levé et des policiers lançant des gaz lacrymogènes. Des nattes rayées fabriquées au Transkei jonchaient le parquet décapé et le canapé, acheté d'occasion, était recouvert de coussins brodés de lézards. Des cannes sculptées du Malawi attendaient près de la porte d'entrée ceux qui avaient envie de faire une promenade.

« C'est presque cuit, dit Jans, devant son fourneau, et il but une rasade de vin à même la bouteille qu'il gardait à portée de main à des fins culinaires.

— Ça fait des heures que tu le dis, se plaignit Gwen, les coudes sur la table de la salle à manger. On sera si pompettes au moment de passer à table qu'on sera incapables de goûter quoi que ce soit. »

Jans faisait rôtir un gigot que Gwen avait apporté de la ferme de ses parents. Comme les murs séparant la cuisine de la salle à manger et du salon avaient été abattus, il pouvait parler à ses invités tout en remplissant ses devoirs de chef. Il souleva le couvercle d'une cocotte et un délicieux arôme se répandit dans la salle à manger aux accords exaltants du *Tarass Boulba* de Janacek. Jans ferma les yeux et huma d'un air extasié.

« Menthe et orange », soupira-t-il.

Griet rencontra le regard de Gwen et hocha la tête. « Je n'ai jamais vu quelqu'un prendre un tel pied en faisant la cuisine.

– Peut-on savoir où se trouve Klaus ce soir ? » s'enquit Jans en ouvrant la porte du four pour sortir le gigot.

L'arôme submergea ses deux invitées. Elles étaient assises à une vieille table de bois jaune brut qui avait rendu des années de bons et loyaux services dans la cuisine de la ferme de sa grand-mère. À la place du conventionnel vase de fleurs, au milieu, trônait un moulin à vent d'enfant en fer-blanc.

« On peut, lui dit Gwen, mais on n'obtiendra pas de réponse de ma part. »

Jans découpa la viande et disposa les tranches roses sur un large plat. Il l'apporta à la table comme un père tenant son enfant sur les fonts baptismaux.

« Je vais déménager, annonça Gwen, après qu'elles eurent loué à satiété les prouesses culinaires de Jans. Je ne peux plus rester avec Klaus. »

Griet et Jans échangèrent un bref coup d'œil mais Gwen évita leur regard. Personne ne savait quoi dire. Ils écoutèrent *Tarass Boulba* en silence.

Ce ne serait pas la première fois que Gwen et Klaus se sépareraient.

« Eh bien... dit Jans lorsque le silence commença à devenir embarrassant.

— Tu es certaine ? demanda Griet avec circonspection. Les autres fois...

— Bien sûr que non ! leur répondit Gwen la bouche pleine de viande. Je dis ça depuis un an, chaque fois que j'ai trop bu. Et le lendemain je ne bouge pas parce que j'ai peur d'être seule.

— Les anciens Goths, déclara Jans, croyaient que toutes les questions importantes devaient être discutées deux fois. Une fois pendant qu'on était ivre, pour la passion, et une fois quand on était sobre, pour la sagesse.

— Ma passion me dit : Tire-toi ; ma prudence me dit : Attends, il y a peut-être encore de l'espoir. Tout le monde prétend qu'on sait quand une relation est finie. Mais *comment* le sait-on ? Voilà la question que je me pose. Est-ce que c'est comme un éclair qui vous foudroie, des écailles qui vous tombent des yeux, ou est-ce qu'on se réveille un beau jour en le sachant ? Comment as-tu su, Griet ?

— Un jour, je me suis réveillée la tête dans le four. Alors j'ai su.

— Peut-être qu'on devrait rester ivre, dit Gwen en riant. Qui a envie d'être sage ? Puis-je ravoir un peu de vin, s'il te plaît ? »

Griet se demanda si Gwen était devenue un tel clown que plus personne ne la croyait quand elle parlait sérieusement. Elle contempla l'assiette en porcelaine fleurie qui se trouvait devant elle, autre legs de la grand-mère de Jans. Tout ce qu'elle avait hérité de ses grands-parents, se rebella-t-elle, c'étaient des défauts.

Comme son analyste le lui avait suggéré, peut-être ne devrait-elle pas rire autant. Pour que sa famille et ses amis comprennent qu'elle ne leur faisait pas signe mais qu'elle agitait les bras pour chasser le loup. Le loup n'était-il également que le fruit de son imagination ?

« Sais-tu qu'il y a un oiseau appelé *swartstertgriet* ? » demanda Jans tout à trac.

Griet et Gwen se regardèrent et éclatèrent de rire.

« Non, je ne le savais pas, Jans, mais, Dieu merci, je ne mourrai pas idiote.

— *Limosa limosa* : oiseau migrateur rare qui aime l'eau. Barge à queue noire.

— *Barge* ? » Griet secoua la tête, incrédule. « C'est comme ça qu'on dit *Griet* ?

— Le seul *swartstertgriet* dont j'aie jamais entendu parler, déclara Gwen, en remplissant à nouveau leurs trois verres, c'est celui dans lequel on boit.

— Mais non, Gwen, ça c'est *swartgriet* ! Comme dans "embrasser le *swartgriet*", qui veut dire boire trop, si je ne me trompe.

— Ah bon. Puisque nous parlons de volatiles, as-tu des nouvelles de l'oie d'or ? demanda Gwen.

— Vas-y, tu peux toujours plaisanter. Il a été bon pour moi, répondit Griet.

— Adam ? demanda Jans en se resservant une deuxième portion, aussi généreuse que la première.

– Saviez-vous que l'histoire de Hansel et Gretel se terminait à l'origine avec les enfants grimpant sur le dos d'une oie?

– Qu'est-ce que tu veux dire, Gretel? » Jans la regarda par-dessus ses lunettes, l'œil plus sérieux qu'à l'accoutumée.

« Si on n'arrive pas à trouver un cheval qui soit son Pégase, peut-être qu'on peut utiliser une oie?

– Une oie conviendrait peut-être mieux dans ton cas, répondit Jans.

– Pourquoi? demanda-t-elle d'un air soupçonneux.

– Le cheval symbolise la guerre, et je suppose que tu es fatiguée de faire la guerre.

– Et l'oie symboliserait quoi? » Griet sourit à Jans. « Des comptines?

– Il y a toutes sortes de façons de voler, fit observer Jans. N'est-ce pas ce que tu essaies de dire?

– Alors, tu as eu de ses nouvelles? » Gwen revenait à la charge.

– Non, et je ne m'attends pas à en avoir. » Griet but une généreuse rasade de vin. « Qu'est-ce qu'il pourrait me dire? Hé! Je t'aime, mon pote? »

Gwen baissa le nez dans son assiette et passa une main dans ses cheveux coupés ras.

« Qui reprendra de la viande? demanda Jans en se dirigeant vers la cuisine.

– Je me demande si je coucherai jamais avec un homme sans tomber un tout petit peu amoureuse de lui, dit Griet, les yeux toujours fixés sur la table. Je sais que je ne suis pas censée l'avouer. Je suis une femme libérée, après tout, non? »

Gwen claqua la langue et remplit le verre de Griet.

« Je sais que c'est ridicule. Adam parle comme un surfeur et pense comme un adolescent. Mais son corps… »

Griet entortilla une mèche de cheveux autour de son doigt. Le corps d'Adam parlait couramment les sept langues du paradis. Et son corps à elle voulait lui répondre dans chacune. « *Les femmes qui crient et hurlent*, avait-elle lu dans le journal, *ont des chances de vivre plus longtemps et en meilleure santé.* » Merci, Adam, se dit-elle. « *Selon les chercheurs de l'université du Michigan, les femmes "polies" qui ravalent leur colère ont trois fois plus de risques de mourir jeunes que leurs sœurs plus extraverties.* » Si seulement elle arrivait à échapper au sida, au cancer et au four, elle pourrait probablement vivre longtemps et en bonne santé.

« Il me donnait un sentiment de sécurité. Bon Dieu, tu ne peux pas savoir quel bien ça fait d'être allongée à côté d'un homme qui n'a peur de rien ! » Elle se frotta les yeux. « Je commence à avoir la larme à l'œil. Adam me manque la nuit, je veux fermer les yeux et me blottir au creux de son épaule. Je suis fatiguée d'être seule dans mon lit et d'avoir peur. »

Jans rapporta le plat garni de nouvelles tranches de gigot.

« Mange, Griet. Tu te sentiras mieux. »

Il lui lissa les cheveux, un geste gauche qui fit perler une larme dans les yeux de Griet.

« Désolée. » Elle croisa les mains sur son front, coudes sur la table, afin qu'ils ne voient pas ses yeux.

« Depuis que ma psy m'a déclaré hier que je ne devrais pas rire autant, j'ai tout le temps envie de pleurer.

– Bois, dit Gwen en levant son verre. J'aimerais bien pleurer un bon coup moi aussi. Mais Klaus a horreur de ça. Ça lui donne un sentiment d'impuissance. Il déteste se sentir impuissant.

– Je ne peux pas pleurer en public. » Griet avala la boule qui s'était formée dans sa gorge. « C'est de la vanité, je sais. J'ai hérité de la vanité de mon grand-père et des frayeurs de ma grand-mère. Et d'une bonne dose de calvinisme pour couronner le tout. Mais en privé je pleure comme une actrice de la tragédie grecque.

– N'est-ce pas notre cas à toutes ? » demanda Gwen.

Mais, au fond de son cœur, Griet savait qu'il y avait quelque chose en elle qui restait à distance même quand elle pleurait, même quand elle était seule, peut-être même surtout quand elle était seule. Quand son visage était décomposé et ses joues sillonnées de larmes, la conteuse en elle regardait, fascinée, Griet Swart qui sanglotait.

C'était ça le plus gros inconvénient du métier de conteuse : on devenait l'observatrice de sa propre vie.

« Je pense que vous essayez toutes trop d'être dures. » Un silence s'installa et Jans bondit pour changer le disque. « Vous nous donnez à nous autres, pauvres hommes, le sentiment de ne pas être à la hauteur. »

Griet ferma les yeux et se détendit pour écouter Mozart.

« Qu'entends-tu par " vous " ? demanda Gwen en gesticulant avec une telle véhémence que son vin se répandit sur la table. Qu'est-ce que *vous* pouvez bien vouloir ? Chaque fois que j'ouvre mon cœur à un homme, il me claque la porte au nez ! »

Jans eut l'air troublé.

« C'est comme si vous nous encouragiez à être malhonnêtes. Comme si vous étiez si habitués à être manipulés que vous vous sauvez dès qu'une femme vous dit franchement ce qu'elle veut. »

Griet traversa le salon et ramassa la pochette du disque. Symphonie n° 41 en ut majeur *Jupiter*.

« Vous voulez vraiment qu'on vous fasse marcher pour le restant de notre vie ? reprit Gwen d'une voix qui sembla soudain lasse. Elle s'adossa à sa chaise, épuisée par sa propre colère. » Ne lui montrez pas que vous êtes folle de lui, ça va l'effrayer. Ne dites pas que vous voulez des enfants, ça va le rendre impuissant. »

Griet sentit de nouveau un picotement dans les yeux. Elle en avait assez du cynisme et de l'idéalisme. Elle en avait assez de l'ironie, de l'absurdité et de l'humour, assez de rire quand elle avait en réalité envie de pleurer. Assez de vivre quand elle voulait en réalité être morte.

« Si on ne se montre pas dure, Jans, dit calmement Gwen, on se retrouve sur le cul. »

Ils écoutèrent la musique en silence jusqu'à ce que Jans finisse par demander : « Qu'est-ce que vous voulez, alors ?

– Écoutez-moi ça. » Griet apporta la pochette du disque à table. « " *Les quatre mouvements sont fondés sur*

le principe d'une union dualiste entre la force masculine et
la tendresse féminine, exprimée par le dialogue entre les
vents et les cordes en parfaite harmonie. "

— Ha, ha, ha, fit Gwen sans sourire.

— Qu'est-ce que tu veux, Griet ? » insista Jans en se penchant vers elle.

Il avait l'air de s'être essuyé la bouche avec du papier journal, de ne pas avoir vu de rasoir depuis des siècles.

Voulait-il réellement savoir ce qu'elle voulait ?

« J'aimerais dire à Adam : Hé ! viens-t'en vivre avec moi et sois mon bien-aimé. Je sais que ça ne marcherait pas, mais c'est un merveilleux fantasme. Si je pouvais transplanter la tête de quelqu'un d'autre sur ses épaules, je serais la plus heureuse des femmes.

— Pendant quelques semaines, dit Gwen en souriant.

— Est-ce trop demander ? »

Jans secouait la tête comme s'il n'en croyait pas ses oreilles.

Griet regarda le poster encadré au-dessus de la table de la salle à manger. *Mayibuye iAfrika.* Elle se demanda d'où viendrait l'aide. Les souhaits n'étaient plus exaucés et le fantasme était un cheval d'une autre couleur, pas une monture sur laquelle elle pourrait s'enfuir. Elle soupira bruyamment au début du troisième mouvement de la symphonie de Mozart.

« Mais on ne peut pas vraiment prendre trop au sérieux un gars qui porte un slip aux couleurs de l'Union Jack, ajouta Griet.

— *Quoi ?* s'exclama Gwen.

– Il a une passion pour les slips rigolos. » Griet haussa les épaules. « Il en a un où l'Oncle Sam dit en pointant le doigt : *Je TE veux.* »

Gwen se mordit les lèvres pour ne pas rire. Jans mit la tête dans ses mains et fit mine d'examiner son assiette vide avec intérêt.

« Et toi, Jans ? » Griet lui sourit lorsqu'il osa relever les yeux. « Qu'est-ce que tu veux ? Je ne parle pas de politique.

– Est-ce que je vous parle jamais de politique ? » Il avait l'air irrité. « Sauf si vous me le demandez.

– Non, mon cher Jans, et tu ne ris jamais de mes questions stupides. Tu es l'homme le plus gentil que je connaisse.

– L'Oncle Sam ! » Gwen se tordait de rire. « Je n'arrive pas à imaginer Klaus dans un slip Oncle Sam.

– Nul n'est parfait », conclut Griet qui se renversa contre son dossier de chaise et se laissa submerger par *Jupiter.*

21

Le chat et la souris se mettent en ménage

« C'est une bonne chose que je sois arrivée à temps pour t'aider à préparer ton grand départ », dit Petra en enveloppant une pile d'assiettes dans du papier journal.

Griet leva les yeux des casseroles qui s'alignaient sur le carrelage de la cuisine et regarda sa sœur d'un air surpris. Vêtue de son plus vieux tee-shirt de grand couturier et de son Levi's le plus délavé, les ongles parfaitement manucurés et vernis de rose, Petra disparaissait derrière une montagne de cartons. Elle avait l'air d'une princesse jouant à la maîtresse de maison.

« Tu ne vas peut-être pas le croire, Petra, mais je me suis débrouillée toute une année sans toi. »

Petra haussa les sourcils. Griet pouvait lire dans ses pensées : ces dernières années, sa sœur écervelée avait non seulement raté trois grossesses, mais elle avait aussi perdu un mari très présentable et une maison dessinée par un architecte en vogue. Pas vraiment une réussite.

Griet se leva et fourra les casseroles dans un carton. Il ne lui restait plus qu'à récupérer ses couverts dans le fouillis du tiroir et elle en aurait fini avec la cuisine. Pour toujours, se rendit-elle compte, et le soulagement vira au désespoir.

Où étaient passés ses verres ? George était-il chaque soir ivre au point de laisser tomber son verre ? Ou les avait-il tous cassés au cours d'un accès de fureur ?

Non, se dit Griet, George n'avait pas le tempérament assez grec pour ça. C'était elle la briseuse de verres. Elle qui ne contrôlait pas ses émotions, elle qui jetait des objets et claquait les portes. Et qui avait même fini par frapper son mari.

Une nuit, prise d'une rage folle, elle l'avait giflé puis bourré de coups de poing. C'était à n'en pas douter un triste épisode – presque aussi triste que celui du four. S'il fallait vraiment comparer les tristes épisodes de sa vie.

George était resté pétrifié, le visage impassible, sans la moindre trace de choc, de déception, ni même de satisfaction devant sa pitoyable explosion. Si seulement il avait voulu riposter ! Mais George n'était pas homme à se laisser aller ainsi. George ne frapperait jamais personne, comprit-elle cette nuit-là avec une certitude dévastatrice. La seule émotion qu'il eût montrée au cours de leurs sept années de vie commune, c'était, de temps à autre, un grognement un peu plus soutenu pendant un orgasme. Et la fois où il avait brisé la vitre de la voiture. Et aussi celle, il y a longtemps, où il avait pleuré.

C'était lorsque Griet avait décidé que trop c'est trop, et qu'elle était allée vivre chez une amie. Ses pleurs à peine séchés, elle était sortie avec un autre homme. Il n'était rien de plus qu'une béquille sur laquelle s'appuyer pendant ces premiers mois insupportables sans George. Mais George avait réagi comme un enfant qui a mis un jouet au rebut et qui veut désespérément le récupérer lorsqu'il voit un autre enfant s'amuser avec.

Il l'appelait trois fois par jour. Il l'invitait dans les restaurants les plus coûteux de la ville. Il lui envoyait même des fleurs. En dernier ressort, un soir, tard, il frappa à la porte de son amie à coups redoublés.

« Je t'aime, Griet », bafouilla-t-il quand elle finit par lui ouvrir. Il était affalé contre le montant de la porte et son haleine sentait le whisky. « Je veux t'épouser. Je veux avoir un enfant de toi. »

Elle ne savait pas quoi dire. Son cœur le désirait. Son corps le désirait.

« Pourquoi faut-il que tu sois ivre mort pour pouvoir me dire ça, George ?

– Je t'aime. »

Puis il se mit à pleurer. Elle ouvrit la porte en grand et le fit entrer. Quelle femme résisterait à un homme qui pleure ?

C'était ainsi que son mariage malheureux avait commencé, sous le signe de l'alcool et des larmes, et c'est ainsi qu'il avait continué. La femme avait pleuré toutes les larmes de son corps. Le mari avait bu comme un trou.

« Voilà. » Petra se leva pour enlever l'encre de papier journal qui tachait ses mains. « Et ensuite ? »

Si le mari ambitieux de Petra n'avait pas décidé d'étudier à New York, Griet n'aurait jamais échoué dans un appartement aussi déprimant, équipé d'un four à gaz mortel et de canalisations bouchées. Si Petra n'avait pas voulu goûter à la Grosse Pomme, il y a belle lurette qu'elle lui aurait trouvé un endroit convenable. Petra pouvait fournir des ours blancs au Sahara et des chameaux en Antarctique. Il suffisait de lui donner un coup de fil un ou deux jours avant.

Elle avait débarqué inopinément pour des vacances, juste à temps pour organiser le déménagement émotionnel et physique de sa sœur. *Deus ex machina*, se dit Griet avec reconnaissance, si tant est qu'une telle chose eût jamais existé. Petra avait appelé l'avocat de George – Griet avait été incapable de trouver le courage de le faire – et il ne lui avait fallu que deux ou trois minutes pour obtenir l'autorisation de passer prendre les affaires de Griet le jour même.

« Mais une journée ne suffira pas, avait protesté Griet. Il s'agit d'affaires accumulées durant sept ans.

– Une journée suffira si je t'aide, avait répondu Petra avec détermination. Allez, Griet, tu n'es pas Élize Botha déménageant de Tuynhuy.

— Ce n'est pas pour autant que je peux faire ça en cinq sec. Je dois trier mes serviettes et lui laisser les siennes. Il n'y a pas écrit " Lui " et " Elle " dessus.

— Tu trieras et j'emballerai. On demandera ensuite à Marko et à un homme fort de tes amis de venir nous aider à les transporter.

— Je n'ai pas d'homme fort parmi mes amis, répondit Griet d'un air abattu.

— Je ne parle que de muscles, Griet, soupira Petra. Tu dois bien connaître quelqu'un de musclé, non ? »

Tienie avait des muscles, se dit Griet, mais elle hibernait dans une villa quelque part avec sa nouvelle amante.

Pour finir elle demanda à Jans. Il était musclé et on pouvait compter sur lui.

« Et maintenant les livres, dit Griet en traînant à contrecœur les pieds dans la direction du salon.

— Je vais m'assurer que les cartons sont bien fermés », cria Petra, toujours pratique.

Peut-être était-ce une bonne chose de se voir accorder quelques minutes de solitude devant la bibliothèque qui couvrait tout un mur du salon. C'était la tâche la plus difficile de la journée. Elle avait toujours pensé qu'une bibliothèque était le cœur de la maison, qu'elle fût en planches et en briques dans un appartement d'étudiant ou un impressionnant ensemble mural dans une résidence d'architecte. Quand on enlevait les livres, le cœur s'arrêtait de battre.

« Allez, Griet, ce n'est pas le moment de broyer du noir », lança Petra dans son dos.

Griet prit quelques livres sur l'étagère du bas. Les sonnets de Shakespeare et une poignée de ses écrivains français préférés : Colette, Simone de Beauvoir et Anaïs Nin. Le *Journal* de Virginia Woolf, les poèmes de Sylvia Plath. Et, là-bas, sur ces étagères, ce n'était pas rien non plus. Tout ce qu'elle avait toujours voulu savoir sur les anges : *Le Paradis perdu, La Révolte des anges, Le Livre du rire et de l'oubli*. Chaque volume était un voyage à la découverte de son propre cœur.

» Est-ce que tu as jamais été vraiment heureuse dans cette maison ? demanda sa sœur en tirant vers elle un carton solide.

— Ce n'est pas la faute de la maison si je ne l'ai pas été. » Elle passa une nouvelle poignée de livres français à Petra, parmi lesquels elle remarqua Camus. Naturellement. « J'étais folle de cette maison, de l'escalier en colimaçon, du grenier et des écureuils dans le jardin. Si George et moi ne pouvions pas y être heureux, nous ne le serions nulle part.

— Mais George a menacé pendant des années de tout bazarder.

— George attribuera toujours la faute à quelque chose d'autre. C'était toujours la maison ou moi qui le déprimions. La maison était un bouc émissaire plus facile : elle ne répondait pas. »

Griet secoua la tête en apercevant quatre livres que les fils de George avaient empruntés à la bibliothèque peu avant son départ. Il y avait presque six mois de cela. Elle n'était peut-être pas la plus exemplaire des femmes, mais elle avait au moins veillé à ce que les enfants rapportent leurs livres de bibliothèque en temps voulu.

« Tu ne crois pas qu'il va la vendre, maintenant ?

— Je crois qu'au fond de lui il sait qu'il sera malheureux n'importe où. » De nouveau, Griet s'inquiétait pour les enfants qui venaient passer leurs week-ends dans cette maison. Si leur père ne les avait pas emmenés à la bibliothèque depuis six mois, comment pouvait-elle être sûre qu'il leur donnait suffisamment à manger ? « Je pense qu'il se sent moins menacé depuis que je suis partie.

— Jusqu'à ce qu'une autre femme s'installe et rende à nouveau tout insupportable ?

— Je ne sais pas, je suis furieuse d'avoir été mise à la porte, mais peut-être que je devrais lui être reconnaissante de pouvoir échapper à tous les souvenirs désagréables. »

Griet alla chercher une chaise dans la salle à manger pour pouvoir atteindre les livres de l'étagère du haut. Elle se rendit compte que toutes les pièces de la maison étaient les champs de bataille d'une guerre qui s'était éternisée. La longue table de la salle à manger était une tranchée dans laquelle ils avaient passé des heures à se regarder en chiens de faïence et le grand lit de la chambre à coucher n'était guère plus qu'un champ de mines. La cuisine avait été témoin des pires assauts : c'était là qu'elle l'avait bombardé d'accusations vociférées et qu'il avait tenté de la forcer à se rendre à coups d'arguments foudroyants.

Ils étaient si obsédés que même la salle de bains n'avait pas été épargnée. Jadis, ils avaient quelquefois fait l'amour derrière une porte de salle de bains fermée, tous robinets ouverts, pour donner le change aux enfants. Les derniers mois, ils avaient recouru aux mêmes tactiques pour noyer leurs disputes incessantes. Et à la fin, ils n'avaient plus caché ni le sexe ni les querelles aux enfants.

Griet avait appris que les enfants n'étaient pas aussi faciles à tromper que les adultes. Ils n'avaient aucun mal à croire au père Noël ou à parler aux animaux, mais ils savaient quand vous faisiez semblant de vivre un mariage heureux.

« Je n'en crois pas mes yeux ! » Petra avait ramassé un vieil exemplaire de *Guerre et Paix* dont la couverture avait été réparée avec du scotch. « Je croyais que ce livre était comme les *Versets sataniques*. Les gens aiment l'avoir chez eux pour impressionner leurs amis, mais tu peux toujours courir pour trouver quelqu'un qui l'ait lu jusqu'au bout. Je jure que c'est la première fois que j'en vois un qui a été lu en entier.

– J'ai aussi lu *Don Quichotte*, dit Griet. Tu crois que c'est parce que je suis l'aînée ?

– Ça a probablement à voir avec ton horoscope. » Petra secoua la tête en mettant le livre dans le carton. « Seul quelqu'un qui a réussi à venir à bout de *Guerre et Paix* supporterait de rester sept ans dans une relation toxique.

– Une relation *comment* ?

– Toxique, répéta sa sœur qui croyait à l'astrologie de Linda Goodman et à la psychologie de *Cosmo-*

politan. Les couples qui s'empoisonnent l'un l'autre. Comme Élizabeth Taylor et Richard Burton dans *Qui a peur de Virginia Woolf?* »

J'ai peur, se dit Griet. Et pas seulement de Virginia Woolf et de sa mort aquatique. Une relation empoisonnée ne pouvait-elle pas être aussi une sorte de suicide? Comme dans *Jeune homme en colère*?

« Il y a les gens ordinaires, essaya-t-elle d'expliquer plus pour elle-même que pour sa sœur, et il y a les obsessionnels. Les obsessionnels fument trop ou boivent trop ou...

– ... se relèvent au beau milieu de la nuit pour récurer le plancher? »

Griet jeta un coup d'œil à Petra qui était parmi les sœurs Swart celle qui ressemblait le plus à Mamie Lina. Cheveux et yeux noirs, teint olivâtre. Pas tout à fait blanche, avait murmuré la famille quand elle était petite. Petra tenait autant à sa réputation dans l'industrie publicitaire que Mamie Lina avait tenu à avoir la lessive la plus blanche de la rue. Mais elle n'avait pas hérité des frayeurs de sa grand-mère, songea Griet. Ces dernières avaient été réservées à l'aînée.

Dans le conte des douze princesses qui usent leurs chaussures à danser toutes les nuits, c'était la plus jeune qui était la plus craintive, celle qui avait des prémonitions et qui entendait des bruits étranges. Pressée d'aller danser sous terre, la sœur aînée avait disparu avec intrépidité dans un trou.

Elle aussi avait été jadis intrépide, se souvint Griet. La vie l'avait rendue peureuse.

« Tu crois que je tiens de Mamie Lina ?

– Tu exprimes tes obsessions d'une autre façon, Griet. »

Griet se rendit compte que c'était ce qui la différenciait d'Adam. Il exprimait ses fantasmes et elle exprimait ses obsessions. Elle descendit de la chaise avec une brassée de livres qu'elle voulait empaqueter personnellement : *Die Volledige Sprokies van Grimm, Les Contes de l'enfance et du foyer des frères Grimm, Die Märchen der Brüder Grimm.* Comme ça, elle saurait où ils étaient en cas de besoin. Elle leva des yeux surpris quand sa sœur lui prit le bras.

« Nous aurions voulu pouvoir t'arrêter, dit calmement Petra. Avant qu'il ne soit trop tard.

– Vous n'auriez rien pu faire. »

Même Louise n'avait pu l'empêcher de fermer les yeux très fort et de sauter par-dessus le gouffre.

« Regarde les faits en face, Griet. Tu vis une de ces longues relations qui ne mènent nulle part, l'avait jadis prévenue Louise, une des rares personnes qui la connaissait suffisamment pour être parfaitement franche. Sauf peut-être en arrière. Je sais de quoi je parle, Griet. Mon mariage désastreux m'a donné une bonne leçon.

– On ne peut pas comparer les relations », avait obstinément répondu Griet.

C'était la dernière fois que Louise avait émis le moindre commentaire critique sur la relation de son amie.

Aujourd'hui, il m'est arrivé la chose la plus merveilleuse du monde [écrivait Louise, de Londres] et ce n'est pas trop tôt. J'ai sérieusement envisagé d'empoisonner mon mari la semaine passée. C'est facile avec le café infect qu'on a ici, il ne s'apercevrait même pas de la différence de goût si je versais de l'arsenic dedans. Je pourrais aussi le pousser dans la Tamise. S'il ne se noie pas, deux ou trois gorgées de cette eau immonde devraient faire aussi bien l'affaire que du poison.

J'ai reçu une lettre de Rony-le-chaud-lapin. Tu te rappelles cet Israélien insatiable avec qui j'ai eu une aventure à Rome dans ma jeunesse ? On s'était rencontrés sur les escaliers de la place d'Espagne et on a baisé à peu près partout, sauf à l'intérieur de la chapelle Sixtine. Pendant des années après ça, je n'ai plus voulu toucher que des hommes circoncis. Eh bien, il est maintenant basé à Hong Kong et il vient à Londres pour une conférence. « Je ne t'oublierai jamais, écrit-il, ni les trucs que tu me faisais ! J'aimerais beaucoup te revoir. »

Griet et son mari se battaient jusque dans la chambre du bébé. Ils s'étaient même battus *à propos de* la chambre de bébé. Il avait suggéré qu'elle aille dormir avec le bébé au dernier étage, dans le bureau, afin de ne pas être dérangé la nuit. Elle l'avait répété à ses amis comme s'il s'agissait d'une plaisanterie. Elle n'avait pas compris qu'il était sérieux.

Lorsqu'elle fut enceinte de huit mois, son gynécologue lui assura que tout irait bien désormais. Elle se mit à croire que, comme la plupart des femmes, elle était capable de donner naissance.

Il était temps de préparer la chambre du bébé. Elle avait lu quelque part que des murs jaunes pouvaient rendre un enfant heureux. Stupide, s'était-elle dit avant d'aller acheter de la peinture jaune. Elle était prête à vendre son âme au diable pour que son enfant soit heureux. Pourquoi ne pas essayer des murs jaunes ? Elle enfila une salopette sur son énorme ventre et se mit à repeindre une des trois chambres du rez-de-chaussée en jaune.

George était vautré sur le canapé devant la télé. L'émission était-elle pire que d'habitude ? Toujours est-il que quelque chose devait l'avoir perturbé car il apparut à la porte et déclara d'une voix torturée : « Puisque tu tiens absolument à transformer ma vie en enfer, je dormirai dorénavant dans le bureau du dernier étage. »

Ne te mets pas dans tous tes états, s'était-elle exhortée tout en continuant à peindre. Ce n'est pas bon pour le bébé.

« Je n'attends pas de toi que tu te lèves si le bébé pleure la nuit, lui avait-elle dit, le dos tourné. Mais ce serait bien si tu étais à proximité.

– Tu sais que j'ai des problèmes d'insomnie ! Je ne supporterai pas d'entendre un enfant crier.

– Tous les pères pensent que c'est insupportable au début. » Le pinceau en l'air, elle réussit à garder son calme. « Tu t'y habitueras.

– J'ai déjà deux enfants, Griet. »

De peur que sa voix ne la trahisse, elle n'avait rien répondu.

« C'est toi qui as voulu celui-là, avait-il déclaré en partant. C'est à toi de t'en occuper. »

Le pinceau pendait maintenant à son côté et la peinture jaune dégoulinait sur ses tennis. Elle fixa d'un air impuissant la moitié de mur jaune devant elle. Que fait une femme quand son mari lui déclare que le bébé à naître dans un mois relève de *sa* responsabilité à elle ?

Elle pouvait l'engueuler. Elle pouvait lui courir après et le bourrer de coups. Elle pouvait essayer de le forcer à prendre, juste pour une fois, ses responsabilités. Mais elle devait rester calme pour le bien du bébé. Elle s'assit sur ses talons et se mit à pleurer.

Je me suis emballée [écrivait Louise]. Je veux vraiment reprendre notre aventure là où nous l'avons laissée, dix ans plus tôt, mais je ne suis plus la nymphe que j'étais alors. Il va mourir sous le choc s'il me voit à poil. Je sais bien que nous avons toutes de la cellulite sur les cuisses, mais moi j'en ai aux chevilles ! Je ne me souviens même plus d'avoir eu une taille. Et la peau de mon ventre pend en plis lâches, comme des crêpes souples mais en moins appétissant.

Qui sait ce qu'il a bien pu devenir ? Il a vraisemblablement changé à tel point que je ne le reconnaîtrai même pas. Il s'est probablement transformé en homme d'affaires minable en complet de polyester. Chauve avec du bide. Non qu'avec ma cellulite je mérite quoi que ce soit d'autre. D'un côté, j'espère presque qu'il est devenu affreux pour vivre moins mal ma propre détérioration. Tu t'imagines le tableau : lui avec son crâne chauve et son bide et moi avec ma cellulite et mon ventre mou nous rencontrant dans une chambre d'hôtel pour essayer de ressusciter la passion de notre jeunesse!

À la recherche du temps perdu[1]!

Dieu merci, pensa Griet, les bras chargés de livres pour enfants, elle avait vidé la chambre du bébé, des mois auparavant. Rendu le berceau et le landau d'emprunt, enlevé les images encadrées, rangé les jouets et la plupart des livres pour enfants dans des cartons. Les habits de bébé avaient été soigneusement pliés dans une valise. Une de ses sœurs en aurait besoin un jour, s'était-elle dit pour se consoler. Tout ce qui restait de la chambre du bébé, c'étaient les murs jaune ensoleillé.

« *Dr Seuss's Sleepbook*! s'écria Petra. C'était un de mes livres préférés avant d'aller à l'école!

— Si tu as un bébé un jour, je te donnerai tous mes livres pour enfants. Je considère que c'est mon devoir. S'il ne tenait qu'à toi et à François, le pauvre gosse n'aurait que le *Wall Street Journal* à lire.

— Allons, Griet, s'il ne tenait qu'à toi, le gosse aurait davantage à lire qu'à manger! »

La plupart des livres sur l'étagère suivante appartenaient à son mari. Politique et logique, songea-t-elle d'un air sombre, c'était tout ce qui allait rester dans cette maison. Avec les souvenirs désagréables.

Mais suppose qu'il ne se soit pas transformé en homme d'affaires minable [écrivait Louise pleine de

---

1. En français dans le texte.

désir]. Et s'il était toujours aussi séduisant ? S'il était devenu seulement un peu myope (ou même aveugle) et qu'il me trouve également attirante ? Si je quittais mon mari et lui sa femme (il doit être marié) et que nous allions ensemble à Hong Kong et vivions heureux pour toujours ?

Ou du moins jusqu'à ce que la colonie revienne à la Chine dans quelques années. Il n'y a plus de « pour toujours », n'est-ce pas ?

22

Combien de princesses peuvent danser sur la pointe d'une aiguille?

« Il était une fois un fils de berger qui se rendit célèbre à cent lieues à la ronde parce qu'il avait réponse à tout. Lorsqu'une princesse lui demanda combien il y avait de gouttes d'eau dans l'océan, il répondit : " Si le roi arrêtait toutes les rivières afin que plus une seule goutte d'eau ne tombe dans la mer, je pourrais vous dire combien il y a de gouttes dans l'océan. " »

George Moore grandit dans l'État libre d'Orange. Il était le plus jeune des trois fils d'une femme qui avait une formation de professeur de musique et d'un père qui avait quitté l'école à treize ans pour travailler à la ferme. De l'avis de tous, sa mère était un ange, mais, comme beaucoup d'anges, elle n'aimait pas que les gens la touchent. Pas même ses propres enfants. Son père aurait été heureux de serrer ses fils dans ses bras, mais les pères n'étaient pas supposés toucher beaucoup leurs fils. Et ses fils avaient peur de lui parce que son haleine empestait l'alcool et le diable. Coincé entre ces deux personnalités, George passa sa vie à essayer de ménager la chèvre et le chou. La froideur de l'âme et la fièvre du corps.

Sa mère tenait à lui comme à la prunelle de ses yeux. Il était plus intelligent que les autres, plus beau, et celui dont elle attendait le plus. Elle lui apprit à lire avant qu'il eût quatre ans. Il irait loin, lui prédit-elle, il ne devait simplement pas s'attendre à trop de bonheur. Le bonheur était réservé aux pécheurs comme son père.

À la petite école de la ferme, il fut un solitaire, trop intelligent pour les autres enfants de sa classe. Au bout du premier trimestre, l'instituteur le fit passer dans la classe supérieure. George fut alors encore plus isolé parce que ses camarades de classe étaient tous beaucoup plus âgés que lui. Au bout d'un an, sa mère décida de l'envoyer dans une école plus grande, loin de la ferme. Ce qui signifie qu'il dut vivre en pension dès son plus jeune âge.

C'était un enfant maigrichon aux cheveux indisciplinés. Il ne rentrait à la maison que deux week-ends par trimestre. La première fois, il pleura, mais sa mère prit un air si blessé qu'il ne pleura plus jamais devant elle, pas même lorsqu'elle mourut, des années plus tard.

Quand vint le moment d'aller dans le secondaire, sa mère l'inscrivit dans l'un des meilleurs lycées de garçons du pays. À chacun de ses retours à la maison pour les vacances, il trouvait de moins en moins de choses à dire à ses frères, qui étaient tous allés dans des écoles plus proches de leur domicile, et à son père qui se réchauffait en ville au pub tous les soirs parce que sa maison était devenue une vraie glacière. Le matin, George se voyait apporter le café par sa mère qui s'asseyait sur son lit et lui racontait par le menu ce qui s'était passé à la ferme et dans le district au cours du dernier trimestre. Elle lui demandait toujours ce qu'il aimerait faire plus tard.

Elle le voyait, politicien puissant, côtoyer rois et présidents. Ou juge, ayant droit de vie et de mort. Ou brillant chirurgien, pratiquant des opérations que personne n'aurait crues possibles – comme la transplantation du cœur ou du poumon.

Son père voulait qu'il reprenne une des fermes de la famille. Ou qu'il se lance dans les affaires et fasse de l'argent.

À l'université, beaucoup plus loin encore de la maison qu'avant, George Moore vit s'ouvrir à lui pour la première fois l'univers intellectuel. La troisième semaine, il s'envola et franchit les portes d'un paradis philosophique. Dont il ne redescendit jamais. Avant la fin de la deuxième année, il avait lu *La Chute* treize fois et cessé de croire en un dieu. S'il avait cru aux héros, Camus aurait été son héros.

Une fois nanti de deux licences, il alla en Europe pour poursuivre ses études et pour penser plus librement. Il prit congé de sa famille à la ferme comme s'il allait la revoir dans un an, mais il n'avait pas l'intention de revenir. Sa mère qui lisait en lui comme dans un livre ouvert fut la seule à soupçonner la vérité. Elle lui écrivit toutes les semaines, au sujet du temps, des voisins et de tout ce qui se passait à la ferme et dans le district, mais elle ne lui demanda jamais quand il rentrerait.

« Quand la princesse demanda au fils intelligent du berger combien il y avait d'étoiles dans le ciel, il prit une feuille et un crayon et traça une telle quantité de points minuscules que la princesse en eut le vertige. Puis il lui dit : " Il y a autant d'étoiles au ciel que de points sur cette feuille de papier – comptez-les. " »

George rencontra sa première femme en Europe : une fille anglophone d'Afrique du Sud que ses riches parents avaient envoyée à l'étranger pour l'empêcher d'épouser un homme socialement inacceptable. Elle revint avec un homme encore moins acceptable : un Afrikaner.

Le séjour à l'étranger détruisit les illusions de George. Il n'avait pas assez d'argent ; il se couchait souvent le ventre vide ; le froid le déprimait ; les coutumes étranges le désorientaient. Ce fut le début d'un cynisme qui pesa chaque année plus lourd dans sa vie.

Moins d'un un an plus tard, il était de retour au pays sans avoir terminé ses études et accompagné d'une fille anglophone enceinte. Les parents de cette dernière ravalèrent leur orgueil colonial et organisèrent un mariage à la hâte. George ne comprit jamais son épouse anglophone, ni son arrogante famille, pas plus

qu'elle ne comprit le milieu rural de son mari afrikaner.

Dès le premier mois, le mariage fut une sorte de
comédie pleine de malentendus, mais il fallut sept ans
pour que George rencontre Griet et se rende compte
qu'il y avait peut-être une autre solution. Ils devinrent
bons amis à l'époque où il était un mari malheureux, et
couchèrent ensemble pour la première fois peu après
qu'il fut devenu un divorcé malheureux.

Il était approprié, pensa Griet des années plus tard,
que le mariage eût duré sept ans. C'était presque
comme si George l'avait calculé logiquement. Une
bonne moyenne pour une relation. Même la Bible dit
que sept années de vaches grasses succèdent à sept
années de vaches maigres.

La première année, George fut émerveillé par Griet.
Il se conduisait en gentleman de la vieille école qui a
attrapé un papillon exotique dans son filet. Il voulait
l'épingler dans une vitrine et l'étudier pour le restant
de ses jours. Il l'invitait au cinéma et passait toute la
séance à contempler son profil au lieu de regarder le
film. Il ne se fatiguait jamais de l'admirer.

Griet se sentit prisonnière et sortit avec d'autres
hommes – mais revint à maintes reprises au filet qui
l'attendait. De son plein gré et même, par la suite, avec
empressement. Avec suffisamment de patience, songea-t-elle plus tard, on peut domestiquer pratiquement
tous les animaux.

Mais si on veut apprendre à un animal à manger
dans sa main, il est nécessaire que les deux sachent qui

est le maître. Dès le début, George et Griet confondirent les rôles. George voulait un animal de compagnie qui le stimule intellectuellement et sexuellement. Griet voulait la même chose. Ni l'un ni l'autre n'était prêt à assumer les responsabilités d'un propriétaire.

« Quand la princesse demanda au fils intelligent du berger combien durait l'éternité, il répondit : " Loin d'ici, se trouve une montagne de diamants d'une heure de haut sur une heure de large et une heure de long, sur laquelle, une fois par siècle, un oiseau vient aiguiser son bec. Lorsque cette montagne aura disparu, la première seconde d'éternité se sera écoulée. "

La princesse fut si impressionnée par les réponses du fils du berger qu'elle décida de l'épouser. Mais les princesses ne font pas d'habitude de bonnes ménagères, et celle-ci ne savait pas se servir d'un four. Elle y mit la tête et dit tout haut les secrets de son cœur car elle croyait que personne ne pouvait l'entendre.

Elle ne savait pas non plus se servir d'un balai. Elle ne tarda pas cependant à découvrir des façons de s'en servir qu'elle n'avait pas imaginées, et elle se mit à voler la nuit.

Elle se mit à écrire la nuit. »

Griet était allongée sur le lit de Louise et se demandait pourquoi il lui avait fallu tant de mois avant de commencer à comprendre les raisons pour lesquelles son mari et elle s'étaient mutuellement rendus malheureux. Elle était nue parce que Adam lui avait réappris à dormir sans rien, mais ce soir elle ne pensait pas au sexe. Elle se mit sur le dos et se demanda si elle reverrait jamais sa maison. Puis elle croisa les mains derrière la tête, au creux de la nuque : pourquoi l'appartement de Louise lui donnait-il l'impression d'être étrangère à sa propre vie ?

Elle ferma les yeux dans l'obscurité de la chambre et écouta le vent hurler à la fenêtre. Elle aurait voulu que son mari fût là pour répondre à ses questions. Elle aurait voulu, juste une dernière fois, sentir son corps mince contre le sien.

Saint George, le saint patron de l'Angleterre, avait tué un dragon avec son épée. Sainte Marguerite, l'épitomé de la pureté féminine, avait mis en fuite un dragon avec sa croix. « Tout ce que tu sais faire, je peux le faire mieux », tel avait été le leitmotiv du mariage de Griet et de George.

Le vent avait soufflé toute la journée, comme il ne le faisait que dans cette ville. Au crépuscule, les arbres avaient l'air aussi las que les gens, mais le carnage avait continué. Et maintenant, dans le silence du petit matin, le vent hurlait comme une sirène. Sans circulation automobile pour l'étouffer. Exacerbé par une obscurité sans lune.

George s'était de plus en plus éloigné de sa famille, voyant de moins en moins son père et ses frères, surtout après la mort de sa mère. Pour Griet, ç'avait été le contraire. Pendant son adolescence mélodramatique, il s'était établi une telle distance entre ses parents et elle qu'elle avait l'impression de venir d'une autre planète, mais maintenant ils se rapprochaient peu à peu. Peut-être était-elle devenue plus tolérante qu'aux beaux jours de Ziggy Stardust et des Spiders from Mars. Peut-être avait-elle simplement appris à accepter les défauts de sa famille.

C'était en tout cas plus facile que d'accepter ses propres défauts.

Elle aurait souhaité que sa cage thoracique fût vide. Un grand trou noir dans lequel elle puisse se dépouiller de tout sentiment afin d'être à l'abri de toute blessure. Pourquoi espérait-elle toujours recevoir des nouvelles d'Adam?

Parmi les premiers cyniques, il y avait eu une femme, avait découvert Griet non sans surprise dans un des livres de son mari. Au commencement, il y avait eu Antisthène, puis Diogène, qui vivait apparemment dans un tonneau, Ménédème le Fou, Cratès de Thèbes et sa femme, Hipparchia...

Pourquoi ne pouvait-elle cesser de croire en un dieu?

« Qu'est-ce que Dieu? » demanda Hiéron au poète Simonide de Céos. Le poète réclama une journée pour y réfléchir. Le lendemain, il voulut deux jours supplémentaires. Et, à partir de là, il doubla à chaque fois le délai de réflexion jusqu'au jour où il déclara à Hiéron : « Plus j'y réfléchis, plus je semble m'éloigner de la réponse. »

« Es-tu heureuse en ménage ? » avait demandé Griet à sa sœur Petra, la veille.

« Oui, avait répondu Petra sans hésiter. Je ne suis pas encore aussi malheureuse avec lui que sans lui.

– C'est ta définition d'une relation heureuse ?

– Tu as une meilleure suggestion ? »

C'était un de ces moments d'honnêteté qui vous prend parfois au dépourvu dans l'obscurité d'une voiture. Elles rentraient à la maison après avoir vu un film soi-disant érotique. Les deux jeunes actrices s'étaient fréquemment déshabillées et la caméra, avec l'œil averti d'un voyeur, s'était attachée au triangle fécond formé par les mamelons et les poils du pubis. Le protagoniste masculin avait gardé ses sous-vêtements, même pendant l'acte sexuel. (« Caleçon », avait murmuré Petra d'un ton approbateur.) Ses organes génitaux, comme c'est la règle dans ce genre de films, étaient aussi invisibles que le Saint Graal.

« Il ne te manque pas ? voulut savoir Griet. Ça fait presque un mois que tu es ici.

– Pas vraiment. C'est merveilleux de s'échapper une fois de temps en temps. Et quand on se retrouvera, il y aura deux ou trois jours de lune de miel et des roses avant que les chamailleries ne reprennent.

– Vous vous chamaillez à propos de quoi ?

– Parce qu'il fume dans la chambre... parce que j'achète trop de nourriture à la fois et que j'en laisse pourrir la moitié dans le frigo... parce qu'il inonde la salle de bains chaque fois qu'il prend un bain... oh, tu sais bien, les trucs habituels.

– Non, je ne sais pas, soupira Griet. George et moi, on se battait parce que je ne lisais pas les bons livres de philosophie et que je ne posais pas assez de questions. Ou parce qu'il n'a jamais rien lu de ce que j'écrivais. »

« Comment peux-tu écrire si tu ne comprends pas le monde ? l'accusait George.

– Comment puis-je comprendre le monde si je n'écris pas ? se défendait-elle.

– La seule façon de grandir en sagesse est de poser des questions, lui disait George.

– Écrire est aussi une façon de poser des questions, répliquait Griet. Les histoires ne posent-elles pas toujours des questions ? »

Qu'était-il arrivé à Gretel après qu'avec Hansel elle fut grimpée sur le dos de l'oie ? Quand ils étaient rentrés chez leur père ? Lorsqu'ils avaient grandi ?

Si tous les conteurs devaient attendre d'avoir atteint la sagesse, songea Griet dans l'obscurité du lit de son amie, nous vivrions dans un monde sans histoires.

Peut-être qu'en fin de compte ce qui la séparait le plus de son mari était ce qui différenciait Simonide du fils intelligent du berger. Simonide était un poète philosophe. Le fils intelligent du berger était un philosophe poète.

Pourquoi son mari, qui ne croyait ni à Dieu ni à diable, ni aux saints ni aux dragons, avait-il donné à ses enfants des noms d'anges ?

23

La reine sur le bûcher

Tout en bas, des yachts étaient éparpillés sur la mer comme des miettes sur un drap bleu. Devant elle, au vingtième étage de la tour d'ivoire de son avocat, l'air, d'un bleu plus pâle, lui rappelait aussi un drap. Un drap délavé.

Au loin, l'île[1] était suspendue dans la brume au-dessus de l'eau, comme une soucoupe volante qui s'élèverait lentement. Si les vœux étaient encore exaucés, songea Griet, il y a belle lurette que les prisonniers auraient fait celui-là. « L'évasion du siècle », titreraient les journaux, « un groupe de prisonniers s'échappe miraculeusement avec toute une île ». Quelque part au-dessus de la mer, les gardiens et leurs familles se verraient offrir une chance de sauter, assez près du rivage pour pouvoir le regagner en toute sécurité à la nage. L'île monterait de plus en plus haut puis se mettrait en orbite autour de la terre comme un satellite, accompagnée d'anges, de sorcières, d'oies, de chevaux ailés,

---

1. Robben Island, bagne où fut détenu Nelson Mandela.

d'oiseaux nocturnes exotiques et autres apparitions. Et ce n'est qu'une fois le pays des fées libéré de ses dirigeants fous que l'île retomberait dans la mer près de son continent.

« J'ai rêvé de mon ex-mari », avait noté Griet la veille dans son cahier. Puis elle avait barré la phrase et écrit : « Griet rêva de son mari. »

« Transformez-vous en personnage de fiction », lui avait conseillé sa psy.

Ils se tenaient dans le long couloir vide d'un immense bâtiment blanc. Il lui dit qu'il s'en allait et qu'elle devait s'occuper des lieux. Elle pouvait faire tout ce qu'elle voulait, à condition de ne pas ouvrir la treizième porte. Lorsqu'il fut parti, elle ouvrit chaque jour une porte. Derrière chacune, il y avait une chambre qu'elle reconnaissait immédiatement.

La chambre qu'elle et Petra avaient partagée enfants avec son mur rose rugueux lorsqu'elle passait les doigts dessus dans l'obscurité en racontant des histoires à sa sœur. Le dortoir qu'elle avait tant détesté au lycée et la couverture grise qui grattait comme de la paille de fer. L'appentis branlant, rempli de posters de surfeurs, où, étudiante, elle avait découvert le sexe. La chambre d'hôtel une étoile dans le Karoo où son mari et elle avaient passé une nuit sans sommeil en se rendant aux obsèques de la mère de George. Elle avait trop chaud pour pouvoir dormir et lui était trop triste. Elle avait attendu qu'il lui dise comment il se sentait, mais il n'avait pas décroché un mot de la nuit. La chambre d'hôtel cinq étoiles au grand lit étrange où ils s'étaient réveillés étrangers l'un à l'autre, le lendemain de leur mariage.

Quand elle arriva à la treizième porte, ce fut plus fort qu'elle. Elle l'ouvrit précautionneusement, juste un tout petit peu, puis ferma vite les yeux devant la lumière aveuglante. Elle voulut la claquer, mais c'était trop tard. Elle se mit à tomber, culbuter, et plus elle progressait dans sa chute, plus l'obscurité grandissait autour d'elle.

« Est-ce que cela signifie que tout pourrait être fini en quinze jours ? demanda-t-elle à Hilton Dennis qui n'arrêtait pas de tripoter sa cravate. Que je pourrais être divorcée légalement ?

– C'est possible. » C'était une cravate de soie à fleurs peintes à la main, un tout petit peu trop ostentatoire dans ce bureau élégant. « Si les deux parties sont désireuses de conclure. »

Griet fut si soulagée qu'elle sentit qu'elle pourrait s'envoler avec l'île.

« Donc, quel que soit le résultat du recours à l'article 45...

– 43, lui rappela-t-il d'un air irrité.

– ... l'article 43, nous pouvons nous occuper du divorce le jour même ?

– D'abord ils prennent peur, puis ils concluent. » Il lissa ses cheveux clairsemés sur son front et tira sur son col comme s'il était trop serré. « C'est ce que je dis toujours. »

Il essayait d'avoir l'air aussi sûr de lui que d'habitude, mais ses phrases paraissaient se briser sur le dessus de verre de son bureau. Peut-être avait-il eu un client difficile. Ou perdu un procès. Griet décida qu'en fait elle le préférait comme ça. En Napoléon qui semblait avoir enfin entendu parler de Waterloo.

« Il était une fois, écrivit-elle après son rêve, il y a bien bien longtemps, quand les souhaits étaient encore exaucés, une fille qui vivait au paradis et jouait avec les anges. Mais parce qu'elle n'écouta pas son maître et ouvrit une porte interdite, elle tomba sur la terre. Quand elle se réveilla, elle était seule dans un endroit sauvage. Elle voulut appeler au secours mais ne put émettre un son. Elle avait perdu la voix – mais découvrit qu'elle savait écrire.

Pendant les années qu'elle passa en cet endroit sauvage, elle dormait la nuit dans les branches d'un arbre, et le jour, assise à l'ombre du feuillage, elle écrivait des histoires à même le sable. Elle ne savait pas où elle avait appris, mais quand elle s'était réveillée sur terre, elle savait écrire.

Bien des années plus tard, un prince passa sur son cheval vert. Il fut si surpris de voir une muette au corps sale et velu qu'il l'attacha à sa monture et l'emmena dans son royaume. Une fois dans son château, il la fit laver et raser, puis décida de l'épouser. Elle n'était pas vraiment belle, mais au moins ne lui rebattrait-elle pas les oreilles comme toutes les autres belles princesses qu'il avait envisagé d'épouser. »

« Y a-t-il une chance d'en finir plus tôt? voulut-elle savoir.

— Pourquoi êtes-vous si pressée? »

Comment expliquer à son arrogant avocat qu'elle se sentait comme un élément qui ne s'adaptait à aucun puzzle? Mal à l'aise avec ses amies qui avaient maris et enfants, et tout aussi mal à l'aise avec celles qui n'en avaient pas. Elle avait un mari, mais elle devait vivre seule. Elle avait un enfant, mais il ne pouvait vivre que dans son cœur.

« J'ai l'impression que quelqu'un a appuyé sur le bouton " arrêt " de mon existence et j'en ai marre. N'importe quoi serait préférable à cette immobilité : marche avant, marche, marche arrière même!

— Si vous êtes prête à abandonner maintenant...

— Je suis prête à tout, lança-t-elle. Il peut garder le lave-linge, le sèche-linge et tout le reste. Je veux juste en finir.

— Je comprends ce que vous ressentez, la tranquillisa son avocat. Je sais que vous voulez passer à autre chose. »

Il ment, pensa Griet, il ne sait pas de quoi je parle. C'est un général qui prend plaisir à la guerre. C'est une occasion pour lui de mettre ses théories et sa tactique à l'épreuve.

Mais elle savait ce que ressentaient les soldats dans les tranchées. Elle était de ceux qui risquaient leur tête.

« Il serait stupide de se retirer maintenant, dit Hilton Dennis avec toute la compréhension dont il pouvait faire preuve. Vous en êtes à la répétition générale. Il ne reste plus que la première. »

Il voyait donc les choses en termes de théâtre, songea-t-elle d'un air sombre. Ce n'était même pas assez sérieux pour être considéré comme une guerre. Elle était une actrice qui avait le trac et lui un imprésario dont l'œil était rivé à son compte en banque. Plus la pièce tenait l'affiche longtemps, plus il pourrait se faire d'argent.

« Écoutez, si vous êtes déterminée à conclure, on peut le faire le jour de la décision sur l'article 43. Nous aurons la possibilité de négocier avec l'autre partie avant d'aller au tribunal. Vous ne perdez rien à attendre quinze jours de plus.

— Rien qu'un peu plus de ma dignité personnelle. »

« Le prince épousa la muette et devint roi, et une année plus tard, la reine donna le jour à un bébé. La nuit qui suivit la naissance, une des vieilles camarades de jeux de la reine au paradis apparut et dit : " Si tu avoues que tu as ouvert la porte interdite, tu retrouveras la voix et tu n'auras plus jamais à écrire. Si tu nies, je te prendrai ton enfant.

— Non! j'aime écrire ", voulut crier la reine, mais elle ne put émettre un son. L'ange s'empara de l'enfant et s'envola. Le lendemain matin, quand le bruit courut que l'enfant du roi avait disparu sans laisser de traces, les gens se mirent à murmurer que la reine était une cannibale qui avait dévoré sa progéniture.

Un an plus tard, la reine muette eut un autre bébé. La nuit suivante, un ange apparut, porteur du même message que la première fois. La reine fondit en larmes et voulut supplier l'ange de ne pas lui prendre son deuxième enfant, mais elle ne put émettre un son. L'ange s'envola avec son deuxième enfant et, le lendemain matin, la rumeur se répandit dans le royaume que la reine avait dévoré son deuxième rejeton.

Un an plus tard, la reine muette eut un troisième bébé. La nuit suivante, un ange apparut de nouveau avec le même message qu'auparavant. La reine s'agenouilla devant lui. "Je ferais n'importe quoi pour ne pas perdre ce troisième enfant !" voulut-elle crier, mais parce qu'elle n'avait pas accepté de reconnaître qu'elle avait ouvert la porte interdite, elle ne pouvait toujours pas émettre un seul son. Et l'ange s'envola avec le troisième enfant. »

Griet prit un paquet de cigarettes dans son sac. Elle se rendit compte que son avocat n'avait pas fumé depuis qu'elle était arrivée, un quart d'heure plus tôt. Le gros cendrier noir, qui normalement, à cette heure de la journée, ressemblait à une offrande obscène au dieu du cancer du poumon, trônait, étincelant et vide, sur le bureau à dessus de verre. Griet sentit qu'elle courait à l'échec, mais lui offrit quand même une cigarette.

« J'ai arrêté. » Il s'empressa de mettre ses mains l'une sur l'autre comme si elles risquaient de se diriger automatiquement vers la tentation. Il n'avait jamais eu l'air aussi vulnérable. « Enfin, j'essaie d'arrêter. »

Il n'y avait plus qu'elle et le type de la pub pour les Camel qui continuaient à fumer, se dit Griet déprimée.

« Comment faites-vous donc ?

— Ordre de la Faculté. » Griet remit ses cigarettes dans son sac. On ne peut pas manger une glace devant un gréviste de la faim. « Mais ça ne me dérange pas que vous fumiez. Allez-y, je vous en prie. »

Il n'avait pas l'air très convaincu. Il n'avait pas encore atteint le stade de la béatitude où les non-fumeurs régénérés vous regardent brûler cigarette sur cigarette avec une sorte de plaisir sadique. Ils vont même jusqu'à garder des cigarettes chez eux uniquement pour montrer quelle extraordinaire volonté ils ont. Mais le pauvre avocat n'en était encore qu'au purgatoire.

« Je suppose que je pourrais attendre une quinzaine de plus, soupira-t-elle.

— Bien sûr que vous pourriez. Vous avez un appartement plus agréable maintenant. Pourquoi ne pas vous détendre ? »

Seul un homme pouvait dire une chose pareille.

« Je ne peux pas me détendre. Je dois boucler mes valises ! »

Il avait probablement une épouse qui les faisait pour lui chaque fois qu'il partait en voyage d'affaires.

Ce n'étaient pas seulement les valises qui l'empêchaient de se détendre. C'étaient tous les formulaires qu'elle devait remplir et tous les coups de fil qu'elle devait donner pour faire savoir au monde qu'elle avait changé d'adresse.

Il y avait son compte courant dans une banque et sa carte de crédit dans une autre; son assurance personnelle, son assurance-vie et son aide médicale; sa carte de membre de la Guilde des écrivains, du Forum des livres pour enfants, du club de théâtre, des Amis de la National Gallery, de l'A.A. (les automobilistes, Dieu merci, pas les alcooliques); de donatrice pour un asile de nuit destiné aux enfants sans abri, pour une institution de cancéreux en phase terminale, pour une crèche à Nyanga; pour l'alphabétisation, le programme d'aide alimentaire de la péninsule du Cap, la S.P.A...

Quand on ne donnait plus un dixième de son revenu à l'église, on devait le faire parvenir d'une autre façon aux déshérités.

Et puis il y avait tous ses prêtres personnels qui devaient savoir où elle allait vivre. Son docteur, son gynécologue, son dentiste, son expert-comptable, son avocat et son analyste. Quand sa vie était-elle devenue si compliquée?

Il y a très très longtemps, ses biens les plus précieux avaient été un sac à dos et une paire de chaussures de randonnée. Elle avait fait le tour de l'Europe, sans carte de crédit, sans assurance personnelle, sans avocat. Elle avait dormi dans les trains et les gares. Elle avait été intrépide et heureuse. Elle n'avait pas besoin de psychothérapeute.

Elle ne serait plus jamais aussi heureuse, même si demain elle vendait tous ses biens, envoyait promener tous ses prêtres personnels, déchirait toutes ses cartes et ses polices d'assurance.

Elle ne serait plus capable de voyager en Europe sac au dos : elle n'en trouverait jamais un qui soit assez grand pour contenir toutes ses névroses.

Elle ne pourrait pas vendre sa tristesse en même temps que ses autres biens.

« Pourquoi ne pas prendre quelques jours de congé ? » Le changement de ton de son avocat lui indiqua qu'il était temps de partir. « Pour vous installer dans votre nouvel appartement ? »

Il tira de nouveau sur son col et tortilla le cou comme un chien qui essaie de se libérer de sa laisse. Le pauvre diable avait pris du poids comme tous ceux qui arrêtent de fumer, et sa femme ne lui avait pas encore acheté de nouvelles chemises.

« Il ne me reste plus de jours de congé. » Entre ses grossesses malheureuses et ses diverses crises, elle avait épuisé son quota. « Et je ne peux pas me permettre de prendre des congés sans solde.

– Peu importe, dans quinze jours, vous pourrez vous payer des vacances », promit Hilton Dennis en se levant pour la raccompagner.

Mon histoire est donc presque finie, se dit Griet.

« Le jour suivant, il y eut une levée de boucliers contre la reine qui avait dévoré ses enfants. Les gens exigèrent qu'elle fût brûlée vive. Le roi haussa les épaules et s'éloigna sur son cheval vert. La reine fut traînée par les cheveux jusqu'au bûcher. Lorsque les flammes se mirent à lui lécher les pieds, elle retrouva la voix et cria : " J'ai ouvert la porte interdite ! "

Soudain, il fit noir et les nuages crevèrent. Des trombes d'eau inondèrent la terre et éteignirent le feu. Et quand il fit à nouveau jour, la reine n'était plus là. Elle avait disparu sans laisser de traces, tout comme ses enfants.

Elle devint apparemment une sainte qui tuait les dragons. On la vit à un festival de sorcières en Angleterre. On la vit encore sur une plage en Amérique du Sud – sur un cheval vert. Elle changea de nom et devint écrivain. Personne ne saura jamais ce qui s'est vraiment passé. »

24

Le diable prend soin de sa sœur

« Alors, qu'est-ce que tu penses d'elle ? » demanda Tienie. Elles se trouvaient dans le nouvel appartement de Griet.

« Eh bien, elle a l'air... » Que dire de quelqu'un à qui on a à peine parlé ? s'interrogea Griet, impuissante. D'une fille qui n'est pas spécialement grosse ni petite, belle ni laide ? De quelqu'un qui n'a aucun signe particulier – ni long nez, ni yeux verts, ni bouche sensuelle ? « Elle a l'air... gentille. » Elle rit de la gaucherie de sa remarque.

« Exactement ce qu'a dit maman ! Quiconque s'habille plus traditionnellement que Nella – c'est-à-dire quatre-vingt-dix-neuf pour cent des humains – se voit qualifier de " gentil ". Je regrette vraiment le bon vieux temps où je pouvais encore choquer ma famille. »

Tienie suivit Griet, qui rangeait ses livres dans le salon.

« Je suis contente que tu aies amené ton amie à la maison pour nous la présenter. Je commençais à me demander si tu n'avais pas honte de ta famille.

« – Mon Dieu, Griet, tu ressembles chaque jour davantage à maman. Mes relations durent d'habitude si peu de temps que ça ne vaut guère la peine d'y mêler la famille.

– Celle-là a déjà survécu aux vacances.

– Ne parle pas trop fort, chuchota Tienie. Au cas où le ciel t'entendrait. »

Griet était assise par terre, au milieu de piles de cartons. Elle avait les cheveux noués sous un foulard et le visage sale. Mais lorsqu'elle emménagerait ici, la semaine suivante, ses livres seraient déballés et cela l'aiderait à se sentir chez elle.

« Maman m'a parlé, une fois qu'Elsie et toi êtes parties, déclara Griet sans regarder sa sœur.

– Qu'est-ce qu'elle t'a dit ? »

Tienie s'assit précautionneusement sur un carton de livres. Griet alluma une cigarette et inhala profondément tout en se demandant comment aborder le sujet avec diplomatie.

« Maman sait que tu es lesbienne, Tienie. Pourquoi ne lui en parles-tu pas ? »

Tienie regarda ses mains sans rien dire.

« Je sais que tu vas m'objecter que je ne sais pas de quoi je parle et que maman ne comprendrait jamais.

– Plus ou moins », répondit Tienie en souriant.

« Peut-être qu'elle ne comprendra pas. » Griet contempla sa cigarette dans sa main noircie. « Mais elle veut que vous soyez franches l'une envers l'autre.

– Elle a dit ça ? »

Pas explicitement, songea Griet.

« Est-elle heureuse ? voulait savoir Gretha.

— Elle ne se réveille probablement pas tous les matins en chantant, maman.

— Moi non plus, soupira Gretha. Ce n'est pas ce que je demande. »

Griet et sa mère buvaient une dernière tasse de café dans la cuisine, le fameux soir où Tienie était venue dîner avec son amie. Gretha, un coude planté sur la table, tapotait la peau tendre sous ses yeux. Sans maquillage, elle avait l'air plus vieille que d'habitude.

« Est-elle si persuadée de son... » Gretha regarda sa fille d'un air impuissant. « Est-elle sûre de ne pas pouvoir trouver un homme qui la rende heureuse ? »

Pauvre Raiponce, se dit Griet. Une de ses filles était lesbienne, une autre s'habillait comme un clown. Son aînée avait perdu son mari, sa maison, ses enfants et beaux-enfants, et essayé de grimper dans un four. Sa seule fille convenable vivait dans un autre pays, à des années-lumière. Son unique fils refusait de jouer les héros et les martyrs, et fuyait l'armée. Sa vie n'avait vraiment pas suivi le cours dont elle avait rêvé jadis dans sa tour.

« En as-tu jamais discuté avec papa ? demanda-t-elle à sa mère.

— De quoi ?

— Du fait qu'on ne lui demandera jamais de porter un toast au mariage de Tienie.

— Il y a des choses dont on discute avec son mari, Gretel, et il y a des choses dont on ne discute pas avec son mari. »

« Elle veut que tu sois heureuse, répondit Griet à Tienie.

— Le bonheur voulant dire mariage et enfants ? » Les sourcils épais de Tienie se rapprochèrent pour former un rideau noir au-dessus de ses yeux. « C'est tous tes contes de fées qui ont foutu le monde dans la merde, Griet, est-ce que tu en as conscience ? »

Griet savait quand il était inutile de se battre avec sa sœur tourmentée.

« Tous les contes que maman nous lisait finissaient par un mariage.

— Pas *Hansel et Gretel*, répliqua Griet.

— Et pourquoi ne dit-on pas *Gretel et Hansel* ? Si Gretel est l'héroïne, est-ce que son nom ne devrait pas être mentionné en premier ?

— Aurais-tu préféré avoir été élevée sans contes de fées ?

— Non, répondit Tienie, toujours renfrognée. Ça n'aurait probablement rien changé, ils ont tellement d'autres façons de faire passer le message. Mais tu ne trouves pas qu'on devrait inventer de nouveaux contes de fées pour le monde nouveau ?

— C'est ce que je fais, soupira Griet. J'ai publié un livre de contes de fées modernes, mais aucun de vous ne l'a encore lu parce que vous pensez que les contes de fées sont destinés aux enfants.

— Tu me le prêteras ? demanda Tienie, riant devant le contentement évident de Griet. Je te promets de le lire. »

Oui-Oui rentre en grâce [écrivait Louise d'un Londres gelé]. La BBC va apparemment tourner une « nouvelle » version de la saga du pays des jouets. Les poupées de chiffon au visage noir et aux cheveux hérissés ont été éliminées pour éviter tout soupçon de racisme ; Oui-Oui ne dort plus avec Grandes Zoreilles au cas où tu imagines quoi ; Mlle Tapsec va devenir Mlle Collet-Monté (!) ; M. Lambin, le policier, a l'interdiction de donner la fessée et – tiens-toi bien – Martha-la-Guenon est érigée en modèle pour les femmes.

Je me demande parfois dans quel monde nous vivons. Pendant que je t'écris tout ça, enfouie sous trois couvertures, la B.B.C. montre un documentaire sur la surpopulation, la pollution, la famine, la sécheresse et des millions de bébés mourant de diarrhée. Malheur, mort et misère. Et je m'inquiète de manger trop de chocolat. Il y a de quoi se mettre à picoler, non ? Est-ce qu'il ne vaudrait pas mieux mener une vie complètement dépravée ? Manger, boire et forniquer jusqu'à plus soif ? Et puis mourir pendant qu'il y a encore une terre sur laquelle mourir ?

Hier soir tard, j'ai vu la fin d'un de ces films déprimants en noir et blanc – je ne sais pas quel en était le titre, mais ils devraient prévenir quand ils montrent des trucs comme ça : « Ce qui va suivre peut se révéler nuisible pour votre santé mentale » ou quelque chose dans ce goût-là. Le mari de la femme, sa concierge et son amie l'avaient déjà quittée quand j'ai commencé à regarder et voilà qu'elle reçoit un télégramme lui annonçant la mort de sa sœur. Puis c'est la fin et on voit s'inscrire sur l'écran les mots suivants : « Ceux qui vivent pour eux-mêmes seront livrés à eux-mêmes. »

« Les contes de fées parallèles existent depuis des siècles, dit Griet en ouvrant le carton dans lequel elle avait emballé sa collection de contes de fées. Mais ils ne sont jamais devenus aussi célèbres que les contes inoffensifs et comme il faut, qui posent les bonnes questions. Un de mes préférés parle d'un soldat qui sert en enfer pendant sept ans. Le diable lui apprend à faire de la musique et lui donne un grand sac d'or, puis il voyage de par le monde comme musicien et finit par épouser la fille d'un roi. Quelle est la morale d'une histoire comme celle-là ?

– C'est très bien de travailler pour le diable ?

– Le diable prend soin de ses serviteurs ?

– Tu as eu des nouvelles de ton visiteur angélique ?

– Non, soupira Griet, et je doute d'en avoir jamais. Je ne comprends pas pourquoi, mais je suis vachement déçue ! C'est probablement mon ego qui ne supporte pas d'être oublié, ni par George, ni par Adam... »

Tienie la regarda en silence, comme sa psychothérapeute. Dieu merci, elle n'avait pas de classeur sur les genoux.

Les Angelici, avait récemment appris Griet, étaient des hérétiques qui prônaient le culte des anges.

« Tu sais ce que je voudrais ? demanda-t-elle à son intelligente sœur. Je voudrais que quelqu'un tombe de nouveau amoureux de moi. Est-ce que cela n'arrive plus, après trente ans ? Je suis sûre qu'un jour, lorsque je serai dans une maison de retraite, le vieux bonhomme sénile de la chambre voisine en pincera pour moi. Si jamais j'atteins l'âge de la maison de retraite. Si je ne meurs pas de déception d'ici là parce que je ne suis plus la *femme fatale* que j'étais à vingt ans. »

Les anges sont divisés en neuf ordres et les neuf ordres en trois cercles – séraphins et chérubins dans les cercles inférieurs, archanges et anges dans les cercles supérieurs. Et son ange Gabriel n'était pas un chérubin, songea-t-elle tristement.

« Je sais que je tomberai de nouveau amoureuse. Je continuerai à me conduire comme une idiote jusqu'au jour de ma mort – que je raterai probablement également. Si seulement il était possible de tomber amoureuse sans prendre de coups. J'en ai soupé, de prendre des coups.

– Tu continueras, dit Tienie. Tu as ça dans le sang. Nous avons le même sang.

– Je viens de faire un test de dépistage du sida. » Dès que Griet vit la surprise sur le visage de sa sœur, elle alluma une cigarette. « Je le repoussais depuis des mois. Plus je vieillis, plus je deviens lâche.

– Non. » Son intelligente sœur secoua la tête. « Nous devenons plus courageuses en vieillissant. Plus nous vieillissons, plus il nous faut de courage rien que pour nous lever le matin. Nous ne nous élançons plus du haut des falaises comme lorsque nous étions enfants, mais nous devons avoir chaque jour un énorme élan de foi rien que pour rester en vie.

– Eh bien moi, aujourd'hui, il m'a fallu un prodigieux élan pour dominer mes frayeurs », répondit Griet.

Elle avait cru que son généraliste serait choqué quand elle lui dirait qu'elle voulait faire un test de dépistage du sida. Et c'était elle qui était restée sans voix : il avait suggéré qu'elle fasse en même temps un sérodiagnostic de syphilis.

« De syphilis ? avait-elle demandé en avalant avec peine sa salive. Mais je n'ai... je n'ai couché qu'avec un seul homme depuis... depuis que je suis seule.

– Bien sûr, avait répondu son médecin entre deux âges avec un sourire apaisant. Mais il n'est pas exclu que vous couchiez avec quelqu'un d'autre, n'est-ce pas ? À moins que vous ne vous remariiez dans les jours à venir ? »

Elle contempla les cheveux argentés et les lunettes à monture argent de son médecin en se disant que c'était le genre d'homme qui formulerait une sentence de mort comme une question. « Savez-vous qu'il ne vous reste plus que trois jours à vivre ? »

Il l'envoya, formulaire en main, au laboratoire de pathologie situé trois étages plus bas. Elle donna les papiers à une fille à l'air virginal qui n'avait sûrement jamais eu besoin d'un sérodiagnostic de M.S.T. La fille sourit à Griet et l'envoya dans une salle qui avait les dimensions d'un frigo de taille moyenne. Une autre vierge entra et lui fixa un garrot en haut du bras. Peut-être lui faisaient-elles toutes l'impression d'être vierges parce qu'elle se sentait une vieille salope syphilitique.

Elle essayait de trouver quelque chose de spirituel à dire – « Si tout le reste échoue, riez » –, mais les prises de sang étaient faites et tout était fini. Tout, sauf les résultats, qu'elle n'aurait que le lundi. Parce qu'elle avait eu la stupidité de faire les examens un vendredi, elle devrait passer un week-end entier avec la perspective cauchemardesque d'une M.S.T. De *deux* terribles maladies sexuellement transmissibles. Trois longues nuits sans sommeil.

« Ah, le voici », dit-elle en exhumant le livre de contes de fées.

Comme elle le passait à sa sœur, une carte en tomba. Griet la ramassa, surprise de ne pas la reconnaître. Elle représentait un homme et une femme sur des chevaux de bois rayés. Le fond était rouge sang. Elle l'ouvrit. « *Mon très cher George, j'espère que nous resterons sur le manège à jamais. Je t'embrasse, Griet.* » La date était celle de l'anniversaire de George, l'année précédente.

Trois mois avant qu'elle ne parte. Elle s'assit et contempla les mots jusqu'au moment où ils se mirent à glisser de la carte. Elle s'aperçut que ses larmes faisaient couler l'encre. Elle luttait contre les larmes depuis des mois – et voilà qu'elle s'effondrait pour dix-huit mots écrits de sa propre main.

« Ça ne va pas ? » La voix de Tienie venait de très loin.

« Non. »

Elle prit sa tête entre ses mains et ses épaules se mirent à trembler. Elle pleurait, se dit-elle avec étonnement, pour une stupide petite carte d'anniversaire.

25

Rouge-Rose perd son homme

« Buvons à ma dernière nuit en compagnie des cafards, suggéra Griet en levant haut son verre comme un poing. Et à tout ce qui m'attend dans le nouvel appartement.

– À ta nouvelle vie, fit Jans en trinquant avec elle. Que les dieux se montrent bons envers toi.

– Je suis sûre qu'ils le seront, déclara avec insouciance Griet. Ils me doivent bien ça après l'année que je viens de passer. »

Ne tente pas le destin, entendit-elle l'ange gardien de son grand-père lui murmurer à l'oreille. Mais la voix de son père était plus forte que celle des anges. Sois positive, lui disait-elle, comme toujours, et pour une fois elle voulait être une fille obéissante.

Jans et elle étaient assis sur le balcon de l'appartement de Louise, elle sur l'unique chaise, lui sur sa valise faite.

« Alors, c'est quand le jour J ? »

Jans portait sa chemise blanche d'avocat. Son col était déboutonné et sa cravate rayée dénouée. Un voile de transpiration brillait sur sa lèvre supérieure.

« J comme jugement de divorce ? » Griet était encore en tenue de bureau mais elle avait enlevé ses chaussures et posé ses pieds sur la balustrade. « La semaine prochaine, j'espère. »

Le soleil se couchait après une journée d'été étouffante et la lumière diminuait à vue d'œil. Demain marquerait le début d'un nouveau mois, songea-t-elle avec reconnaissance, le deuxième mois d'une nouvelle année. Demain soir, elle dormirait pour la première fois dans son nouvel appartement. Elle n'avait ni lit, ni frigo, ni cuisinière, ni même d'étagères pour ses livres, mais elle sentait qu'elle pourrait vivre avec rien d'autre qu'un peu d'espoir. Peut-être même sans cigarettes ni psy. Du moins essaya-t-elle de s'en persuader.

Elle avait annoncé à Rhonda, cet après-midi, qu'elle ne voulait plus venir qu'une fois par mois.

« Si vous jugez que ça suffira, Griet », dit Rhonda en joignant les mains sur ses genoux. Elle portait un bracelet en or à un poignet et une Rolex en or à l'autre. « Mais n'hésitez pas à m'appeler si vous changez d'avis.

– Je n'en changerai pas. »

Elle avait décidé qu'elle ne se raviserait pas.

« Comment va le conte de fées ?

– Je ne sais pas s'il s'agit toujours d'un conte de fées. Je ne sais plus de quoi il s'agit. Mais j'écris comme jamais auparavant.

– Sur vos grands-parents ?

– Davantage sur moi, avoua-t-elle en s'excusant.

– Il est temps, Griet. » Rhonda se pencha légèrement en avant sur le canapé rouge. Griet lança un bref coup d'œil à l'horloge murale. Son heure ne pouvait pas déjà être écoulée. « Il est grand temps que vous arrêtiez de fuir. »

Griet joignit également les mains sur ses genoux. Elle avait les bras nus et les ongles sales.

Sa psy ne savait-elle pas qu'on pouvait voler si on courait assez vite pendant assez longtemps ?

« Je vais chercher les plats dans le four », proposa Jans qui se leva de la valise en gémissant. Il avait acheté du chop suey et des rouleaux de printemps chez un Chinois en venant. Il la fit rasseoir quand elle se leva pour l'aider. « Encore un peu de vin ?

– Tu es mon héros. » Griet rit, recroquevilla ses doigts de pieds sur la balustrade et leva les bras au-dessus de sa tête. « Que ferais-je sans toi ? »

Il la regarda, la tête légèrement penchée, avec une expression impénétrable.

« Tu survivrais probablement », répondit-il.

Elle le connaissait depuis dix ans, se rendit-elle compte en le regardant s'éloigner. Elle l'avait vu nu, elle l'avait vu ivre, elle l'avait vu amoureux – souvent. Mais elle ne s'était encore jamais aperçue à quel point il avait des fesses sexy. Griet leva les yeux au ciel et décida que la nouvelle lune affectait ses hormones. Ce n'était pas pour rien qu'on l'appelait la lune des sorcières.

« Buvons à Hansel et à la sorcière, dit Jans en revenant avec la nourriture et le vin sur un plateau. Et à Mandela qui sera libéré un de ces jours. »

Loin au-dessous d'eux, les lumières de la ville se mirent à vaciller comme des cierges dans une cathédrale. C'était la dernière fois qu'elle voyait le monde de ce balcon d'emprunt. Telle une broche piquée dans l'air qui s'obscurcissait, Vénus scintilla très haut dans le ciel, bien au-dessus de l'immeuble le plus élevé.

« Nous devrions boire à la santé de Gwen, se souvint-elle soudain. J'ai appris hier qu'elle est enceinte.

— Quoi ? fit Jans qui faillit tomber de sa valise. Et qu'est-ce qu'en dit Klaus ?

— Il n'est pas encore au courant. Elle a déménagé. Et elle ne sait pas si elle veut retourner vivre avec lui. »

Gwen était encore sous le choc quand elle avait rencontré Griet pour déjeuner la veille.

Elle n'arrêtait pas de bafouiller : « Je ne comprends pas comment c'est arrivé, je n'y comprends rien.

— Immaculée conception ? avait fini par suggérer Griet, lasse de ces propos confus.

— J'ai arrêté la pilule, il y a des mois, dans l'espoir qu'il se produirait quelque chose. J'avais commencé à me faire à l'idée que j'étais stérile. »

Gwen contempla le verre de jus d'orange, excellent pour la santé, que Griet avait commandé pour elle.

« Il va falloir que tu supprimes complètement le café. » Griet ne fuma pas une seule cigarette du repas.

Elle pouvait faire n'importe quoi pour les bébés à naître. Son cœur débordait de joie pour son amie et d'envie d'avoir un enfant à elle. « Pose-moi des questions. Je sais tout sur la grossesse. »

Gwen éclata de rire quand la serveuse mit deux raviers de salade grecque et une petite corbeille de pain complet sur la table.

« Mais, Griet, je voulais du gâteau au fromage blanc et du café !

— Il va falloir que tu te mettes à manger plus sainement.

— De toute façon, comme je te disais, la situation entre Klaus et moi était devenue si tendue que pour finir je n'ai pas eu d'autre solution que de partir. C'est à lui de savoir s'il veut passer le restant de sa vie à discuter des problèmes de son fils délinquant avec son ex-épouse dans le cabinet d'un psy ou s'il veut vivre avec moi et regarder *nos* problèmes en face. Et ne voilà-t-il pas que trois jours après mon départ, je découvre que je suis enceinte !

— Et maintenant ?

— Je ne sais pas. Je ne veux pas reprendre cette relation juste parce que je vais avoir un bébé. Nous sommes trop vieux pour un mariage conclu à la hâte, non ? Qu'est-ce que tu en penses ? »

Elle avait déjà l'air enceinte. Pas radieuse d'être enceinte comme les magazines féminins disent toujours, mais plutôt confuse d'être enceinte. Sa peau paraissait plus douce. Bien sûr, pensa Griet, cela pouvait aussi n'être rien de plus que le fruit de sa trop fertile imagination. Enceinte, ce simple mot suffisait apparemment à lui faire perdre les pédales.

« Tu es enceinte de combien ?

— De presque dix semaines déjà. Quand je n'ai pas eu mes règles, j'ai cru qu'il s'agissait des premiers signes de ménopause.

— Tu crois que tu vas être capable de t'en sortir seule, Gwen ? » demanda Griet d'un air circonspect, comme sa psychothérapeute.

Gwen contempla son jus d'orange un bon moment puis sourit. « Ça ne te dérangerait pas de me tenir la main dans la salle de travail, Griet ? »

« Il aura son mot à dire au sujet de l'enfant, déclara Jans qui se tenait à ses côtés sur le balcon.

— Les hommes veulent toujours avoir leur mot à dire sur ce qu'il advient de leur sperme », répondit Griet qui se bagarrait avec les baguettes pour amener le chop suey jusqu'à sa bouche. Elle était résolue à n'utiliser ni couteau ni fourchette. « Ils devraient simplement faire un peu plus attention à ne pas en foutre partout. »

Je rêve de nourriture chinoise et de sexe [écrivait de Londres Louise, toujours pleine de désir]. À tel point qu'hier, avant l'aube, j'ai appelé Rony à Hong Kong. Je lui ai dit que j'avais peur que nous ne nous reconnaissions pas et demandé s'il pouvait m'envoyer une photo. Alors je lui enverrais la mienne. (Fais-moi voir ton zizi et je te montrerai le mien !) Je sais maintenant ce que ressentent ceux qui écrivent à la rubrique « rencontres » des petites annonces. Il faut se sentir foutrement seul pour téléphoner à Hong Kong un jeudi à cinq heures du matin !

Mais le plus étrange de tout, c'est que pour la première fois depuis des mois j'ai commencé à traiter mon mari correctement. Je me rends compte que, comme d'habitude, je réagis de manière excessive, mais je me sens de nouveau une personne – pas seulement une épouse malheureuse. Et Dieu m'est témoin, Griet, s'il suffit d'une liaison pour rendre la vie conjugale supportable, alors ça valait le coup d'appeler Hong Kong. Même si, comme c'est probable, mon mari me mettra à la porte quand il recevra la facture de téléphone.

« À propos de sexe, Griet, j'ai lu un rapport qui va t'intéresser. »

Griet eut l'impression d'entendre Jans sourire à ses côtés. Elle arrêta de jouer des baguettes.

« Sais-tu ce que c'est que le *koro* ? » demanda Jans. Elle n'en avait pas la moindre idée.

« C'est une tête de tortue en malais – et le terme médical poétique pour "syndrome de rétraction pénienne".

– Pour *quoi* ?

– Syndrome...

– J'ai bien entendu, Jans. » Griet rit. Elle avait cru que c'était un état qui n'existait que dans son imagination. Causé par des sorcières castratrices.

« C'est apparemment assez répandu en Orient. Le malade attrape son pénis avant qu'il ne disparaisse complètement, pour ne pas se transformer en fantôme. La crise d'angoisse peut durer jusqu'à deux jours.

— Pourquoi en fantôme?

— Les fantômes sont dépourvus d'organes sexuels.

— Vraiment?

— Peux-tu imaginer un fantôme avec une érection? »

Griet secoua la tête et regarda la montagne qui s'offrait aux projecteurs comme une *prima donna*. Elle se rendit compte pour la première fois que la vue lui manquerait. Demain, elle recommençait tout. Scarlett O'Hara dans *Autant en emporte le vent*. Elle leva son verre à la santé de sa psychothérapeute qui volait au-dessus du croissant de lune sur un manche à balai, cheveux au vent, tête renversée comme la fois où elle avait ri, dans son cabinet de consultation. Cette nuit, tout était possible.

26

La gardeuse d'oies va à la chasse

« Il était une fois un roi chauve qui décida d'interdire toutes les couleurs à l'exception de l'orange, du blanc et du bleu. Toutes les autres couleurs lui donnaient la migraine. Le rouge le faisait penser aux communistes et autres fauteurs de troubles (proscrits), le vert à la marijuana (interdite), le violet à la presse parallèle (interdite), le jaune aux communistes chinois et autres fauteurs de troubles (proscrits), le brun au district 6 [1] (détruit) et le noir, la plus vilaine des couleurs, à l'Avenir Impensable. L'Avenir qu'il aurait aimé Interdire, Proscrire et Détruire.

Ce n'était naturellement pas un jeu d'enfant de se débarrasser des couleurs, mais le roi chauve ne reculait ni devant la dépense ni devant l'effort. On arracha tous les arbres, arbustes et plantes à l'exception de ceux qui avaient des fleurs et des fruits orange. Le strelitzia fut choisi comme emblème national, et la reine en porta

---

1. Quartier multiracial du Cap dont les maisons furent rasées et les habitants déplacés de 1966 à 1982.

un à l'épaule. Le roi arborait un souci à la boutonnière. Oranges, mandarines, papayes, melons, carottes et citrouilles étaient les seuls fruits et légumes autorisés. On repeignit tous les bâtiments aux nouvelles couleurs, tous les feux de signalisation furent modifiés afin de n'avoir que des feux bleus, orange et blancs, et toutes les rues furent recouvertes de ciment blanc au lieu d'être goudronnées. Heureusement que la mer, le ciel et les montagnes étaient bleus et que les nuages et les plages étaient blancs, sinon le roi n'aurait jamais pu se débarrasser de sa migraine.

C'est alors qu'il se produisit quelque chose de très bizarre, même pour un conte de fées. Le roi chauve fut déclaré fou par ses propres sages et conseillers. Un nouveau roi chauve monta sur le trône et stupéfia tout le monde en réintroduisant toutes les couleurs. Y compris la plus dangereuse des combinaisons : les trois couleurs qui avaient toujours fait se lever, droit en l'air, l'index du précédent roi fou de peur et de rage. Le noir, le vert et le jaune de l'avenir impensable.

Le monde se réjouit et même les anges furent étonnés. Les gens étaient ravis parce qu'ils pouvaient une fois de plus boire du vin rouge rubis au lieu de jus de carotte et se bombarder à coups de tomates pourries au lieu d'oranges. Les arbres, arbustes et autres plantes se remirent à pousser et, pour la première fois, l'herbe fut tout aussi verte des deux côtés de la barrière »

« Je sais que j'avais dit que je ne reviendrais pas avant un mois, déclara Griet à Rhonda en enroulant de plus en plus vite une mèche de cheveux autour de son doigt. Mais je ne savais pas que l'A.N.C. serait autorisé, Nelson Mandela relâché, et que les exilés reviendraient. Je ne savais pas que tout changerait aussi vite. Pas seulement ici mais dans le monde entier ! Le mur de Berlin démoli, le dictateur roumain abattu le jour de Noël – ils n'auraient pas pu attendre un jour de plus ? –, l'ensemble de l'Europe de l'Est implosant et Dieu seul sait ce qui se passe avec le communisme.

– Vous êtes angoissée.

– Angoissée ? » Si son index se mettait à tourner encore plus vite, elle allait décoller comme un hélicoptère. « J'ai vécu toute ma vie dans un monde où tout était aussi prévisible que... que... que les expressions de votre visage ! Et voilà que du jour au lendemain, tout est changé, dans ma vie et autour de moi. Bien sûr que je suis angoissée. »

L'ombre d'un sourire passa fugitivement sur les lèvres de sa psychothérapeute. Rhonda avait bien, tout compte fait, le sens de l'humour, décida Griet. Mais elle faisait autant d'efforts pour le cacher que Mamie Lina pour dissimuler qu'elle grimpait aux arbres.

« Est-ce que le monde entier va se transformer en paradis capitaliste ? » La Rolex de Rhonda envoya un reflet aveuglant tandis qu'elle notait quelque chose sur ses genoux. Ça faisait longtemps qu'elle n'avait pas écrit dans ce classeur, se dit Griet qui était déjà trop remontée pour s'en inquiéter. « Un immense Hollywood où les riches deviennent de plus en plus riches et les pauvres de plus en plus pauvres ?

– C'est compréhensible que vous soyez inquiète, Griet.

– Je me fous pas mal que ce soit compréhensible ou pas, je veux simplement maîtriser à nouveau les choses !

– Quelles choses, Griet ?

– Mes émotions, répondit lentement Griet. Ce que j'écris. Mon petit univers. »

Rhonda opina du bonnet à chaque mot.

« J'ai perdu mon mari, j'ai perdu ma maison, j'ai perdu mes enfants et mes beaux-enfants. Une de mes sœurs est retournée à Johannesburg, mon autre sœur part pour New York la semaine prochaine et mon amant est rentré à Londres. Mon père et ma mère se font vieux et vont mourir. Je me fais vieille et je vais mourir. La seule chose qui me reste à perdre, c'est la tête.

– Griet, vous êtes légalement divorcée depuis la semaine dernière, dit sa psychothérapeute pour l'apaiser. Je m'attendais à avoir de vos nouvelles. J'aurais été surprise que vous ne téléphoniez pas. »

Elle ressemblait à la poupée ventriloque que Griet avait vue à la télévision la semaine précédente. Les lèvres bougeaient, la voix créait une illusion de vie, mais le visage restait celui d'une poupée.

Elle était légalement divorcée. Elle était assise dans le cabinet de ses avocats tandis que ces derniers négociaient avec les avocats de son mari. Son ex-mari. Elle fuma la totalité de son unique paquet de cigarettes en trois heures. Puis la panique la saisit. Comme son petit Napoléon d'avocat était toujours en guerre contre la nicotine, il ne pouvait guère l'aider. En désespoir de cause, elle envoya un messager dans la salle d'attente du camp ennemi pour quémander une cigarette auprès de George. Si elle ne pouvait pas obtenir de dommages et intérêts de son époux, elle pouvait au moins obtenir une cigarette.

Elle feuilleta une pile de magazines, *Time*, *The Spectator*, *The Economist*, et lut attentivement plusieurs articles sans en comprendre un seul mot. Elle lut quelque chose à propos de Georges Simenon qui écrivait un livre en onze jours. Elle se sentit encore pire. Elle n'était même pas capable de *lire* un livre en onze jours.

Mais il y avait un gros titre qui resta gravé dans son cerveau en déroute : « Renaissance de la sorcellerie ». Un petit article qui ne payait pas de mine au sujet d'une sorcière moderne et de son mari. Morgane et Merlin. Ils offraient des cours de Wicca (magie blanche) dans une maison près de Londres. Les cours allaient de l'histoire de la sorcellerie à l'« autodéfense psychique ». Cette dernière frappa immédiatement l'imagination de Griet.

Elle se demanda si elle ne devrait pas écrire à Louise au sujet des cours de Wicca qui se donnaient à proximité de chez elle. Peut-être distrairaient-ils son attention de Hong Kong et du chop suey.

J'ai une photo [écrivait de Londres une Louise un peu calmée] : il a du bide, et il est chauve. Bof! J'ai tout le temps de réfléchir avant le début de sa conférence à

Londres. De rêver de Hong Kong et d'essayer d'accepter mon mari comme il est. Je me bouche les oreilles quand il pète sous la douche. J'ai arrêté de lui balancer du jus d'orange. Si je ne peux vraiment pas m'en empêcher, je l'arrose avec de l'eau.

« Je ne m'en sors plus ! dit-elle à son analyste.

— Le pire est passé, Griet.

— Ah oui ? » Griet empoigna son sac. Ses mains tremblèrent lorsqu'elle sortit ses cigarettes. C'était ça, qu'on ressentait après un divorce ? « Mon amie est enceinte et je me fais un sang d'encre à son sujet. Elle croit que tout se passera bien. Moi pas. Je n'arrive tout simplement pas à croire qu'une grossesse puisse se dérouler normalement. Je n'arrive pas à croire que quoi que ce soit puisse se dérouler normalement. Bon, je suppose que je peux croire que les choses finiront par s'arranger, mais seulement une fois que tout ce qui peut mal se passer se sera mal passé. Est-ce de l'optimisme pessimiste ? Ou du pessimisme optimiste ?

— Il semble que vous ayez amplement de quoi écrire.

— Si seulement je pouvais faire confiance à mon PC. Hier, avant que j'aie pu dire ouf, la machine m'avait avalé trois mille mots. Comme ça. La seule fois où je n'avais pas sauvegardé, probablement parce que mon esprit était encore au tribunal des divorces. Je m'attendais à quoi ? À de la sympathie de la part d'un psychopathe ? »

« *Si une machine devient très compliquée, il ne sert à rien de se demander si elle a ses idées à elle,* déclarait un certain professeur Donald Michie d'Écosse, dans le journal de ce matin. *Il est si évident que c'est le cas que vous feriez mieux de vous mettre en bons termes avec elle et de laisser tomber la métaphysique.* »

Il fallait que ce soit l'Écosse. Vous m'en direz tant, aurait conclu Papie Kerneels.

Le conte des douze chasseurs, voilà ce que Griet avait tapé la veille sur son ordinateur psychopathe. (Commenté par une gardeuse d'oies cynique.)

« Il était une fois une princesse dont le fiancé devait épouser une autre jeune fille. (Devait épouser ?) La princesse rassembla donc onze dames d'honneur et, déguisées en chasseurs, elles chevauchèrent jusqu'au château du fiancé. (Ah, ah ! Douze rôles forts pour des femmes !) Sans reconnaître sa bien-aimée, le fiancé les engagea toutes à son service comme chasseurs. (Syndrome d'amnésie masculine, une maladie bien connue, comme le *koro*.)

Mais dans le château résidait un lion magique qui révéla au roi que ses douze chasseurs n'étaient pas des chasseurs mais douze jeunes femmes. Comme le roi refusait de le croire, le lion déclara qu'il le prouverait si le roi répandait des pois par terre le lendemain. Les hommes écrasent les pois d'un pas ferme, prétendit le lion, tandis que les femmes marchent sur la pointe des pieds et font rouler les pois. (Ah oui ?)

Mais dans le château il y avait également un bon serviteur qui avertit les chasseurs qu'ils allaient être mis à l'épreuve. " Soyez viriles, dit la princesse à ses dames d'honneur, et marchez sur les pois. " (Force-toi, poupée.) Le lendemain, les jeunes femmes marchèrent si virilement sur les pois que le roi en conclut que le lion s'était fichu de lui. Mais le lion avait un autre plan : il déclara que le roi devrait faire apporter douze quenouilles. C'est tout juste si les hommes accordent un regard à une quenouille, soutint le lion, mais aucune jeune femme ne peut y résister. (Ah oui ?)

Une fois de plus, le serviteur prévint les douze chasseurs et la princesse dit à ses dames d'honneur : " Soyez viriles et ne prêtez aucune attention aux quenouilles. " (Nous vivrons pour vous, nous mourrons pour vous, nous n'accorderons pas le moindre coup d'œil aux quenouilles...) Le lendemain, elles ignorèrent délibérément les quenouilles et le roi décida de ne plus jamais croire le lion. Il emmenait désormais ses douze chasseurs avec lui chaque fois qu'il allait à la chasse.

Puis on annonça au roi que la jeune fille qu'il devait épouser (devait épouser ?) était en route pour le château. La pauvre princesse en eut le cœur brisé et tomba en pâmoison. (C'est pour dire. Elle pouvait marcher sur des pois, résister à la vue d'une quenouille, mais elle ne pouvait vraiment pas maîtriser son cœur.) »

Voilà ce que Griet avait tapé, avant que l'histoire ne disparaisse sans laisser de traces. Comme les enfants de la reine muette. Griet décida que son ordinateur était un dévoreur d'histoires qui méritait de mourir sur le bûcher.

« Pas de bonnes nouvelles ? » finit par demander Rhonda.

Griet détourna les yeux de sa psychothérapeute pour regarder Mickey sur le mur jaune, les rideaux à rayures jaunes, rouges et bleues, le fauteuil dans lequel les derniers lambeaux de sa dignité avaient une fois de plus sombré.

« Je n'ai pas le sida », répondit-elle.

Quand elle avait appelé le médecin pour obtenir ses résultats d'examen, la réceptionniste lui avait demandé de rappeler une heure plus tard. « Le docteur est très occupé ce matin.

— Moi aussi, avait protesté Griet, et je n'attendrai pas une heure de plus. »

Elle avait déjà attendu tout un week-end. La réceptionniste savait-elle ce que c'était que se torturer l'esprit pendant trois nuits entières à propos des résultats d'un test de dépistage du sida ? Bien sûr que tu n'as pas le sida, s'était-elle répété à mille reprises au cours du week-end. *Mais si jamais...* avait murmuré le diable à chaque fois, et l'ange sur son épaule était si paniqué que tout ce qu'elle entendait, c'était un bruissement d'ailes.

« Écoutez, avait-elle déclaré à la réceptionniste lorsqu'elle avait rappelé une heure plus tard pour s'entendre dire que le docteur était toujours occupé, je veux simplement connaître les résultats d'un examen afin de pouvoir penser à autre chose. Je n'ai pas besoin de parler au docteur. Vous ne pouvez pas me donner les résultats ?

– Le docteur a dit qu'il voulait vous parler personnellement, madame Moore. »

« Je m'appelle Griet Swart », voulut-elle répliquer, mais elle était sans voix. Son médecin tenait à lui parler personnellement. *Cela signifiait qu'elle avait le sida.*

L'heure suivante avait été un enfer. L'œil fixé sur son ordinateur, dans son bureau rempli de livres pour enfants, elle avait vendu son corps au diable. La syphilis, avait-elle dit. Elle prendrait la syphilis s'il prenait le sida. Elle accepterait même le cancer du poumon. N'importe quel cancer.

« Le résultat était négatif, expliqua-t-elle à son analyste. Quand le docteur me l'a annoncé, j'ai failli m'écrouler car pour moi " négatif " a toujours été synonyme d'ennuis. Sois positive, n'arrête pas de répéter mon père. Mais dans ce cas particulier, négatif est de toute évidence positif. Et inversement. C'est dire combien le langage peut être trompeur. »

C'est dire. Pourquoi son docteur tenait-il à lui parler lui-même ? voulut-elle savoir quand elle eut retrouvé la parole. Parce que cela faisait partie de son travail de communiquer personnellement les résultats d'examens à ses patients, avait-il répondu. Qu'aurait-elle ressenti si la réceptionniste lui avait annoncé qu'elle était séropositive ?

Elle n'arrivait pas à croire qu'elle se serait sentie plus mal que s'il le lui avait dit lui-même.

« Je ne sais pas si vous voulez entendre ce que je vais vous dire, Griet, mais vous vous en sortez. » Rhonda referma le classeur et le posa à côté d'elle sur le canapé. Son stylo et sa montre en or renvoyèrent un moment la lumière du soleil. Rhonda joignit les mains sur ses genoux.

« Bien sûr que je suis capable de m'en sortir. Je sais planter des clous dans les murs et changer moi-même les piles de mon vibromasseur. J'ai appris à me servir de ma tête comme un homme et à jouir de mon corps comme un homme. Mais qu'est-ce que je fais de mon cœur ?

— Naturellement, vous êtes angoissée parce que tout change si vite, la tranquillisa Rhonda. Nous sommes tous logés à la même enseigne. Mais vous avez fait un sacré bout de chemin ces dernières semaines. »

Le plus long chemin au monde, voulut dire Griet, ce sont les quelques mètres qu'une femme effrayée doit parcourir entre la porte de son four et la porte d'entrée.

« Le roi s'accroupit à côté de son chasseur inconscient pour le secourir, tapa Griet sur son ordinateur, une fois qu'elle eut abandonné tout espoir de récupérer le reste de son histoire. Lorsqu'il ôta le gant du chasseur, il reconnut l'anneau qu'il avait offert à sa fiancée. (Après toutes ces expéditions de chasse, il ne reconnaissait toujours pas son visage, mais il reconnut immédiatement l'anneau.) Il eut le cœur si ému (par un anneau!) qu'il envoya un messager à l'autre jeune fille pour lui dire de retourner dans son royaume (pas vraiment le genre de nouvelles qu'un homme comme il faut ferait parvenir par l'intermédiaire d'un messager, n'est-ce pas?), parce qu'on ne se sert pas d'une nouvelle clé quand on en a retrouvé une vieille.

(La morale de cette histoire? Une princesse qui veut épouser un tel homme n'a que ce qu'elle mérite. Pas vrai?) »

27

Schéhérazade et la pomme de tous les maux

« J'ai eu une semaine épuisante, déclara Griet, et je ne parle pas de tout ce qui se passe dans le pays.

– Est-ce que Jans va se joindre à nous ce soir? demanda Gwen qui, bien qu'elle n'eût pas encore le moindre soupçon d'embonpoint, portait une robe longue qui serait encore ample lorsqu'elle serait enceinte de neuf mois. Ou travaille-t-il trop dur à la nouvelle Afrique du Sud?

– La politique est plus importante que les soirées, Gwen, répondit Griet en versant de l'eau de Seltz dans un verre à vin pour son amie. Mais il a promis de venir plus tard.

– Qu'est-ce qu'il dit de tous ces changements?

– Il dit que le monde traverse une période d'espoir. Comme celle du roi Arthur, ou la Renaissance, ou les années Kennedy en Amérique. Il prétend que dans un an ou deux nous repenserons à cette période avec nostalgie. »

Gwen hocha la tête et contempla les bulles de son eau de Seltz. « C'est trop beau pour durer, hein? »

Griet jeta un regard à la ronde, à sa famille et à ses amis qu'elle avait invités ce soir dans son nouvel appartement. Elle se dit avec gratitude qu'elle avait fait le premier pas pour s'éloigner de la porte du four. Elle n'avait pas de four, mais elle s'était acheté un micro-ondes. Si petit que même un nain ne pourrait y fourrer la tête. Elle n'avait pas de sommier sous son matelas ni d'étagères pour ses livres. Mais comme aurait dit son père, ç'aurait pu être pire. Elle aurait pu avoir un sommier sans matelas ou des étagères sans livres.

« Comment s'est passé le jour J ? voulut savoir Gwen.

— Tout aussi chaotique que le jour du débarquement en Normandie. Napoléon contre Churchill. Mon avocat contre l'avocat de mon mari – de mon ex-mari. C'était du genre : Nous les combattrons dans le bureau du juge ! Nous les combattrons au tribunal ! Nous ne renoncerons jamais !

— C'est une des rares expériences que je n'ai pas faites, avoua Gwen qui, l'espace d'un instant, eut l'air de le regretter. C'est aussi pénible qu'on le dit ?

— Pire. C'est absurde. Vous êtes assis, toi et l'homme avec lequel tu as vécu pendant sept ans – et avec lequel tu as conçu trois enfants. Vous êtes assis dans des salles d'attente séparées, tandis qu'une équipe d'avocats et de conseillers négocient à huis clos. Et tout ce à quoi j'étais capable de penser pendant ce temps, c'était aux discours de Churchill pendant la guerre. Jamais, auparavant, si peu de choses n'ont été accomplies par autant de gens pour si peu de gens.

— Ni pour autant d'argent ?

— Tu attends toute une journée, poursuivit Griet en riant, à t'accrocher à ton sens de l'humour comme un naufragé à son bout de planche.

— Mais pour finir vous êtes arrivés à une sorte de compromis ?

— Pour finir, nos équipes d'avocats sont arrivées à une sorte de compromis. J'avais l'impression de ne pas avoir voix au chapitre. Je n'aspirais qu'à fermer les yeux et à me réveiller ailleurs. Même la cuisine de Louise était douillette, comparée à cette salle d'attente. »

Gwen se caressa le ventre d'un air songeur, les yeux fixés sur Klaus à l'autre bout du salon. Pour la première fois depuis que Griet la connaissait, elle semblait à l'aise dans son corps. La robe vague soulignait ses hanches larges et ses seins généreux.

« Mais il semble que les choses se passent mieux pour toi que pour moi.

— J'ignore combien de temps la paix va durer, Griet, répondit Gwen en sirotant son eau de Seltz. Mais tout paraît aller bien pour le moment. Klaus m'a dit qu'il souhaitait faire un nouvel essai – avant même de connaître l'existence du bébé.

— Et lorsqu'il a appris la nouvelle ?

— Même s'il l'avait voulu, il ne pouvait guère prendre la fuite juste après m'avoir juré un amour éternel. Je n'aurais jamais cru que je serais reconnaissante à Klaus d'être allemand ! Mais tu sais comment sont les Allemands : sentimentaux, s'agissant de bébés et de femmes enceintes.

— Je sais, acquiesça Griet en souriant. Les frères Grimm croyaient même aux dénouements heureux. Vous allez vous marier ?

— On verra. Je ne sais pas, Griet, je suis probablement trop vieille ou cynique, mais je ne veux plus faire de projets à l'avance. Pour l'instant, je prends les choses au jour le jour. »

Elle sourit à Griet et retourna auprès de Klaus. Il la regarda et glissa un bras autour de ses hanches. D'un air protecteur. Possessif ? Les choses pouvaient encore s'arranger pour eux, se dit Griet. Quel que fût le sens de cette phrase aujourd'hui.

« J'aime ton appartement, dit Nella dans le dos de Griet. C'est une immense amélioration par rapport à celui de Louise.

— Un banc dans un parc serait une amélioration par rapport à l'appartement de Louise, Nella. Je suis si contente que tu sois venue. »

La robe de velours violet de Nella ainsi que son chapeau de velours vert lui donnaient des airs de paon dans un colombier. Griet crut avoir vu le chapeau il y a une éternité dans la penderie de sa mère. Il pouvait aussi avoir appartenu à une de ses grand-mères.

« Je remarque que tu n'as plus de cendriers dans ta nouvelle vie. Vas-tu enfin t'arrêter de fumer ?

— Non. Oui, bien sûr, je vais m'arrêter un jour, mais pas maintenant. J'ai laissé tous mes cendriers dans la maison de George par accident.

— Je n'arrêterai jamais, déclara Nella en tirant sensuellement sur un cigarillo longiligne. Qui a envie de vieillir ?

« – Je disais aussi ça quand j'avais ton âge, soupira Griet. Tu peux utiliser une soucoupe comme cendrier. »

Elle avait également laissé sa bouilloire dans son ancienne maison, ainsi que la moitié de ses serviettes et tous ses oreillers. Mais elle avait lu quelque part, il y a longtemps, que les gens qui dorment sans oreiller ne sont pas aussi enclins à avoir un double menton. Elle n'avait pas vraiment besoin de toutes ces serviettes. Elle pouvait faire bouillir de l'eau dans son four à micro-ondes en attendant d'acheter une nouvelle bouilloire. La vie était en fait plus simple qu'elle ne l'avait pensé.

« Et si à mon corps défendant je devais vieillir et avoir la maladie d'Alzheimer, il vaut mieux pour mon cerveau que je fume, dit Nella avec assurance. J'ai lu ça dans *GQ*. Ils ont fait une étude sur des personnes âgées et des patients atteints de la maladie d'Alzheimer et ils ont trouvé que les fumeurs se portaient mieux – mentalement – que les non-fumeurs. Et que les progrès étaient spectaculaires chez les personnes souffrant de la maladie d'Alzheimer. Plus elles fument, mieux elles se portent.

– Fantastique. Donc si je ne meurs pas d'un cancer du poumon, ou d'une crise cardiaque ou d'une autre maladie liée au tabagisme – ou encore de cynisme ou de n'importe quel autre désordre psychologique –, je peux arriver au troisième âge avec toute ma tête ? C'est ce que prétend *Gentlemen's Quaterly*, Nella ?

– Tout ce que je dis, c'est qu'on peut avoir d'autres raisons de fumer que le simple fait d'être mince et dépravée. » Nella laissa la fumée s'échapper de ses narines en volutes paresseuses.

Elle est si jeune, songea Griet, elle n'a pas encore une seule cicatrice sur le corps ni sur le cœur.

Petra venait d'apparaître dans l'embrasure de la porte. Elle portait un fourreau noir au décolleté plongeant et sa bouche envoyait des éclairs écarlates comme un feu de signalisation. Nous allons avoir de l'action, pensa Griet lorsqu'elle remarqua la réaction d'Anton. Elle se demanda s'il allait dire à sa sœur combien elle avait l'air érotique lorsqu'elle frôlait les tables et les chaises. Et si elle ne devrait pas la prévenir qu'il était marié à une amie.

« Je serais curieuse de savoir ce que maman dirait de la copine de Marko, confia-t-elle à sa jeune sœur. Pourquoi choisit-il toujours des filles qui ressemblent à des orphelines de onze ans ?

— Quand il était petit, fit observer Nella à travers un nuage de fumée, il ramenait toujours des chiens égarés et des oiseaux blessés à la maison. »

« Peut-être que ce n'est plus aussi terrible d'avoir un passeport sud-africain », lui avait déclaré Louise au téléphone plus tôt dans la soirée. Sa voix avait une note d'optimisme que Griet n'avait pas entendue depuis des mois. Le monde traversait vraiment une période d'espoir si même son amie cynique adoptait un tel ton. « Ou est-ce que je prends mes désirs pour la réalité ?

— Est-ce que ça veut dire que tu rentres au pays ?

– Ne tire pas de conclusions trop hâtives. » Elle hésita une seconde. « Mais c'est plus facile pour moi de supporter Andrew si je sais que je peux rentrer. Nous pourrions même dans quelques années faire notre grand safari africain – du Cap au Caire – avec des passeports sud-africains ! »

Griet rit. Depuis qu'elles se connaissaient, elles rêvaient de traverser un jour l'Afrique du nord au sud et de se familiariser avec leur continent. Et Griet se rendit compte que c'était la première fois depuis des mois que Louise appelait son mari par son prénom.

« Quelles sont les nouvelles d'Extrême-Orient ? demanda Griet.

– Je meurs toujours de désir. » Louise émit un long soupir qui se transforma lentement en silence. « Bien qu'il soit chauve et qu'il ait du bide. Je suis maintenant tout ce que je n'ai jamais voulu être : trop grosse, trop vieille, mal mariée – et nourrissant des fantasmes sexuels pour un Israélien libidineux entre deux âges !

– Retour à la réalité, comme tu me l'as déclaré il y a longtemps, ma très chère amie !

– À propos, je suis tombée sur Adam au pub du coin. » Sois sage, ô ma douleur, se dit Griet. « Il n'a pas arrêté de parler de toi. On parlait en afrikaans, autrement la fille à ses côtés serait devenue verte de jalousie. Je ne sais pas ce que tu lui as fait, mais il avait l'air subjugué.

– Elle ressemblait à quoi ?

– Tu tiens vraiment à le savoir ?

– Oui. Je peux le supporter. Non. Ne me dis rien. Je vais deviner. Très jeune, très jolie et très mince.

« – Et très stupide, ajouta Louise. Il m'a dit que tu es la femme la plus excitante, la personnalité la plus forte qu'il ait jamais rencontrée.

– N'est-ce pas ce qu'ils disent tous ? Et le lendemain on se réveille de nouveau seule.

– Tu as l'air presque aussi cynique que moi, Gretel. » La voix de Louise semblait plus triste que cynique.

Marko et sa dernière orpheline avaient commencé à danser, remarqua Griet. Anton et Petra avaient visiblement décidé qu'il importait peu qu'ils ne se connussent ni d'Ève ni d'Adam. Les yeux de Griet oscillaient au même rythme que les mains d'Anton sur les hanches de sa sœur. Non, décida Griet, Petra n'avait pas besoin d'être prévenue. Elle avait probablement toujours eu davantage le sens des réalités qu'elle-même ne l'aurait jamais.

Griet se rendit compte que Sandra se tenait silencieuse à ses côtés. Sandra était une petite femme, encore plus petite que la copine de Marko, et elle avait un air désarmé qui transformait immédiatement Griet en chef de classe efficace.

« Tu veux boire quelque chose ? Tu as mangé ?

– Plus qu'assez, merci », répondit Sandra de sa voix douce.

Griet n'arrivait pas à arracher son regard des hanches de sa sœur qui se balançaient plus voluptueusement que jamais sous les mains d'Anton. Elle ne savait pas quoi dire à Sandra.

« Non mais, regarde mon mari ! Encore en train de flirter ! fit Sandra comme une mère indulgente parlant de son enfant espiègle.

— Non mais, regarde ma sœur ! Encore en train de flirter ! murmura Griet, comme la sœur aînée maladroite qu'elle était.

— Tant qu'il s'amuse, dit Sandra. Il se tue au travail en ce moment.

— On ne peut pas vraiment dire non plus que tu restes à la maison à te tourner les pouces, Sandra.

— Non, il y a des jours où les enfants me rendent dingue », reconnut-elle avec un sourire radieux. Elle ressemblait à la Blanche-Neige de Walt Disney : cheveux noirs brillants, joues rosées et peau blanche de bébé. Griet croyait toujours qu'un nain allait surgir de derrière sa jupe en chantant. « C'est un tel plaisir de les laisser de temps en temps chez ma mère et de passer une soirée en ville. Tu sais combien Anton adore les soirées. Je prends plaisir rien qu'à le regarder s'amuser ! »

Pouvait-elle être naïve à ce point ? Ou était-elle simplement le seul genre de femme qui serait toujours heureuse en ménage ? Soit elle ne saurait jamais que son mari lui était infidèle, soit elle n'avouerait jamais qu'elle le savait.

Griet se fit une fois de plus la réflexion que si elle s'était appelée Marie au lieu de Griet, sa vie aurait sans doute été différente. Elle et son Joseph seraient probablement encore ensemble. Comme Louise se plaisait à le répéter, les hommes adorent secourir les femmes en détresse et garder la femme reconnaissante en esclavage pour la vie. Marie ne pouvait guère quitter Joseph, non ? Pas plus que Blanche-Neige ne pouvait quitter son prince. On ne peut pas laisser tomber un homme qui vous a littéralement tirée du cercueil.

C'étaient les Gretel de ce monde qui avaient des difficultés dans leurs relations : les filles qui poussaient la sorcière dans le four pour secourir leur frère. C'étaient elles qui rendaient leur malheureux mari impuissant. Si jamais elles trouvaient un mari.

Si jamais elles *voulaient* un mari.

Griet s'interrogeait à propos de Hansel et de Gretel depuis des années. Et, comme Simonide, elle devait reconnaître que plus elle y réfléchissait, plus elle semblait s'éloigner de la réponse.

« À ton tour, dit Marko en l'entraînant dans la partie du salon où on dansait. Tu te souviens que tu m'as appris à danser le slow ?

— Je me souviens, tu croyais que j'étais folle.

— J'allais encore à l'école, Griet. Qu'est-ce que tu espérais ?

— Tu as fini par devenir le Fred Astaire du Cap.

— Pas pour longtemps. Je pars en Namibie la semaine prochaine. » Il la fit tourner sous son bras avant qu'elle ait pu reprendre sa respiration et dire quelque chose. « Je vais travailler pour une agence de presse étrangère.

— Pour échapper à l'armée ? souffla-t-elle.

— C'est une des raisons. Mais c'est aussi un endroit passionnant maintenant. Un nouveau pays.

– Mais il se passe des choses passionnantes ici aussi...

– Ils sont allés beaucoup plus loin en Namibie. Je ne veux pas me cacher de l'armée cinq années de plus, Griet. J'en ai marre de me cacher. » Il la fit de nouveau tourner sous son bras. « Je pourrais déjà avoir un passeport namibien. »

Elle dut se forcer à continuer à danser. Elle savait depuis longtemps que Tienie s'envolerait à la première occasion. Et Petra avait toujours été trop ambitieuse pour rester au même endroit. Mais Marko était son seul frère.

« C'est si... si soudain. » Oh, Hansel, Hansel, songea-t-elle, je pousserais une sorcière dans le four pour toi. Pourtant, elle aimait bien les sorcières. « La semaine prochaine ? Tout arrive si vite. »

Elle avait trop perdu. C'était comme si tous les hommes qu'elle aimait disparaissaient de sa vie. Ses grands-pères, son mari, ses beaux-fils, son fils... et maintenant son frère.

Tous, sauf son père, à qui elle ne pouvait pas parler.

C'était comme si elle était condamnée à vivre avec des femmes pour toujours. Et des hommes à qui elle ne pouvait pas parler. Et des amants qui s'envolaient dans un bruissement d'ailes. Et des bébés qui n'existaient que dans son ventre. Et des histoires qui n'existaient que dans sa tête.

Elle s'arracha aux bras de son frère et s'enfuit dans la cuisine pour contenir son émotion. Elle alluma le four à micro-ondes parce qu'elle ne savait pas quoi faire d'autre et attendit que l'assiette d'amuse-gueule réchauffe. Elle avait enveloppé les huîtres dans du bacon ce matin, comme sa mère le faisait toujours pour les soirées. Elle y avait en fait pris plaisir.

Elle eut peu à peu conscience d'entendre un grillon. Ce n'est pas possible, se dit-elle avec incrédulité. Après les cafards, les grillons. Elle se mit alors à pouffer en silence.

« Qu'est-ce qui rit devant le four ? »

Jans se tenait dans l'embrasure de la porte. Il portait sa tenue de bureau comme d'habitude, mais il avait enlevé sa veste, et sa cravate pendait sur son épaule.

« J'ai failli t'oublier ! » Elle luttait pour maîtriser son fou rire.

« Mieux vaut tard que jamais, s'excusa-t-il. Comme la soi-disant nouvelle Afrique du Sud.

— Non, je voulais dire que j'avais failli oublier que tu étais un des rares hommes qui... » La sonnerie du four à micro-ondes retentit dans son dos et elle se retourna pour ouvrir la porte. « Tu m'as soutenue.

— Quelle odeur divine. »

Lorsqu'elle se retourna pour lui présenter l'assiette, elle s'aperçut qu'il avait l'air gêné.

« Elles viennent du paradis. Ma mère les appelle anges à cheval.

— Et elles ont un goût divin, dit Jans en enfournant une des huîtres-anges. C'est toi qui les as faites ?

— N'aie pas l'air aussi surpris, répliqua Griet en lui tendant l'assiette. Prends-en une autre.

— Goûte-moi ça », dit-il en lui offrant l'autre moitié de sa pomme.

Elle regarda la pomme. Golden Delicious. Or du soleil à l'extérieur, blanc hivernal à l'intérieur.

« Est-ce que tu sais combien de problèmes la pomme a déjà causés ?

— Eh bien, il y a la pomme de l'éternelle jeunesse de la mythologie scandinave, expliqua Jans en enfournant une deuxième huître. Les dieux la mangeaient pour rester jeunes. Et il y a différentes pommes dans la mythologie grecque. Les pommes d'or du jardin des Hespérides, gardées par un dragon à cent têtes éternellement éveillé ; les pommes d'Hippomène... »

Griet rit de plaisir et mordit dans la pomme. Elle était plus sucrée qu'elle ne s'y attendait. Les yeux de Jans n'avaient plus l'air aussi fatigués.

« Je me souviens maintenant, dit-elle. Il y a aussi une bonne pomme dans les *Mille et Une Nuits*, qui pouvait guérir de tous les maux...

— Et bien sûr il y a la pomme qui a résolu le mystère de la pesanteur.

— La pomme de Newton ? » Griet sentit un picotement dans les pieds. C'était toujours le premier signe. « Je l'avais totalement oubliée. Peut-être parce que je ne crois pas toujours à la pesanteur. »

Il l'avait toujours soutenue. Contre vents et marées. À l'heure du divorce et de la mort.

« Pourquoi ne m'as-tu jamais fait faux bond, Jans ? » Les picotements lui montaient lentement le long des jambes et elle avait l'estomac noué. C'était le deuxième signe. « Qu'est-ce qui ne va pas, chez toi ?

— Tu me fais rire. »

Griet la futée fait rire le prince! Sa tête était plus légère que l'air. Le troisième signe. Elle s'éleva, royalement, et s'agrippa à Jans au-dessous d'elle. Elle lui frotta le menton qui avait sous ses doigts la consistance du papier de verre. Ses pieds ne touchaient plus terre. Alors il se produisit quelque chose de si étrange que cela n'aurait pu se produire que dans un conte de fées : elle vit les pieds de Jans quitter le sol.

« Tu crois aux dénouements heureux?

— Non. » Il avait l'air confus de cette attention inattendue. Elle aurait pu jurer qu'elle le sentait rougir sous ses doigts. Il l'embrassa sur le front. « Mais on peut toujours espérer. »

Il jeta un regard nerveux autour de lui, comme s'il n'arrivait pas à croire qu'il volait. Puis ses lèvres s'approchèrent de l'oreille de Griet.

« C'est une idée, demanda-t-il d'un air circonspect, ou j'entends un grillon chanter? »

Table des matières

CONTES À DONNER LE VERTIGE

Cet ouvrage a été réalisé par la
SOCIÉTÉ NOUVELLE FIRMIN-DIDOT
Mesnil-sur-l'Estrée
pour le compte des Éditions Anne Carrière
104, bd Saint-Germain 75006 Paris
en juin 1999

Imprimé en France
Dépôt légal : août 1999
N° d'édition : 149 – N° d'impression : 47007